竹本義太夫伝

浄るり心中

岡 本 貴 也

竹本義太夫伝　浄るり心中

【目次】

口上

竹本義太夫《たけもとぎだゆう》の墓はひび割れていた。

墓石の表面は剝がれ、名前が〈竹本義……〉までしか判読できない。

小さな寺の小さな墓地。市井の人々の墓に紛れていた。

現在の綺麗な墓石にようやく新調されたのは、彼の三百回忌となる二〇一三年のことで、それまでは世間から忘れ去られていたかのようだった。

いやもちろん、彼の名前は広く残っている。人形浄瑠璃《にんぎょうじょうるり》の語り口である義太夫節《ぶし》という流派の名としてだ。

現在、国立劇場などで上演されている人形浄瑠璃の語り部《べ》（太夫《たゆう》という）は、ほぼ全員が義太夫節を使う。義太夫節、あるいは単に義太夫ともいわれるその節回しは、国の重要無形文化財であり、浄瑠璃イコール義太夫節だと間違われるほどメジャーなものだ。

義太夫節がかように全国に広まる前、浄瑠璃にはたくさんの流派があった。江戸時代の話だ。だが、ほとんどの流派は開祖から一代か二代で絶え、今となってはいくつかが細々と伝承されているに過ぎない。義太夫節が生まれなければ、ひいては竹本義太夫がいなければ、浄瑠璃という文化は消滅していた可能性があるわけだ。

その竹本義太夫という人物。

生まれは百姓であった。やたらと声が大きかったらしい。

その声が、浄瑠璃界に革命を起こした。それは、彼の登場より前の浄瑠璃を〈古浄瑠璃〉、後のものを〈新浄瑠璃〉と呼ばしめるほどの大革命だった。近松門左衛《ちかまつもんざえ》門《もん》の代表作『曾根崎心中』も、この男がいなければ歴史的ヒットにはならなかったかもしれない。

これは、まだ大阪が大坂と書かれ、おおざか、と濁《にご》って発音されていた頃の話。

天王寺村のほうから来たのだろう。畑の一本道を、一人の若者が歩いている。

彼の名は、五郎兵衛《ごろべえ》という。苗字《みょうじ》は分からない。この時代、百姓が公に苗字を語ることは禁じられていた。

歳《とし》は二十三か四か。一枚だけ残っている絵によれば鼻が大きかったようだ。彼が竹本義太夫と名乗るのは、この本の真ん中を過ぎてからである。

初段

人が多すぎて追い越しにくい。草履屋《ぞうりや》の前で立ち止まった男をかわし、よそ見しながらこっちへ向かって来る女をよける。肩に担いだ天秤《てんびん》棒を右へ左へと振るたびに、笊《ざる》の重みで足がよろけた。

「すんまへん。通ります。はいここ、曲がります」

五郎兵衛《ごろべえ》は人混みに大声をかけながら角を折れ、町を迂回《うかい》する筋を選んだ。遠回りになるが、人通りの少ない分早く着くかもしれない。

そう期待したのに、道頓堀川を北へ越えると人が増えだした。大坂の町はこの辺りから農家が減って商家が増える。買い物客や用事を言いつかった丁稚《でっち》、大荷物をべか車で運ぶ人夫。農夫が率いる二十頭ほどの黒牛とすれ違う。

「ああもう」

なかなか前へ進めず、五郎兵衛は歯ぎしりした。

「ええ蕪《かぶ》やねえ。なんぼ」

女が、天秤棒の両端にぶら下げた笊に手を伸ばしてきた。笊には五郎兵衛の家の畑で今朝採れた野菜が山盛りに載っている。いつもなら喜んで売るが、今日は商いをしている場合ではない。

「すんまへん、急《せ》いてまして」

立ち止まるのも惜しい。会いたい人がいる。一刻も早く。

秋も終わりかけだというのに体が熱かった。急いでいるからというのもあるが、なにより気持ちが昂《たか》ぶっている。

ようやく商家の町並みが終わって人が減ってきた。肩が痛くて天秤棒を右から左へ担ぎ替える。武家屋敷がちらほら見え始めた。町人の町といわれる大坂にも武士はいる。いることはいる、という程度に、いる。

大坂城に突き当たり、堀を左へ折れる。城を見上げた。天守閣は十年ほど前の雷で焼失し、放置されたまま。城壁の向こうには虚《むな》しく空が広がっている。天守閣のない城に何の意味があるのだろうかなどと考えているうちに、天満橋《てんまばし》のたもとに建つ大屋敷に着いた。会いたい人はこの中にいる。

額の汗を拭い、表門を見上げた。大木の角材を鳥居の形に組んだだけの無骨な門に〈西町奉行所〉と墨筆してある。門番がこちらをじろりと睨《にら》んで棍棒を持つ手に力を込めた。ここに来るといつも冷や汗が出る。

「なんや、五郎兵衛か。入れ入れ」

こちらが誰だか分かったようで、門番が相好《そうごう》を崩した。

「へえ。おおきに」

返事をしたものの、奉行所に正面から入るのは腰が引ける。高塀沿いに歩いて裏木戸へ回った。裏木戸の門番も顔見知りで、「おう来たか」などと笑顔で中へ通してくれた。

木戸をくぐると広大な庭がある。手入れが行き届いた美しい庭だ。泉から水が湧き、それが川となって池へと巡る。涸《か》れずに湧き続ける水はいま流行のからくり仕掛けであろうが、何度見てもどうなっているのか分からない。

その庭を横切って母屋へ近づき、回り廊下に声をかけた。

「すんまへん。野菜お持ちしました」

その途端、ドンドンと太鼓の音が聞こえて五郎兵衛は飛び上がった。どうやら罪人への裁きが終わったらしい。戸は開け放たれている。奥の間から裃《かみしも》姿の侍が数人出てきて、麻縄で縛られた男を引きずって別の間へ消えるのが見えた。

再び静寂が訪れる。濡れ縁から一つ奥の間に、ぴたりと閉じられた襖《ふすま》。あの向こうにあの人がいる。濡れ縁に手をついて屋内へ身を乗り出し、叫んだ。

「すんまへん。野菜お持ちしました」

しばらく待つも返事はない。

「すんまへん。ごめんやす」

何度か叫んだ後、ようやく台所の戸が開いた。現れたのは痩せぎすな下女だった。手に竹籠を持っている。

「いつもご苦労はん。ほな適当に選ばせてもらいまっさ」

「へえ、まいど」

五郎兵衛が笊を縁側に置くと、下女は骨のように痩せた指を回しながら野菜を物色した。家の近くの清水寺の湧き水で洗ったので、どの野菜も泥一つなく輝いている。下女は真っ先に蕪を選んだ。五郎兵衛の畑は蕪が自慢で、今朝採れたものはとくに張りもあってつやつやしている。齧《かじ》れば甘さが口いっぱいに広がるだろう。

下女はさらに牛蒡《ごぼう》、わけぎ、人参を竹籠に移した。

「今日はこの辺もろとくわ。なんぼ」

「ええっと、ちょいと待っとくんなしゃれや。なんぼか言いますと」

言葉遣いだけはいっぱしの商人ぶっているが、五郎兵衛は算用がてんで駄目だった。頭の中に数を並べることはできても、それらを足すとか引くとかがよく分からない。

「いつまでかかってんの」

しびれを切らした下女が巾着から豆板銀をいくつか指で摘み、五郎兵衛の手に載せた。

「これで足りるやろ。また来たって」

下女が台所のほうへ去り、また誰もいなくなった。草鞋《わらじ》の小石を取ったり笊の野菜を整えるふりをして時を潰していると、しばらくして奥の廊下から足音が聞こえた。

「なんじゃ、来ておったのか五郎兵衛」

長袴《ながばかま》の裾を器用に捌《さば》きながらやって来たのは、大坂西町奉行その人であった。二年前に江戸から赴任してきた旗本だ。本来は五郎兵衛のような百姓ごときが口を利ける相手ではない。

「ははっ」

五郎兵衛は庭の土に膝をつき、地面に額を擦《こす》りつけた。

「よせ。堅苦しい礼儀はいらぬと言うておろう」

へえ、と恐る恐る顔を上げた。そんな五郎兵衛を咎《とが》める様子もなく、奉行は肩衣《かたぎぬ》を脱いで、ほうと息を吐いた。

「早う上がれ。いや、その前に足を洗え。畳を替えたばかりでな」

奉行は早くに妻を亡くし、江戸では父娘の二人きりで暮らしていたとの話だ。そのせいかどうかは知らないが偉ぶるところはなく、物腰も柔らかい。五郎兵衛は井戸水を桶《おけ》に汲《く》んで足の泥を流し、手拭いで拭いてから濡れ縁に上がった。

「おりん。五郎兵衛が来たぞ」

奉行が奥の間へ進み、襖を開けた。広い座敷の真ん中にぽつんと布団が敷いてあり、そこに女が臥《ふ》している。奉行の一人娘だ。

「何をしておる。早ようこっちへ来い」

奉行は濡れ縁に立つ五郎兵衛を手で招き、「茶を淹《い》れさせよう」と襖を開けたまま台所へ立ち去った。

「ごめんやす」

声を潜め、五郎兵衛は足音を立てないよう差し足で座敷に入った。おりんの目が閉じられていたからだ。枕元に座るのは気が引け、布団の足元に座した。静かな寝息に合わせて上下に揺れる夜着の向こうに、ほっそりとした顎があった。寝顔に触れたい衝動に駆られたが、そんなことは許されるはずもない。五郎兵衛はそっと手を伸ばし、おりんに掛けられた夜着の裾を直した。綿の詰まった絹の柔らかさに、鼓動が跳ねる。

んんっ、とおりんが寝返りを打った。慌てて五郎兵衛はおりんから目をそらし、違い棚に活けられた秋明菊に目をやった。

「これは」

おりんが首だけ起こした。

「五郎兵衛どのではありませぬか。お見苦しい姿ですみませぬ。お待ちしておりました」

弾《はじ》かれたように上半身を起こすも、体に上手く力が入らなかったようで再び布団に倒れた。

「おりんさま」

五郎兵衛は慌てて枕元へ動いた。おりんの寝間着の前がはだけ、首下の肌が覗《のぞ》いた。その無防備な白さに思わずごくりと唾を飲む。

「いたた」

括《くく》り枕に頭をぶつけたらしく、おりんは困ったように眉を寄せて鬠《まげ》を撫《な》でた。その仕草が童《わらべ》のように可愛らしく、五郎兵衛はふっと息を漏らした。

「大事《だいじ》ないだすか、おりんさま」

「ふふふ。平気です」

ゆっくりと上半身を起こし、おりんは嬉しそうに笑みを浮かべた。五郎兵衛も思わず微笑《ほほえ》みを返す。寝起きで少し崩れた髱《つと》、顔の小ささに比べて大きく見開かれた瞳。いつもは白い頬が今は紅《あか》く染まっている。小さな鼻、笑みをたたえる桃色の薄い唇。顔のどこを見ても眩《まぶ》しくて、五郎兵衛は視線を下げた。夜着に力なく乗せられた腕は肉付きが悪く、骨が浮いている。

おりんはある時から、急に体に力が入らなくなったり、疲れて動けなくなったりすることが増えたという。幼い頃はよく外で遊ぶ活発な女童《おんなわらわ》だったそうだが、十を数える頃から不調を訴え、床《とこ》に臥す時間が増えた。肌が白いのはあまり日に当たっていないせいだろう。今は十七か十八。そろそろ嫁いでもよい歳《とし》ごろであるが、病のせいでなかなか相手が見つからないとの噂だ。

「今日は何の話をしてくれるのです」

「さいだすなあ」

胸の高鳴りを悟られないよう、五郎兵衛は陽気な声を出し、枕元に正座した。

「この前、初めて歌舞伎を観てきまして」

「歌舞伎。ついに行かれたのですね。どんなものなのです」

待ってましたとばかりにおりんの目が輝いた。

「嵐三右衛門《あらしさんえもん》っちゅう役者はご存じで」

「お名前はよく」

有名な役者だ。大坂で知らない者はおるまい。

「いかがでしたか、嵐座は」

「そらもうたまげましたわ。まず道頓堀っちゅう所はいつ行っても人がようけごった返しておりましてな。茶屋に屋台に棒手振《ぼてふ》りに、みんな商売に精出してます」

五郎兵衛は最近流行《はや》りだした辻噺《つじばなし》の真似に凝っていた。辻噺とは道端や寺などで笑い話をして銭を稼ぐ坊主のことだが、彼らは手や扇の動きでそこに物があるように見せたり、話す人物が替わるたびに首の向きを変えたりして、まるで目の前で事が起きているかのように話をする。それを見よう見真似でやっているだけだが、おりんは身を乗り出して聞いてくれる。

「で、その嵐っちゅう役者が煙草切りに身をやつしてるんですけんど、ほんまは」

五郎兵衛はそこでわざと言葉を止めた。おりんが夜着を握りしめる。

「なんでしょう」

「偉いお侍さんだす」

「ええっ」

「で、その嵐いう役者が、ぱぱぱっと舞台で足を踏みしめる。この六方《ろつぽう》っちゅう歩き方がえらい格好ええんだす」

五郎兵衛は立ち上がり、両手を広げて畳を足で踏みつけた。

「よおっ。はっ」

それから右手と右足を同時に前に出し、踏ん張るようにして前に進んだ。どん、どんと畳を踏む音が座敷に響く。

「これは。迫力がござります」

おりんが目を丸くしながら拍手した。それがたまらなく嬉しくて五郎兵衛は何度も同じ仕草をやって見せた。

「はっ。よっ」

笑って下がるおりんの目尻。こんなに喜んでくれるのなら、有り金はたいて歌舞伎を観た甲斐があったというものだ。本当はその隣でやっていた井上播磨掾《いのうえはりまのじょう》の浄るりを観たかったが、それはまた銭を貯めて次のを観ればよい。

「五郎兵衛どののお話はどうしてこうも楽しいのでしょう」

涙を流すほど笑ってくれるおりんを見ているだけで、胸が熱くなる。おりんの反応はいつも大袈裟《おおげさ》かと思うほど素直で、それがたまらなく愛おしい。一生こうして話していたい。

もう何か月経つだろう――。

今年の初夏、大坂は大風災に見舞われた。

風神が怒り狂ったかのような激しい風雨に、町中の屋根瓦はことごとく吹き飛ばされた。屋根を失った家々にさらに長雨が降り注ぎ、雨漏りに悩まされた民は瓦屋へ殺到した。大坂は瓦屋が多いが、この時ばかりは普請する人手が足りなくなり、臨時に大勢が雇われた。

五郎兵衛一家も畑の作物が大雨でほとんど駄目になり、当座の銭が必要となった。五郎兵衛は瓦屋に人夫として雇われ、修理を急ぐ西町奉行所の屋根の上へ送り込まれた。

五郎兵衛は瓦を運ぶ作業にあてがわれた。が、一度に二十枚ほどを屋根の上に運ぶとしばらくやることがない。それをいいことに、屋根の上で喋りまくった。

「ざぼん玉って知ってるか。ざぼんを水に溶いて、その水に輪っかをちゃぽーんて浸けるんや。で、そのざぼんで濡れた輪っかに、ふうって息を吹く。そしたら五色の玉がぱあっと空に飛んでいきよんねん。ところがその玉がふわふわ飛んでいってやな」

誰も黙れとは言わない。単純作業の退屈しのぎに皆が五郎兵衛の話に耳を傾けた。いや、退屈しのぎどころか、話に引き込まれ、ついには皆手を休めて聞き始める。

「蒸し芋売りが『ほっこりぃ、ほっこりぃ』言いながら日本橋《にっぽんばし》のたもとに立っとってな、その蒸し芋にざぼん玉がちょんと付いて、ぱーんと弾けて、芋売りはその場でひっくり返った」

人夫らがげらげらと笑う。それが気持ちよかった。時に声色を変えたり口真似を交ぜたりすると、聞く者たちの反応がさらに大きくなる。五郎兵衛は人々を楽しませるためにあの手この手を試した。

そんな五郎兵衛の立つ屋根の真下には、おりんが病床に臥していた。五郎兵衛の大声が否が応でも耳に届く。

「ひっくり返った拍子に熱々の蒸し芋が懐《ふところ》に入って、芋売りは熱い熱い言いながら道頓堀に飛びこんだんや。さばあん。ぶくぶくぶく。そしたら、そこにまたざぼんの玉が」

「わはは」

棒手振りで町を歩き回っているせいか話題や登場人物には事欠かない。下女や与力たちまでもが屋根を見上げ、上から聞こえる話に夢中になった。手を休める人夫らを叱りに来た棟梁すらも五郎兵衛の話の虜《とりこ》になる始末で、奉行所の屋根はさながら芝居小屋の舞台のようであった。

ああ、ずっとこんな風に喋っていたい、できればもっと大勢の人に向かって語ってみたい。いつの間にか五郎兵衛はそんな風に焦がれ始めた。もし生まれ変わったら、たとえば浄るり太夫とか辻噺とか、大勢に向かって喋る仕事をしてみたい。そんな空想をするだけで体が熱くなった。

空想は空想のままに留《とど》めなければならない。自分は百姓だ。そんな道楽のような人生を歩めるはずがない。そう自分に言い聞かせた。だが胸の奥は熱くなるばかりだった。

眠れない日々。夜中、真っ暗な家で筵《むしろ》にくるまれながら、自分が芝居小屋で語る姿を夢想しては、あかん、あかん、忘れろと目を開く。目を開けば今度は、明日何を話そうかと考えてしまう。かといってまた目を閉じると芝居小屋の夢想が襲ってくる。五郎兵衛は毎夜、身悶《みもだ》えた。

小暑の頃、とうとう屋根葺《ふ》きが完了した。こうして、五郎兵衛の一世一代の舞台は千秋楽を迎えた。

また明日から百姓としての日々が待っている。せめて町人ならば三味線くらい弾けただろうかと、おのれの身分にうんざりしながら奉行所の裏木戸をくぐろうとした時、「そこの者」と背後から声がした。振り返ると、庭に西町奉行その人が立っていた。

「ははっ」

五郎兵衛は直ちにひれ伏した。何か罪を犯したのかと全身から汗が噴き出す。

「そなたに頼みがある。これからもここへ通い、娘に話をしてくれぬか」

五郎兵衛は仰天して思わず顔を上げてしまった。奉行は照れくさそうに腕組みをして、五郎兵衛の顔色を窺うように見下ろしている。百姓相手に使いの者を介さず直に頼み事をするなんて、娘を思う気持ちがよほど強いのだろうと五郎兵衛は思った。

「娘がそなたの話をもっと聞きたいと言うてきかぬ。じゃから」

奉行所を訪れるのは畑が暇な時だけでよく、駄賃もくれるという。

「ははっ、ワテなんかでよろしければやらせてもらいます」

客は一人。それでも、誰かに話をして銭がもらえるということに興奮した。浄る り太夫だって銭をもらって茶屋や遊女屋で客相手に語るというではないか。

翌日、さっそく奉行所を訪ねた。奉行は五郎兵衛を見るなり顔をほころばせ、自ら奥の間へ案内してくれた。

武士の娘なぞ、どうせわんぱくで男勝りの金太郎みたいな女に違いない。そう思っていたが、布団に座ったおりんを見た瞬間、あまりの可憐さに息を呑んだ。その日はずっと見とれてしまって何を話したのか全く覚えていない。

ひと目惚れといっていい。何でも懸命に聞いてくれる素直さと、嘘を知らない真っ直ぐな瞳。生まれて初めて本気で人を好きになった。家でも飯が喉《のど》を通らず、家族に悪疾ではないかと疑われたほどだ。

それ以来、五日に一度ほど西町奉行所へ通い続けている。本当は毎日でも通いたいが、このことは家族には秘密にしていて、畑仕事を抜けるのがなかなか難しい。なので奉行所へ来る時は天秤棒を担いで野菜を売るふりをして家を出る。奉行からいただいた豆板銀は家の床下の土中に突っ込み、二十四文貯まるたびに掘り出しては芝居を観た。

「船の中に池がありますねん。生洲《いけす》いうんですけど、そこには生きた魚が。あれ、おりんさま」

聞き疲れたのか、いつの間にやらおりんは座ったまま眠っていた。五郎兵衛はじっとその寝姿に見とれた。薄い胸元、小さく上下する華奢な肩。ほのかに薫るのは伽羅《きやら》だろうか。体が弱くあまり風呂に入れないおりんのために下女らが焚《た》きしめたのかもしれない。

「ほんなら、この辺でおいとまさせてもらいます」

静かに立ち上がった。にもかかわらず、おりんが目を覚ましてしまった。

「また来てくださりますよね」

すがるように見上げてくる。

「もちろんだす。滑稽な話、仕入れときます」

「よかった。どうかお許しください」

おりんはふわりと横になり、すぐに寝息を立て始めた。寝息の小ささに、そのまま この世から消えてしまいそうな気がして、五郎兵衛は泣きたくなった。

おりんの病に対して自分にできることは何もない。ただここへ来て話すことしかできない。ああ、もし自分が武士だったら、そばに仕えて差し上げたい。もし裕福な商人だったら、国中から薬や医者を集めるだろう。なのにどうしてしがない百姓に生まれてしまったのか。

床を鳴らさないようそっと歩き、草鞋を置いた庭へ向かう。奉行が庭に足を投げ出して濡れ縁に座っていた。煙草盆がキセルの灰でいっぱいだ。

「あれは寝たか」

「へえ」

奉行の傍らに手つかずの茶菓子が載った盆が見えた。奉行自ら盆を運んできたはいいが、五郎兵衛たち二人が楽しそうにしていたので座敷に入るのが憚《はばか》られた、そんなところだろうか。

五郎兵衛は庭に降り、天秤棒を肩に掛けた。長く日に当たっていたせいか野菜がしなびている。

「これを持て」

奉行も庭に降りてきて五郎兵衛の手に豆板銀を握らせた。やけに重く感じ、手のひらを開いた。普段の倍ほどある。

「これは」

「おりんはこのところ熱があってな、今朝やっと下がったのじゃが、それまで我は心配で夜も眠れずにいた。そなたにはできる限りここへ来てほしい。そしてそなたの言葉で、あれを外の世界へ連れ出してやってくれ。おりんが見たこともない景色を、そなたの言葉で見せてやってくれ」

奉行が目を潤ませ、五郎兵衛の手を握った。

「へえ。また来ます。すぐ来ますさかい」

そう告げて、木戸へ向かった。背後で奉行の独り言のような声がした。

「あれをもらってくれる者が、そなたのような者だとよいのだがな」

その場から動けなくなった。自分が、おりんさまを、もらう。いやもちろん、奉行がそんなことを意図して言ったわけではないことは分かっている。分かってはいるが、否が応でも胸が高鳴った。

「けんど、ワテは百姓だす」

「いかにも。あれは大事な一人娘。それなりの家に嫁がせるのが親の務めじゃ」

五郎兵衛の心に、刀で斬りつけられたような痛みが走った。


ああ、むしゃくしゃする。

「どうせワテは百姓や」

畑の土から突き出た茎を片手で束ねて、くそう、と引き上げた。蕪がすぽりと土から抜けるその感触がたまらなく心地よい。いらいらした時にはこれに限る。

――それなりの家に嫁がせる。

奉行の声が頭の中でこだまし、鼻の奥がつんとなった。それが嫌でまた蕪を抜く。湿った土の匂いがした。

「そんな若い蕪を抜くな。朝から何本抜いとんねん」

父の小介《こすけ》が鍬《くわ》の柄で五郎兵衛の頭を叩いた。気づけば畑の土に何十個もの蕪が転がっている。

「こんなんワテが全部町で売るわ」

「棒手振りは好かん。天満に持ってく」

父は筋の曲がったことを好まない。通常、この辺りの農家は畑で採れた野菜を天満の青物市場に納品する。それが正規の捌き方だ。五郎兵衛のように棒手振りで直販してしまっては市場の儲《もう》けが減るので、市場の連中はいい顔をしない。父に言わせれば、振売《ふりうり》は市場への裏切りだそうだ。

しかし棒手振りは五郎兵衛にとって大きな楽しみだ。町に出れば色んな人たちと話ができるし、村にはない面白そうな所へふらりと遊びにも行ける。稼いだ銭を親に渡す前にちょろまかすことができるのも大きな利点で、かつてはそうやって芝居の札賃を稼いでいた。そして何より、おりんに会うには棒手振りが必要だ。

父は蕪が抜けて窪《くぼ》みになった土を鍬でひっくり返し、それが終わると畑脇にある崖の湧き水を飲んだ。天王寺村の水は町の井戸水と違って塩が含まれておらず、とても飲みやすい。

「ごはんやで」

妹が呼びに来て、親子揃《そろ》って家に戻った。家族十一人で昼飯を食べるのが我が家のしきたりだ。昼飯の後は父と兄二人は採れた野菜をべか車に載せて天満市場へと向かい、母と妹と兄嫁らは針仕事に漬物にと家事をこなし、祖父はいつも昼寝を始める。

飯を食ってもむしゃくしゃが治まらず、五郎兵衛は畑に一人で戻って畦《あぜ》に寝そべり、曇り空を見上げた。どっちつかずな空模様の下に、ひっくり返した丼のような茶臼山が枯れている。その茶臼山の真上でトンビが輪を描いていた。あの高さからなら大坂の町を一望できるだろうか。

「トンビは空、ワテは地べたか」

五郎兵衛は千切った草を噛《か》み、苦くて吐き出した。町にはここから歩いてすぐゆける。人で溢《あふ》れ、食べ物に芝居に遊郭にと、ありとあらゆるものが揃っている。一方、この天王寺村には畑と寺しかない。自分はこうして指をくわえながら町に憧れ、土にまみれて一生を終えるのだ。

「早う嫁をもらえ」

家族が毎日同じことを言う。子供を作れ。孫を増やせ。いつまでもふらふらするな。二十四にもなって嫁をもらわん奴がおるか。まるで念仏のように同じ小言を聞かされ、そのたびに腹がきりりと痛む。

我が家がこれ以上家族を増やしてどうなるというのか。一家の畑は崖の下の一角だけだ。祖父が大坂夏の陣のどさくさに紛れて手に入れた土地らしいが、狭い上に日当たりも悪い。そんな畑を男兄弟三人で分けて、どうやって生きていけというのか。

それに、妻《めと》を娶るならあの人と心に決めている。他の女子《おなご》など考えられない。だがあの人と夫婦《めおと》になることは不可能だ。となればこの先もずっと独り身であろう。人生どん詰まり。どうしようもない。

五郎兵衛は畦の草をまた千切って空に投げ、投げた草が顔に落ちてきてむせた。そんな姿を嘲笑《あざわら》うかのようにトンビが空を回る。

「ぴい、ひょろろお」

トンビの鳴き声を真似してみるもなかなか上手くできず、また腹が立ってくる。すると今度は、空から三味線の音が降ってきた。いや、空からではない。崖の上からだ。この崖を登った高台からは海が見え、その見晴らしのよさを売りにした高級料亭が八軒、崖の上に並んでいる。そのどこかで三味線を稽古しているらしい。福屋だろうか、浮無瀬《うかむせ》だろうか。

びややん、と三味線のサワリが震える音をぼんやり聞いていると、そこに声が重なった。

〽かくて両上人《しょうにん》　流罪の後
都には　様々の悪事　起こって
万民の　わづらいとなり

浄るりだ。か細く、不安定で、へっぽこな声。浄るりの稽古となると徳屋《とくや》しかない。あの開いた障子から漏れ聞こえてくるらしい。
徳屋の主人は清水理兵衛《きよみずりへえ》といい、今をときめく天下一の太夫・井上播磨掾の高弟。理兵衛は腕のいい料理人でありながら、浄るりだけでなく茶も囲碁も諧謔《かいぎゃく》（滑稽話）もこなす風流人で、ああして朝や昼、料亭に客がいない時間に弟子を集めては浄るりを教えていた。

〽これひとえに　念仏の行者を

流人せしむる　ゆへ也と

聞こえてくるこの詞章《ししょう》は、播磨掾が道頓堀で最近上演した『浄土さんたん記』だ。フシ回しは播磨掾が編み出した播磨節。本来ならもっと力強く語らねばならない。

「こりゃ丙やな。相変わらずへったくそやのう」

五郎兵衛は崖の上から聞こえてくる稽古の声に甲、乙、丙などと名前を付けていた。顔も知らぬ男たちの声を憶《おぼ》えてしまうほど頻繁に稽古が聞こえてくるせいで、詞章もフシ回しもすっかり憶えてしまった。

〽法然《ほうねん》　御入滅《ごにゅうめつ》のよしを　聞こしめされ

五郎兵衛もこっそり三味線に合わせて語ってみる。〈法然〉は低く下から煽るように、逆に〈御入滅の〉は高く上から刺すように入るのだと理兵衛が教えるのを何度も聞いた。なのにどうして弟子たちは言われたとおりにやらないのだろう。もしかして、やらないのではなく、できないのだろうか。

〽山伏《やまぶし》ども
上人を今や今やと　待ちぬれども
終《つ》いに　通わせ給わぬ

小声で語るうちに、畑の蕪が客に見えてきて一人で悦に入る。目を瞑《つむ》ると土の上ではなく高床で語っているような気さえしてきた。

幼い頃、祖父に道頓堀へ連れていかれ、伊藤出羽掾《いとうでわのじょう》の『酒呑童子《しゅてんどうじ》』を観た。源頼光らが人喰い鬼を退治する説経節だ。頼光が鬼を謀《たばか》って酒を飲んだり戦ったりする場面が大迫力で、興奮のあまりその後幾夜も寝られなかった。

「五郎兵衛は、からくりより操《あやつ》りが好きか。兄たちと違《ちご》うてお前は話のスジが分かるんやな」

そう言って祖父は嬉しそうな顔をした。以来、道頓堀の芝居を観るたびに、それがどんな内容だったかを幼い五郎兵衛に教えてくれるようになった。

五郎兵衛は『酒呑童子』で感じたあの興奮をずっと忘れられず、棒手振りを始めた十五の頃からこっそり小銭を貯めては、年に一、二度、密かに浄るりを楽しむようになった。どうしても観たい浄るりがあるのに銭がない時は、芝居小屋の前に立って矢来の向こうから漏れてくる太夫の声に耳をそばだてた。

「何べん言うたらできますのや。声をもっと遠くへ飛ばしなはれ」

三味線が止まり、丙を叱責する理兵衛の声が崖の上から降ってきた。

「ほれ、もう一回」

料亭で三味線が再び鳴る。五郎兵衛は目を閉じた。自分はいま芝居小屋の太夫床にいて、大勢の観衆を前にしている。そんな光景を瞼《まぶた》の裏に描いた。右側の舞台袖から人形遣いが現れ、操り人形を動かし始める。いいぞ、さあ語りだ。三味線に誘われるように深く息を吸い、五郎兵衛は大声を放った。

〽ひとえに　如来のご出世と
　仰がぬ者こそ　なかりけり

自分の語りに合わせて人形が動く。客の頬が紅潮していく。そんな妄想がたまらなく心地よく、さらに大声を張り上げた。手拭いを張扇《はりおうぎ》代わりに膝を打つ。

〽南無阿弥陀仏　と念じたまえば

声が後ろの崖に反響し、大きな音の塊となって前へ飛んでいく。三味線が高鳴る。熱を帯びた客席へと大声を放つ。

〽不思議や　上人のご面相より
　金色の光を放ち

三味線と自分のフシ回しがぴたりと合う。ああ、なんて気持ちいいのだろう。語りの詞章どおり、目の前に光り輝く仏様が現れてきそうだ。

〽かたじけなくも　弥陀の尊容《そんよう》と
　拝まれさせたまいける

とうとう一段をすべて語り終え、三味線が段切りのフシ落ちを奏でた。そこでようやく五郎兵衛は気がつき、はっと目を開けた。崖の上の三味線はもしかするとこっちに合わせて弾いてくれていたのではなかろうか。

突如、頭上から拍手が聞こえ、驚いて崖を見上げた。稽古中の弟子たちだろうか、十人ほどの男が徳屋の手摺《てす》りから身を乗り出して手を叩いていた。あの中に丙もいるのだろうか。一人白髪なのは主人の理兵衛だ。

からかわれている。稽古の邪魔をしてしまった仕返しに違いない。これはまずいと五郎兵衛は慌てて立ち上がった。

「すんまへんだした。堪忍だす」

逃げるように走り出すと、上から理兵衛の声がした。

「待った。待った待った」

立ち止まって恐る恐る崖を見上げる。理兵衛が手で招いていた。

「あんさん、ちょっとこっち上がって来なはれ」

「勘弁しとくんなはれ」

五郎兵衛は一目散に畦を駆けた。

茶臼山の木々が禿《は》げた。朝から畑に出て、朝露に冷えた牛蒡を土から抜く。崖の上からは相変わらず毎日浄るりが聞こえてくるが、先日の一件以来、五郎兵衛は上を見ることができなかった。本当は、今すぐ崖をよじ登ってでも自分が語りたい。ああしてみっちり師匠に教わりながら稽古がしてみたい。

五郎兵衛は自分の手を見た。土に汚れて爪は黒く、傷だらけの手の甲は日に焼けている。あの日手摺りから顔を出した弟子たちは皆青白い顔をしていた。きっと爪も綺麗なのだろう。浄るりなどという道楽は、ああいう町の連中がやるものだ。百姓がやるものではない。

しかし、あの拍手がどうしても忘れられなかった。嬉しさのあまり夜は興奮して寝られなかった。もう一度でいい。拍手が欲しい。

耐えきれず、とうとう崖を見上げた。もちろん誰も顔を出してはおらず、徳屋からは楽しげな笑い声が聞こえてくるだけだ。置いてけぼりにされたような気持ちになり、崖がいつもより高く見えた。

「ごはんです」

赤子を抱いた二番目の兄嫁が五郎兵衛らを呼びに来た。やっと崖から離れられる。これ以上浄るりを聞き続けたら頭がどうにかなってしまいそうだった。

家の木戸を開けると中は鍋や釜やらの湯気で充満していた。昼は米を炊くので熱々の飯が食えるのが嬉しい。

「腹減った」

長兄が土間の鍋を覗く。覗いたところでたいていはその時期に採れる野菜の煮物である。

家は柱に板を打ち付けただけのぼろ屋で、土間と板間しかない。祖父はすでに筵に座っており、一番奥に父、その手前に母、長兄と次兄の家族。末席に妹と五郎兵衛が座る。床に置かれた大皿から牛蒡の煮物が湯気を放っていた。兄二人が揃って鼻を動かし、醤油と出汁《だし》の匂いを嗅いだ。

「いただきます」

父が箸を持ち、大皿から一つ取って食べるのを全員で見守る。一口目を飲み込んだ父が「ん」と唸《うな》るやいなや、皆一斉に皿に箸を伸ばした。どんなに腹が減っていても、父より先に食べることは許されない。

腹は減っていた。だが五郎兵衛はどうにも食う気になれなかった。ただでさえ普段からおりんへの思慕で飯が喉を通らぬというのに、そこに浄るりへの憧れまで加わってしまった。このまま何も食べないでは即身仏になってしまいそうだ。

「ごめんくださ い」

戸外から声がして全員の箸が止まった。へえ、どちらさんだすか、と妹が戸口を開けた。背の低い初老の男が外に立っていた。

「ああ、昼飯時にすんまへん」

口角を上げ、手を揩り合わせる仕草が堂に入っている。料亭徳屋の主人、清水理兵衛だった。お伽《とぎ》草子の描かれた紙子の羽織、手には派手な茶巾。洒脱《しゃだつ》すぎる格好が、色のないぼろ屋で浮き立っていた。高級料亭の主《あるじ》がこんな土まみれのあばら家を訪れることなどまずない。父が急いで土間へ降りた。

「理兵衛はん、うちの野菜になんか不具合でも」

近所で、しかも味がいいからと、徳屋は時々五郎兵衛の畑で採れた野菜を直接買い付ける。市場に不義理ではあるが近所づきあいも大事だと、卸す野菜はいつも父が選ぶ。

「腐ったりしてましたか。野菜がなんか病でしたか」

「そんなことあるわけおまへん。おたくはんの野菜は丁寧に作られとるさかい、どれも美味しい言うてお客さん喜んでくれはります」

「ほないったい」

父が目を瞬《しばた》かせた。

「今日お訪ねしたんは他でもない。おい、五郎兵衛。うちで浄るりの稽古をせえへんか」

「へえ、したいだす」

勝手に口が動いていた。

「ほんまか。ほしたらさっそく明日からでもどないや」

「行きます」

反射的にそう答えた瞬間、父が兄たちを睨んだ。

「おい、車引け。市場行くぞ」

父が戸口から出ていく。兄二人は「まずいぞお前」という顔で五郎兵衛を見ながら父を追って外に出た。妹は戸口の脇に立ったままで、母は茶碗を手に呆然と座っている。祖父は耳が遠いからか飯を食い続けていた。今ここではっきりと断らなければ間違いなく父に殴られる。五郎兵衛は土間に降り、外にいる父に聞こえるよう大きな声で言った。

「すんまへん。やっぱりワテは百姓やさかい、毎日畑が忙しいんだす。稽古なんぞできまへん」

「せやせや。お稽古代も払われへんわ。なあ」

妹も父を怒らせまいと大声を出す。

「銭のことは心配せんでよろしい」

理兵衛がにこりと笑った。

「稽古代も稽古中の食事もうちが出しますさかい」

「えっ、タダなん。それにごはんも付いてるんでっか」

そう声を上げたのは母だった。

「それやったら、ちょっと稽古付けていただいたら。朝は畑やから、お昼とか日ぃ沈んでからとか」

一人分口が減るならむしろ行って来いということだろう。理兵衛が母のほうを向いて笑う。

「いや、五郎兵衛には朝から晩までみっちり稽古してもらいたいんや。わては育てたいねん、五郎兵衛を、浄るりの太夫として」

「ええっ」

兄嫁二人が声を上げた。

「この前、畑で五郎兵衛が語ってるのを耳にして、この理兵衛、すっかりその声に惚れてしもた」

背の低い理兵衛が五郎兵衛の目を下から覗き込んでくる。

「あんさんのような者が太夫を目指すべきや。五郎兵衛、あんたは逸材や」

にわかには信じられなかった。理兵衛は騙《だま》そうとしているのかもしれない。こうやって若者を誘っては料亭に閉じ込め、大勢を奴隷のように奉公させているに違いない。

「ワテが逸材やなんて。いったいなんのつもりだすか」

「さいだすな」

理兵衛は顎に手をやった。

「わては暇にあかせてこれまでようけ浄るりを聞いてきた。弟子もぎょうさんおる。せやから分かるんや。五郎兵衛が格別やっちゅうことが。あんたは、天下の美声を持っとる」

天下、と母が絶句し、美声、と妹が目を剝いた。五郎兵衛も驚きのあまり腰を抜かしかけた。

「あんさんの声を聞いた瞬間、今おる弟子たちのことがどうでもようなった。その声を早よう先生に聞かせたい」

「先生って」

妹が聞く。

「天下一、井上播磨掾」

祖父が声を張り上げた。どうやら聞こえていたらしい。

「播磨掾って、あの播磨節の」

兄嫁たちがのけぞった。大坂で井上播磨掾の名を知らぬ者はない。文字どおり天下一の浄るり太夫だ。理兵衛は続けた。

「五郎兵衛がウンと言うまで、わては何べんでもここに通いまっせ。あんたの声はピカイチや。通りも音もええ。なんちゅうてもその大きさ。そんだけ声が大きかったら、どんなに人がいっぱいでも小屋の後ろまで一字一句届く」

「あんたは産声から大きかったもんなあ」と母が頷《うなず》き、

「銭になりそう、ということだすか」と妹が身を乗り出した。

「それは本人次第でんな」

理兵衛が商売人らしく朗らかに笑った。父も話はすべて聞こえているはずだが、こちらを一瞥《いちべつ》もせずに野菜を積んでいる。　兄二人はやめろやめろと首を振る。　五郎兵衛はうつむき、拳を握った。　稽古がしたい、浄るりがやりたい。だが父は絶対に許してはくれまい。この家のことはすべて父が決めるのだ。子供の人生までも。

「まあ、そこまで言うてくれはるんやったら五郎兵衛」

母が言いかけた途端、外で父が顔を上げた。

「理兵衛はん、すんまへん。ちょっと急ぎで納めなあかん野菜がありまして。五郎兵衛、お前も来い」

父がべか車に縄を掛けた。裸足だった五郎兵衛は渋々と草鞋を取った。市場など今は行きたくない。このまま徳屋へ駆け込みたい。そう思って土間の地面を睨んでいると、理兵衛が耳打ちしてきた。

「わてと一緒に天下取ろうやないか」

五郎兵衛は息ができなくなった。


今日は市場に行く予定などなかったので、べか車に野菜があまり載ってない。そんな軽いべか車の縄を下の兄が引き、五郎兵衛が後ろから押した。もう一台を父が押し、長兄が引く。

林を抜け、芝居小屋が並ぶ道頓堀川を越える。島之内を通り、やがて御堂筋に入った。狭い筋に着物屋、草履屋、手拭い屋、草子屋に易者とずらり並ぶ。

「邪魔や、あほ」

「すんまへん。すんまへん」

べか車にぶつかってくる人たちにいちいち謝りながら、五郎兵衛らは歩いた。商人が立ち話に花を咲かせ、女子供が楽しそうに笑う。それにひきかえ百姓は、汗水垂らして作った野菜を市場に運ぶだけで邪魔者扱いだ。

天下。そう理兵衛は囁いた。理兵衛が生まれ育った頃は大坂の陣の名残りがまだあっただろうが、若い五郎兵衛は戦国の世をまったく知らない。だから天下を取るという言葉がいまいちピンと来ない。時々、太夫になった自分に大坂中の人々が熱狂する様を夢想してしまうことがあるが、もしそれを天下というのなら、それは取りたい。

大坂城が遠くに霞《かす》んで見える。天守閣が失われ、打ち捨てられたような城。人生が城だとすれば、あんな城にはなりたくない。

「徳屋さんには今度野菜でも持って謝りに行け」

べか車を押す父が五郎兵衛に並んだ。

「せっかくのご厚意をお断りするんやから、ちゃんと頭下げるんやぞ」

五郎兵衛は返事をせず、唇を結んだ。

「分かったら返事せえ」

父に睨まれても、五郎兵衛は無言でべか車を押し続けた。凸凹《でこぼこ》とした地面に木の車輪が引っかかっては跳ね、その振動で手が痺《しび》れてきた。

「オレらは百姓や。畑いじるのが仕事や」

父はそう言いながら五郎兵衛のべか車を追い越し、前に出た。父の背中に五郎兵衛は呟《つぶや》いた。

「堪忍や、お父《と》う」

父が立ち止まった。兄二人も立ち止まり、ぎょっとした目で五郎兵衛を見た。

「どういう意味や、五郎兵衛」

「堪忍や」

それしか言えなかった。父が五郎兵衛の胸ぐらを摑《つか》んだ。殴られる。こんな往来のど真ん中で。五郎兵衛は歯を食いしばり、目をきつく閉じた。

「目を見て言うてみい」

五郎兵衛は目を開けた。

「堪忍や」

拳が飛んで来て、頰に激痛が走った。体が飛び、茶屋の看板に顔から突っ込んだ。

「おい、何さらしとんじゃ」

茶屋の番頭が飛んで出てきた。鼻がやけに痛いと思ったら、ぶつかった看板が割れている。道行く人々が「喧嘩や喧嘩や」と五郎兵衛らを囲み、兄二人はどちらに味方するでもなくおろおろした。

「すんまへん番頭はん、すぐ済みますんで」

父は五郎兵衛の襟《えり》を摑んで立たせた。

「ええか。オレらがこうやって毎日飯にありつけるんは、百姓っちゅう有り難い身分をいただいてるからや。お上に畑を守っていただいて、村のみんなで助け合《お》うて、そのお陰でええ時も悪い時も生きていられる。それがどんなに有り難いことか」

「堪忍や、お父う」

それ以外の言葉が浮かばなかった。父はさらに襟を締め上げてきた。息が苦しい。

「ええ加減にせえ。お前、太夫になるいうことは、河原乞食になるということやぞ」

そんなことは分かっている。だから言わないでほしい。

「百姓を辞めるということは、身分を失うということやぞ。分かってんのか」

息ができない。だがもう死んでもいい、太夫になれないのなら。

「堪忍や」

「それしか言われへんのか」

父の拳がまた顔に飛んで来た。五郎兵衛は土を転がり、その地面に血が落ちた。鼻血が出たらしい。

「こそこそと銭ちょろまかして芝居なんぞ観に行きよって」

「知ってたんか、お父う」

「当たり前や。お前が楽しそうにしとったから放っとったんや。それがこんなことになりやがって。オレとおかあがどんな思いでお前を育ててきたと思てるんや。オレはお前を」

父はそこで声を詰まらせた。怒りながら悲しんでいるかのように顔を歪《ゆが》ませ、歯を食いしばっている。こちらを睨みつける目が赤い。こんな父の顔を、五郎兵衛は初めて見た。

「オレはお前を河原乞食にするために育てたわけやない」

父の声が震えた。五郎兵衛を殴ろうと構えた拳がわなないている。殴られた頬の痛みより、そんな父を見ていることのほうが辛かった。それでも言わなくてはならない。おのれの人生のために。

「ワテは河原乞食になるんやない。太夫になるんや」

「太夫なんかなれるわけないやろが」

胸ぐらを摑まれ、引き寄せられた。父の顔が目の前に迫った。白髪交じりの眉、目尻のしみ。髷のある頭頂部まで日に焼け、襟元を締め上げてくる両腕は筋骨隆々だ。確固たる足取りで人生を歩んできた男の肉体。できればこんな風に、人生を真っ直ぐに生きたかった。

「お父う、助けてくれ。ワテもほんまは百姓として一生を終えたい。けんど、もうどうしようもないんや。太夫にならんと今すぐにでも死んでしまいそうなんや」

「そんなに百姓が嫌か」

「ちゃうねん。野良仕事も棒手振りも好きや。けんど、もっと好きなもんができてしもうた。百姓じゃあかん。このままやとワテは苦しうて頭がおかしなりそうや。お父う、助けてくれ」

ふいに、襟を摑む力が緩んだ。

「おかあにどない言うたらええんや。お前が乞食になるって言うんか」

涙をこぼす母の姿が目に浮かび、胸が苦しくなった。

「乞食にはならん。誓ってならん。ワテは天下の太夫になる」

「ようそんなあほなことが言えるな」

「あほやない。ワテは本気や」

「それをあほ言うんじゃゃ。市場行くぞ」

父に腕を引かれた。凄まじい力だった。駄々っ子のように地面に踏ん張った五郎兵衛を二間ほど引きずったところで、父はゆっくりと振り返った。

「そんなにか。そんなに嫌か」

父の目に絶望が宿ったのを見て、五郎兵衛は息を飲み、思わず顔を背《そむ》けた。

「もう帰ってくるな。その顔を二度とオレにもおかあにも見せるな。お前とは今から親でも子でもない」

父はべか車の縄を引いて歩き始めた。大きな背中が遠ざかっていく。兄たち二人も慌てて父についていく。

「お父う。待ってくれ、お父う」

五郎兵衛が叫んだ。だが父は振り返らない。もうお前の父ではない、背中がそう語っていた。五郎兵衛の視界が涙で潤み、見慣れた背中がぼやけていく。

「堪忍や、お父う」

父は一度も振り返らず、町の人混みの中へと消えていった。いつまでも、涙が止まらなかった。


最初はねえ、物乞いかなんかやと思ったんです。なんせ汚い格好した男が一人、なんも持たんと門前に立ってますねんで。それも店が一番忙しい暮れ六つ時に。料亭は日暮れ頃が一番忙しいんです。お客さんはどんどん来はるし、料理も上げたり下げたりせなあきませんさかい。せやからその男が邪魔でね、

「なんか用あるんやったら、店閉まってからまた」

て言うたんです。そしたら、

「いつ閉まるんだすか」

て男が言うもんですからね、

「そりゃこの提灯《ちょうちん》の火が消えたらや。そこ表口やからどいて。せめてお勝手で待ち」

腹立つから箒《ほうき》で掃いてやりましたわ。

その日はお座敷が七つも入ったもんですから、そらもう、てんやわんやで。呼ばれた太夫は座敷を間違えて浄るりやってるわ、芸者は庭で酔い潰れて吐いてるわ、客同士が廊下で歌舞伎の真似事してるわでもう、上を下への大騒ぎでした。

そのうち夜も更けてきましてね、お客さんがみんなはけて、丑時《うしどき》くらいでしたかねえ、女衆《おなごし》の一人が、

「お松つぁん。勝手口に男の人が立ってはります。誰か待ってるって言うてますけど」

「芸者の待ち伏せでもしてるんやろ。ほっとき」

言うて、その日はそのまま寝たんです。働き詰めでくたくたやったさかいに。

翌朝、いつものように父のお弟子さんがお稽古しに料亭へぞろぞろと集まってきまして、その人らの足音で目が覚めて、お茶出さなあかんわ思て台所へ向かったんです。そしたらお弟子さんらが集まってざわざわしてるから、

「どないしたんですか」

「あ、お松つぁん。勝手口に人が倒れてます」

ウチ、悲鳴を上げました。すっかり忘れてたんですよ。昨夜は寒かったろうに。すまんことしました。

急いで勝手口行ったら、庭の松の根元に昨夜の男が倒れてました。

「ちょっとあんた。こんなとこで死なんといてや」

「へえ、すんまへん」

男はただ寝てただけみたいで、ほっとしました。痩せっぽちで、眉毛が太くて目のぎょろっとした、やたらと鼻の大きい人でした。えらい日焼けしてたんで百姓やろなあと。男は空が明るいんを見てびっくりしてました。

「もう朝だすか。あの、稽古はどこで」

「稽古はまだや。あんたもしかして、父のお弟子さん」

「父。理兵衛はんのいとさんだすか」

「せや。うちは松。あんたは」

「五郎兵衛いいます」

「ごろべえ。あ、この崖の下の畑の」

「そうだす、そうだす」

「なんや、それやったら先そない言うてくれんと。あんたんとこの蕪、美味しいわ」

　臭かったんで、まず風呂に案内しました。風呂から出てくるのを待ってる間にお弟子さんのお茶淹れて、んで、また風呂戻ったんですけど、まだ臭いんです。こら着物やわ思て聞きました。

「着るもんそれしかないん」

「へえ」

　しゃあないから父の長襦袢《ながじゆばん》に着替えさせました。そのうち二階から三味線が聞こえだして、五郎兵衛はそわそわし始めました。

「稽古、どこだすか」

　あっち行ったりこっち行ったりするもんやから、

「勝手にうろうろせんといて。こっちや」

　座敷の並ぶ長い廊下を早足で歩きました。廊下を突き当たって階段へ。

「まったく。父《とと》さんもまたこんなん拾《ひろ》てきて」

「え、なんだすか」

「あのね、言うとくわ」

階段の途中で立ち止まって五郎兵衛を見下ろしました。なんや腹立ったんです、男のくせにぼうっとしとるさかいに。

「ウチの父さんはな、世間じゃ風流人だの井上播磨掾の一番の高弟だの言われてちやほやされてるけどな、ただの物好きやから。井上先生が自分じゃ手に負えんお弟子さんを父さんに押しつけてるだけ。父さんは別に浄るりが特別上手いわけでもないし、教えるのが上手いわけでもない。大勢の弟子に囲まれて、人にもの教えたりするんが好きなだけや。それでよう人を拾てくるねん」

一気にまくし立てました。せやのにあの人、早よう二階へ上がりたそうに上を見てました。

「ワテは浄るりを習えたらそれでええんだす。それに、天下一になれるって言われました」

かちんと来ました。父はこんな無垢な百姓を騙したんかと。この男もこんなにあっさり騙されたんかと。

「あんたなんかなあ、どうせ父さんにお稽古代取られるだけやで」

「え。ワテ、タダでええって言われたんだすけんど」

「なにが」

「お稽古も、飯も、部屋も」

「ええっ、住み込みなん」

階段から落ちそうになりました。これまで父はようけ弟子を取りましたけど、住み込みで教えようなんてのは初めてでした。お稽古代も安うないですから、お弟子さんはたいてい大店《おおだな》の旦那《だん》さんかそのどら息子《むすこ》です。それがなんでこんな小汚い百姓を弟子にしたんか。ウチにはさっぱり分かりませんでした。

「ここや。入り」

二人でお稽古場に上がりました。

「おお、来たか来たか」

父が稽古を中断して相好を崩します。長襦袢に裸足の五郎兵衛をひと目見て、弟子たちは鼻で笑ったり、明らかにバカにした目で見下しててました。お弟子さんがた、みんなええ着物召されてますからね。革足袋《かわたび》なんか唐製《からせい》の柔らかそうなやつ履いてますわ。

五郎兵衛は五郎兵衛で、お稽古場を見て口開けてました。そりゃびっくりしますわな。二階は大座敷で百畳ほどありますし、開け放った障子からは木津川というか海が望めます。

座敷には三味線弾きや人形遣いもいて、それぞれにまたお弟子さんがいはって、なにより稽古用とはいえ四尺五寸もある手摺《てすり》（人形遣いが隠れるための壁）までしつらえてあります。うちの料亭には時々井上先生もいらしてお客さんに浄るりを語ったり、お弟子さんの稽古もつけたりしはりますから、色々用意があるんです。

「ちょっと最初は見《けん》に回って、そこで勉強してなさい」

父が言い、五郎兵衛は隅っこにちょこんと正座しました。

お弟子さんたちが順繰りに三味線に合わせて語り始めます。そしたら面白いことにあの人、「あ、乙や」「これは丙やな」とぶつくさ言うんですよ。

そのうち喉が渇いたんか、五郎兵衛が湯飲みに手を伸ばしましてね。一口飲んで、ぎょっとした目をウチに向けました。せやから言うたんです。

「淹れ直しませんよ。冷めたんはあんたが早よう飲まへんからや」

「こ、これは、お、お茶と、ちゃいますか」

これには笑いましたわ。あの人、茶をあんまり飲んだことがなかったみたいで。茶は高いですからね。まさか稽古で弟子たちががぶ飲みしてるとは夢にも思わんかったんでしょう。

茶でそれですから、お昼ご飯なんかもうおっかしくて。稽古の時はいつも料亭のお台所から弁当を出すんですけど、その弁当見てあの人、肩震わせてましたよ。まあ、見たことない料理、食べたことない味ばっかりやったでしょうね。目を細めながら綺麗に平らげてました。

いつもならお昼食が終わったら稽古もお開きで、店の準備に入るんですけど、

「五郎兵衛、ちょっと語ってみてくれるか」

て父が言いまして。皆も気になっていたのか、期待するやら冷やかすやらの視線が五郎兵衛に集まりました。

「早う、早う。あんさんをお披露目する日を楽しみにしてたんや」

父に手を引かれた五郎兵衛が皆の前で正座をします。一丁前に父から渡された扇

なんか握って。いや、全然サマになってませんねん。貧相というか、自信なげというか、子供っぽいというか。お弟子さんらも人形遣いさんも三味線弾きさんも、袖で口を隠してクスクス笑《わろ》うてました。ウチなんか内心げらげら笑い転げてましたわ。

「何しましょ」

三味線弾きが、どうせ何弾いても語られへんのやろ、みたいな半笑いの顔で尋ねました。

「さっき皆さんがやってはったのと同じとこをお願いします」

五郎兵衛は床本《ゆかほん》を持ってませんでした。まさか詞章を憶えてるとでもいうんでしょうか。

三味線弾きが意地悪するように、五郎兵衛の息が整う前に弾き始めました。五郎兵衛は慌てて座り直し、自らの正面を真っ直ぐ見据えました。そして大きく息を吸い込み、語り始めました。

その声いうたら。

聞いた瞬間、そこにいた全員が息を呑み、凍ったように固まりました。大きな声でした。そして春の青空のように澄んでいました。息が長く、どこまでも伸びて、聞く者の体にまるで矢のように刺さってきます。

あの人の声は、聞くというより、包まれる、というのに近いかもしれまへん。体がすうっと持ち上げられて、どこかへ連れて行かれるような心地がしました。もちろん語りの腕はありません。フシ回しも雑なもんです。けんどそんなことはどうでもようなるほど、力強く、そして美しい声でした。

ウチは、気づいたら泣いていました。

その声に、あの男に、惚れてしまいました。

楽屋で裃に着替え、芝居小屋の鼠木戸《ねずみきど》から外へ出た。

道を渡ると道頓堀川だ。六十年前に掘られたこの人工の堀川沿いには、桜が並ぶ。蕾《つぼみ》が朝日を白く透かしていた。水面《みなも》から暖かい春風が吹き上げ、剃りたての月代《さかやき》を気持ちよく撫でていく。五郎兵衛は真新しくごわごわと固い小袖を慣らすため、袖を引っ張ったりしながら大股で歩いた。

芝居小屋は竹を交差して組んだ竹矢来で囲まれており、外から舞台が見えないように隙間が筵で埋められている。その囲いに沿ってぐるりと一周し、再び表へ回ってやぐらを見上げた。

やぐらといっても火の見やぐらのような背の高いものではない。四角い木枠のような形をした台で、そこに〈清水座〉と染め抜かれた大きな幕が掲げてある。小屋にやぐらがあるということは公許の芝居であり、大坂にある十軒の公許劇場のうち八軒がここ道頓堀に並ぶ。そんな数少ない公許の小屋で語れることが誇らしく、五郎兵衛は一人でにやついた。

やぐらの下に目を移すと駒形の看板がある。『上東門院《じょうとうもんいん》』と大きく墨筆されているのは今日から始まる興行の演目だ。一条天皇の后《きさき》の話で、物の怪《け》やら陰陽師やら出てくる新作である。

その隣にもう一枚看板があり、そこには大勢の太夫名が並んでいた。

「また看板見とんかいな」

小屋の木戸口からお松が出てきた。笄髷《こうがいまげ》にまん丸い横顔、芯の強そうな一重瞼に厚い唇。料亭育ちで食べる物に困ったことがないのだろうか、肉付きがよく、振り袖の胸元を少し寛がせている。

「何べん見たら気ぃ済むんや」

お松は溜め息を吐《つ》きながら、五郎兵衛の隣に並んで看板を見上げた。一番大きく書いてある太夫名は座本であり首席太夫の清水理兵衛。徳屋の主だ。そして、その隣には、

天王寺五郎兵衛

とあった。苗字《みょうじ》がないのはおかしいということで、理兵衛が天王寺という姓を付けてくれた。五郎兵衛の太夫名だ。

そこから横にワキの太夫や三味線弾きなどの名が序列順にずらりと並び、さらに、段と段の合間にある短い出し物である間狂言《あいきょうげん》に出る曲芸師らの名が小屋の端まで続く。そのほぼ真ん中に五郎兵衛の名があった。五郎兵衛はワキの中では一番手、という大抜擢をされたのだ。それがあまりに嬉しくて、看板が掲げられてからというもの何度も見てはにやついている。

理兵衛の門弟になって一年以上が経つ。

毎日、早朝から昼過ぎまでみっちり播磨節のフシ回しを叩き込まれた。理兵衛は説経節や『浄瑠璃姫物語』など古い浄るりが記された正本《しょうほん》をたくさん持っており、それらもすべて憶えさせられた。まさかこんなにたくさんの書物を読まされるとは思わず、五郎兵衛は読み書きを教えてくれた祖父に感謝した。

稽古が終わると料亭の手伝いだ。掃除、洗濯、炊事、洗い物、家屋の修繕。丁稚奉公のように何でもやった。だが、奉公がどんなにきつくても全く苦にならなかった。浄るりをきちんと学べる日々が幸せでならず、どんな課題も寝る間を惜しんで練習した。

そんな風にやる気に満ちていたからか、それとも五郎兵衛ほど野心を抱く弟子が他にいなかったからか、あるいはもしかするとただ口真似が上手なだけなのか、五郎兵衛はすぐに誰よりも井上播磨掾そっくりに播磨節を回せるようになった。

「五郎兵衛は音がええ」

稽古のたびに理兵衛も満悦そうに微笑んだ。

そうして半年ほど基礎稽古が続いたある夜、徳屋の台所で野菜の皮を剝いていると、井上播磨掾から二階の座敷へ来るよう呼ばれた。

「こいつはまだ手習いですけんど面白い奴なんで、皆の衆どうかお見知りおきを」

宴会の客へ紹介され、五郎兵衛はその場でマクラだけ語らされた。語り終えて客から拍手をもらった時は、ここに弟子入りしてよかったと心から思った。播磨掾からは「客前が初めてにしては上々。また呼ぶわ」とお墨付きをもらい、嬉しさのあまり少し泣いた。

この一件で理兵衛も鼻が高くなり、以来毎日のように五郎兵衛を座敷に送り込んでは語らせ、これは自分が見つけたんですわと客に自慢して回った。

一方で、五郎兵衛以外の弟子が座敷に呼ばれることは滅多になく、いつまで経っても上手くならない兄弟子たちが五郎兵衛は不思議でならなかった。世の弟子たちが皆こんな程度なら、天下を取れる日も案外近いのではないか。そんな風にすら思った。

そうして、弟子入りから二回目の正月。理兵衛が突如、弟子たちを集めて一座を起こすと言い出した。

「なんとか三月芝居に間に合わせるで」

お松は必死に止めたが、理兵衛はすっかり五郎兵衛の才に惚れ込んでいて、なんとか五郎兵衛を世間に知らしめたいと躍起だった。小屋を手配し、さらには播磨掾のツテを使って公許を得た。そのやぐらを、いま五郎兵衛とお松が見上げている。

「あんたのせいや」

お松が歯がみした。

「あんたのせいで父《とと》さん、こんなことなってしもた」

こんなこと、とは、高級料亭の主という高収入かつ世間体のよい仕事をしていた父親が、あろうことか一座を旗揚げするなどという博打《ばくち》のような愚行に出て散財した、ということだろう。

「べっちょないだす。きっと上手くいきますさかい」

五郎兵衛はもう一度看板を見上げて悦に入った。この興行を足がかりにしてのし上がってみせる。そして浄るり界で天下を取ってやる。なにせ自分は清水理兵衛に見込まれた太夫だ。それは天下の井上播磨掾に見込まれたも同じ。そのうち自分も播磨掾のように上方で名を轟《とどろ》かせるだろう。

「なに笑《わろ》てんねん」

「ワテの名前、何人くらいが見るんだっしゃろなあ」

「なにを呑気《のんき》な。これでコケたらあんた終わりやで。ちょっとは気ぃ張り」

「ワテは気ぃ張ったりせんみたいだす」

「あんた、舞台舐《な》めとんちゃう」

お松が細い目を吊り上げて睨んできた。めでたい旗揚げだというのに何を不機嫌になっているのか。お松の隣が居心地悪くなり、五郎兵衛は木戸口をくぐった。客の出入口はこの木戸だけだ。無銭客が入るのを防ぐために幅を狭く、敷居は高く、梁《はり》も低くしてある。そのため客は背を丸めて小さくならないと通れない。その姿が鼠に似ているからか、芝居小屋の入口は鼠木戸とも呼ばれる。

その鼠木戸を抜けると客が座る平土間に出る。一番奥に舞台が見えた。舞台の屋根は極彩色に塗られた唐破風《からはふ》で、その下にある高床で三味線弾きが調絃《ちょうげん》していた。さらにその手前にある手摺の中ではからくり仕掛けの調整が進められている。間もなく本番だ。幼い頃から憧れていた道頓堀で、ついに語るのだ。

どん。どどん。

やぐらから太鼓の音が響き、五郎兵衛は驚いて肩をすぼめた。もうすぐ開演するという合図だ。道頓堀には茶屋が多くあり、懐に余裕のある者は開演までそこで食事をしたり酒を飲んだりと時間を潰す。竹矢来の隙間から外を覗くと、太鼓の音を聞いた人々が茶屋から通りに現れ、清水座の前に並び始めるのが見えた。

やがて道頓堀のそこら中の芝居小屋から太鼓が鳴り始めた。どの小屋もほぼ同時に開演する。この太鼓の轟音《ごうおん》が町中に響くのが、大坂の朝である。

「ちょっとあんた」

背後からお松の声がした。

「袴《はかま》の腰板が肩衣《かたぎぬ》の中に入ってるやないの」

体を捻《ひね》って背中を見ると肩衣がひらひらたなびいていた。

「すんまへん。裃なんて着るん初めてやさかい」

ワキ太夫など別に小袖でやればいいところを、「お前はこの清水座の花形になる太夫やさかい」と理兵衛が裃と小袖を買ってくれたのだった。

「よう見たら紋の位置も左右で合《お》うてへんし。もう、こっちおいで」

お松にぐいと帯を摑まれ、引きずられるようにして楽屋へ向かった。楽屋といっても舞台から幕一枚で仕切られただけの狭い空間だ。古い畳が無造作に地面に置いてあり、屋根はかろうじて藁葺《わらぶ》きがある程度。雨が降ったら逃げ場はない。

客席である平土間にも屋根はない。大雨が降ったら上演中止である。屋根があるのは舞台と、平土間をコの字形に囲む桟敷席《さじきせき》だけ。桟敷は座布団が敷かれて座り心地もよく、その分、札賃が驚くほど高い。女連れの豪商が酒を飲みながら観る、といった優雅な席だ。一方、札が一枚二十四文で買える平土間は庶民の席で、草の生えた地面にじかに座る。芝の上に座して観劇したところから〈芝居〉という言葉が生まれた。

楽屋に入った途端、男たちの汗の臭いが鼻をついた。慌ただしく準備する人形遣い、あれが足りないこれが壊れたと走り回る弟子たち。そんな楽屋の隅に理兵衛がしゃがみ込み、畳にうつ伏せるようにしてぶつくさ言っていた。よく見ると畳の上に本番用の床本を広げている。

「師匠、今さら読んだってしゃあないだすで。床本は本番で見ても構わんのだすし」

五郎兵衛はお松に袴を直されながら声をかけた。師匠が顔を上げる。緊張しているのか眉が下がり、額に汗をかいていた。

「フシが思い出せんのや。五郎兵衛、ここのフシはどないやったかいな」

「フシを弟子に聞く師匠がありますかいな、もう」

五郎兵衛が笑うと、

「あんた、師匠になんちゅう口利くねん」

お松が五郎兵衛の帯を締め上げ、五郎兵衛はうっと声を上げた。そこへ、

「皆の衆」

と老人が入ってきた。刀を腰に差している。楽屋にいた者全員が一斉に頭を下げ、
お松が嬉しそうに破顔した。

「まあ、井上先生。来てくれはったんですね」

「当たり前や。弟子の旗揚げやさかいなあ。ほれ、御神酒《おみき》や」

井上播磨掾は皺くちゃの顔に満面の笑みを浮かべ、持参した一升の茶色い徳利を差し出した。

「おおきに。すぐにお供えさせていただきます」

受け取った大きな徳利をお松は掲げ、

「先生からいただきました。これで大当たり間違いなしです。千秋楽を迎えたら皆

でいただきましょ」

と楽屋中に聞こえるよう言った。

「なあ五郎兵衛。ちょっと座れ」

播磨掾に声をかけられ、五郎兵衛はかしこまった。播磨掾が帯から刀を抜いて脇に置いた。緩んだ鯉口《こいぐち》がチンと鳴る。五郎兵衛は刀から目が離せなくなった。

「なんや。刀なんかに興味あるんか。この一振りは上皇様から掾号《じょうごう》をいただいた時のもんや」

「上皇様から、刀を」

井上播磨掾は出が商人だ。家は簾《すだれ》を作って売っていたという。それが今や腰に刀を差し、掾という官位までいただいている。五郎兵衛は自分が刀を差している姿を夢想した。刀を差せば西町奉行も少しは感心してくれるだろうか。奉行が認めてくれれば、あるいはおりんが自分のところに。

「なにをにたにた笑《わろ》てんねん。侍にでもなりたいんか」

播磨掾が呆《あき》れたように袖に手を入れた。

「いえいえ。そんな」

「あんさんは夢見がちなところがおまっさかい」

「お話のところ失礼します」

お松が五郎兵衛の真後ろに座り、五郎兵衛の袴を直し始めた。開演まで時間がない。幕の向こうから客のがやがやとした声が聞こえてくる。

「五郎兵衛。あんさんは理兵衛が言うとおり音がええ。けんど、音がええだけで中身がない」

キセルに火を点《つ》け、播磨掾はしわがれた太い声で言った。

「最初のうちは声のよさだけで観てもらえる。今日なんかみんな大喜びするやろな。せやけど、それが続くと思うなや。あんさんは実力に対して自信過剰なところがおまっさかい」

かちんと来た。自分には実力があるから自信もあるのだ。現にこの短期間で兄弟子全員を追い抜いたではないか。五郎兵衛は畳を睨んだ。よし、いつか必ずこの目の前の天下一太夫を超えてやる。見てろ。

「はい、でけた」

お松が五郎兵衛の背中を叩いた。

「ほな、あんじょう気張りや」

播磨掾が立ち上がり、床本と睨めっこしていた理兵衛が顔を上げた。

「あの、師匠。わては、ど、どないしたら」

白髪の額に玉の汗をかき、目が泳いでいる。

「理兵衛。あんさんは、まず」

「へえ、師匠」

理兵衛が今にも泣きそうな顔で播磨掾にすがる。

「清水っちゅう名前、五郎兵衛にも分けてやったらどうや。料亭の裏にある清水寺から取った名前やろ。五郎兵衛も清水寺の水で育ったいう話やし、天王寺いう名字よりは見栄えがええと思うんやけどな」

「五郎兵衛に、わての名前をあげる。あ、そしたら、わても五郎兵衛みたいに上手に語れますか」

「それじゃ師匠と弟子があべこべだすな」

五郎兵衛がおどけると、楽屋にいる全員がどっと笑った。ただお松だけは、怒ったように顔を赤らめ、うつむいた。膝に置いた手が震えている。

「あんた。調子に乗るのもええ加減に」

お松が顔を上げた瞬間、開演の拍子木が鳴った。五郎兵衛はお松の言葉を遮った。

「いよいよだす」

そう呟くと、楽屋の空気が張り詰めた。何か言いたげに睨んでくるお松が煩《わずら》わしくて、気付かないふりをして自分の床本を握った。ここから天下一への道のりが始まるのだ。五郎兵衛は武者震いした。

一刻も早く天下一の太夫になって、いつか刀を腰に差したい。

そして、おりんを迎えに行く。


「どうぞどうぞ好きに見てくだされ」

「わあ。もう御本がぼろぼろですね。これを読みながらやられたわけですね」

「いやいや、こんなんは頭に入っとるんだす。入っとらんと気持ちが乗りまへん」

「こんなたくさんの詞《ことば》を憶えられるものですか」

「おりんさまだって論語や五経くらい頭に入ってますやろ」

「それとこれとはわけが違います。私は人前で論語にフシを付けたりはいたしませぬ。あ、ここですか、五郎兵衛どのが読まれたのは」

「語る、だす。太夫は読むとは言わず語るていうんだす。ワテが語ったんはこっから、ちょいとごめんなさいよ、ここまでだす」

「まあ、こんなにたくさん。この朱筆は」

「ここはこういう感じで語れというお師匠さんからの指示だす」

「お師匠さんはそういうことも指示されるのですね。緊張されましたか」

「いえ、まったく」

「さすが五郎兵衛どの。さぞや皆さまを楽しませたことでしょう」

「ワテが語ったんは二段目だけだすから、そんな、なんも」

「すごい、段をまるまる一つ任されたのですか。奉行所の者も何人か見物に行ったようで、評判だったと聞きました」

「さいだすか。そら嬉しおます」

「みな口々に、初舞台なのに五郎兵衛どのの出番が多い、流石《さすが》だと驚いてました。

うふふ」

「あの、他には何か」

「んんと。とにかく皆さん感心してました。五郎兵衛どのの出番の時だけ何を語っていたかが一字一句分かったと。隅々まで声が通っていたと」

「皆さんそう言うてくれはるんだす。あの、ワテ、次の出番が決まりまして」

「ええっ。おめでとうございます。すごいですね、千秋楽を迎えたばかりですのに」

「しかも、どえらい人に声をかけられまして。お前は声がええからワシのワキをやってみいひんか、と」

「どなたにですか」

「いま京では二人の太夫が人気を博してます。一人は大御所で、うれい節なる語り口が人気の土佐掾《とさのじょう》こと山本角太夫《やまもとかくたゆう》はん。もう一人は一年ほど前に突如、四条河原に現れた新参。というても歳はもう四十を超えてはる遅咲きの新人、宇治嘉太夫《うじかだゆう》はん」

「京まで行ってそのお二人の浄るりを観てこられたのですね」

「いや、兄弟子からの受け売りだす。観たことおまへん。で、その遅咲きの新人、新人いうてもホンマに今や飛ぶ鳥を落とす勢いで、角太夫はんより人気ちゃうかっていわれる宇治嘉太夫はんが、わざわざ大坂まで観に来てくださりまして」

「忍び物見、ですね」

「そんな言葉をよくご存じで。さすがは旗本の御姫さま」

「姫だなんて。で、あの、その嘉太夫さんの」

「さいだす。ワキを語らせてもらえることになりました」

「まあ、なんということでしょう。五郎兵衛どの、私も我が事のように嬉しい」

「おおきに。ワテも一刻も早うこのことをおりんさまにお伝えしたくて」

「となると、京へ行かれるのですね」

「…………」

「…………」

「行ってもすぐに戻って参ります。戻れなくても、合間を見つけてここに来ます」

「五郎兵衛どの」

「へえ」

「この一件、五郎兵衛どのにとっては大事なこととお見受けいたしました。中途半端なお気持ちで臨まれてはなりませぬ。私のことなど放っておいて、芸に御身を御投じくだされ。これはりんからのお願いです」

「おりんさま」

「私は寂しうなどありませぬ。江戸にいた頃から一人で過ごすことには慣れております。ですからどうか、どうか」

「おりんさま。頭を上げてくだされ」

「待っております」

「え」

「どれほど先になっても、私は五郎兵衛どのの帰りをお待ち申し上げます」

「それはどういう」

「あ、いえ、その」

「いや、しかし。お父上の西町奉行さまはいつ御転任の御下命があるか分からぬ御職。おりんさまもいつまた江戸に戻られることになるやら」

「その時はその時です。それまではここで待っております」

「おりんさま。ワテも一つ決めたことがあります」

「なんでしょう」

「太夫は三味線弾きや人形遣いと違うところがあります。歌舞伎の役者たちとも違うところがあります」

「それはなんですか」

「浄るり太夫は、天子さまから掾の称号がいただけます」

「じょう」

「掾号を受領《ずりよう》できれば刀が持てるんだす。この百姓出の、今は河原乞食に過ぎない男でも、掾になれば刀が持てるんだす」

「そんなに刀が欲しいのでしたら、この屋敷の蔵にもきっと何振りか使っていないものが」

「ちゃいます。ワテが欲しいんは身分だす。おりんさまに恥をかかせないための」

「私は別に何も恥に感じておりませぬ」

「そういうことやのうて」

「え。ではどういう」

「とにかくその。この五郎兵衛、やる言うたらやります。せやから待っててください。さてさて、今日のお話と参りましょう。船場《せんば》に小太郎っちゅう表具師がおりまして、これが徳屋によう遊びに来るんだすけど」

おりんの首ががくりと垂れた。眠ったようだ。

おりんの布団から離れ、濡れ縁まで来ると、裏庭の池の金魚に米粒を撒《ま》く西町奉行の背中が見えた。

「お奉行さま」

急いで草鞋を履いて庭に降り、そばにひれ伏した。池脇に立つ葉桜の青が力強い。

「面を上げよ。いつもの礼じゃ。取れ」

「へえ。おおきにだす」

五郎兵衛の手に載せられた巾着がずしりと重かった。

「初舞台の祝儀も含めてある。拙者は武士なるがゆえ芝居小屋には入れぬでな、そなたの浄るりを観ること叶わなかった。許せ」

「滅相もございません」

「代わりにうちの者に何人か観に行かせた」

「ははあ。有り難きことにございます」

「何人か操り浄るりに詳しいのがおってな、江戸でもさんざん観てきた連中じゃ。そやつらが口々に言うことがあるのじゃが、拙者は芸のことがめっぽう分からぬゆえ」

奉行はそこで言葉を止めた。五郎兵衛は顔を上げ、続きを待った。奉行は目を細めて咳《せき》を一つ払い、こう続けた。

「奴らが言うには、そなたの語りは、ひどい野良芝居だそうじゃ」

二段目

舞台上に、縦半分に畳まれた女物の小袖が置いてある。能の主役であるシテが、その着物を相手に何か喋っている。言葉が古いのと能面のせいで声がこもり、何を言っているのかよく分からない。

演目は能の『葵上《あおいのうえ》』。あまりに退屈で腹が立ち、五郎兵衛《ごろべえ》はこれ見よがしにあくびをした。

興行の場所もよくない。なぜこんな洛外にある小寺の境内でやっているのか。舞台は屋根もないただの床で、橋懸かりも白州もない。平土間には囲いすらなく、草も生え放題。客は数えるほどしかいなかった。

「ふああ」

さっきからあくびが止まらない。だいたい、こんな生活をいつまで続ければよいのか。五郎兵衛は目の前の雑草を千切っては宙に投げつけた。

京に乗り込んできた時は希望に満ちていた。なにせ洛中で一、二を争う太夫にみっちり稽古を付けてもらえると思っていたのだから。大坂から心機一転、初めて訪れた京。その高さ天下一ともいわれる東寺の五重塔を見上げ、自分もこんな風に高く真っ直ぐ空に向かって輝くぞと胸を躍らせた。

だがどうだ。稽古など全くないではないか。

まず、宇治嘉太夫《うじかだゆう》の弟子たちは皆芸達者だった。音曲《おんぎょく》、仕舞に長《た》けた者や、鼓や琵琶《びわ》を鳴らせる者もいれば、花道や茶道、はては武芸に算勘、陰陽道の呪《まじな》いができる者までいて、何ら芸のない五郎兵衛が師匠の興味を惹《ひ》くのは難しかった。

さらに。嘉太夫がほとんど屋敷に帰って来ない。少ない稽古の機会はまずワキを語る高弟にあてがわれ、五郎兵衛のような下っ端にはまったく順番が回ってこなかった。

せめて襖《ふすま》の隙間からでもこっそり稽古を覗《のぞ》ければよいのだが、それもさせてもらえない。嘉太夫は芸が盗まれるのを恐れてか、おのれの芸を弟子たちから徹底して秘匿した。稽古は大広間の襖を閉めきって行われ、稽古がない者は屋敷から追い出された。しかも稽古では嘉太夫は叱るだけで自らは語ってみせないし、自分の興行も信用している高弟以外には見せようともしなかった。嘉太夫の浄るりを観るには札を買わねばならず、もちろん、五郎兵衛たちにそんな銭はなかった。

「師匠は、芽の出そうな若い太夫を見つけては『弟子にしてやる』と誘って屋敷に閉じ込め、自分の敵を減らしているのではないか」

不満を抱えた弟子たちの間でそんな噂が立った。

屋敷に女衆《おなごし》はおらず、嘉太夫にも女っ気がない。炊事や洗濯、掃除、買い出しなどの家事はすべて弟子の仕事だった。一番下っ端の五郎兵衛は毎日、多くの家事をこなすだけで一日が終わってしまう。

「ワテはふんどしを洗うために京に来たんやない」

何十人分ものミソ付きふんどしを井戸水で擦りながら、何度そう叫んだか。

「こんなことなら大坂の師匠のもとに留《とど》まっといたらよかったわ」

もちろん、今さら大坂に戻ることはできない。理兵衛《りへえ》からは破門された。

清水座《きよみず》旗揚げ興行の千秋楽を迎えてすぐ、次の興行に向けた稽古が始まり、その稽古初日で五郎兵衛は理兵衛に告げたのだった。

「京の嘉太夫はんにワキをやれと誘われまして、行ってもええだすか」

「なんやて。二人も師匠を持つことはできひんぞ」

「ほしたら嘉太夫はんとこでやってみたいだす」

「んなあほな。ほしたら破門や」

　この恩知らず。お前のために師匠は旗揚げしたんやぞ。あほ。ぼけ。カス。お松や兄弟子たちに罵られ、石を投げられ、五郎兵衛は徳屋から蹴《け》り出された。

　もちろん、理兵衛には深い恩義を感じている。浄るりの世界に誘ってくれた恩人であり、親に勘当されたこの身を寝食ともに世話してくれたことは一生忘れまい。

　だが一年以上も稽古を積んだ後となっては、理兵衛から教わることがもうあまりない気がしていた。こう言ってはなんだが、師匠にするなら料亭の主人より京で一、二の人気を争う花形太夫のほうが断然いい。正直、理兵衛に師事していても宴会座敷の太夫になるのが関の山だろう。天下を摑《つか》むための足がかりとするなら理兵衛より嘉太夫だ。

　そう判断したから、大坂を捨てて京へ上ったのだ。なのに五郎兵衛は稽古をまだたった一回しか付けてもらえてない。

　そのたった一回の稽古で、嘉太夫はこう言い放った。

「もうよろしいわ。もっとできる奴かと思うたけんど、空っぽの芸や。声が大きいだけ。野良犬の遠吠えどすな」

空っぽの芸。野良犬。屋敷の大広間で、五郎兵衛は拳を握った。西町奉行にも野良芝居だと言われたことが思い出され、額の汗が畳に落ちた。

だが腹も立つ。自分のいったい何が野良芸だというのか。五郎兵衛は嘉太夫を睨《にら》み、床本《ゆかほん》をわざと音を立てて閉じた。

「ワテの何が野良なんだすか」

「そんなことも分からんのかいな。あんさんは能も謡曲も何も知らんやないか。百姓は野良仕事ばっかりしてはるから芸が土臭いんどす」

嘉太夫が大きな体を揺らして笑った。百姓をバカにされて五郎兵衛は思わず大声を上げた。

「ワテの芸は徳屋ちゅう高級料亭の旦那さんに教わった芸だす。師匠は播磨節《はりまぶし》を土臭い言いはるんだすか」

他の弟子たちが青ざめた。弟子になりたてだった五郎兵衛はまだ嘉太夫が癇癪持《かんしやくも》ちだということを知らなかったのだ。

「なんやと。土臭いんは播磨はんやない、あんさんや。大雑把で、声が大きうて、やかましい」

　嘉太夫が畳を叩いた。五郎兵衛も負けじと膝を立てる。

「ほな、師匠はどんな芸なんだすか」

「あんさん、ワシの芸も観んと弟子になったんか」

　嘉太夫が五郎兵衛に向かって扇を投げつけた。扇は五郎兵衛には当たらず後ろの襖に当たり、畳に落ちた。他の弟子がさっと走って扇を拾う。

「師匠がワテにワキを語れって言いはったんやないだすか。せやからワキをやらせてください」

「あほたれ。あんさんなんか使い物にならしまへん。寝言は洛中でやってる芝居を全部観てから言いなはれ」

　嘉太夫が扇で払う仕草をすると、兄弟子たちが五郎兵衛を両脇から抱え上げ、稽古場の外へ放り出した。

　こうして、初めての稽古はあっけなく終わり、洛中の芸を観て回る日々が始まった。

とはいえ銭はない。札賃をもらうには五郎兵衛がまず自ら河原や寺社を回って観たい芸能を見つけ、それを観たいと兄弟子に告げなければならない。そうすると、兄弟子から師匠に伝わり、師匠がその芝居を「観てよし」となれば兄弟子経由で札賃がもらえる。そんなまどろっこしい思いをしてやっと観られた舞台がこのつまらなさである。

「ああ、おもろうない」

そもそも能は好きではない。五郎兵衛は草に寝転がって流れる雲を眺めた。隣に座っている老夫婦は食い入るように観ているが、こんな何も起こらない話のどこがそんなに面白いのか。

いよう。ぽんっ。

鼓が鳴ったので首だけ起こして舞台に目をやった。一度奥へはけたシテが、今度は恐ろしい面をかぶって出直してきた。

「分からん」

まず面を替えるためだけに舞台からはける必要があったのか、舞台上でかぶり直せば早いではないか。すり足でゆっくり足を運ぶのもいらいらする。五郎兵衛は着物のほつれた糸が気になり、指で千切った。六条御息所《ろくじょうのみやすどころ》の生き霊《いりょう》が葵上を殺そうと呪いをかける。力強く派手に演じればいいのに、型にはまった動きのせいで、どうしようもなく緩慢だ。

〽あら怨《うら》めしや
　今は打たでは　叶ひ候《さぶら》ふまじ

能面の奥からくぐもった声がした。能面をかぶった人間と操《あやつ》り人形は表情が変わらない点が似ているなあ、などと思ったりもするが、だから何だというのだ。幕府の式楽となった芸なだけあって所作や様式は美しいが、詞《ことば》は間延びし、肝心の物語がさっぱり転がらない。こんなものを観るくらいなら間狂言《あいきょうげん》の猿のほうがよほど勉強になる。

五郎兵衛は袖に手を入れた。袖の中で、紐に通した寛永通宝の重みを感じる。今日余らせた一枚を合わせてようやく二十四文になった。京も大坂も今風な芝居の札《つ》は二十四文である。この能『葵上』は三文だったが、兄弟子には四文だと嘘を吐き、一文余らせた。これまでもこうして時々穴銭をちょろまかし、貯め込んでいたのだった。

この二十四文を握りしめ、明日は四条河原へ行く。そしてこっそりと師匠の浄るりを観てやる。天下一、二を争う宇治嘉太夫。いったいどんな芸なのか、とくと拝ませてもらおう。

✻

まだ早朝なのに鴨川の河原は中州まで人がひしめき合い、三味線の調絃《ちょうげん》やら軽業《かるわざ》の太鼓が聞こえてくる。

「これや。これやで」

たまらず土手から駆け下りた。

「さじきぃ、さじきぃ」

茶屋の前で若い男が桟敷席《さじきせき》の売り込みをしていた。五郎兵衛は背伸びして、師匠のやぐらを探した。京でやぐらの建つ公許芝居は七つ。あれも違う、これも違うときょろきょろし、ついに若草色に染め抜かれた嘉太夫のやぐら幕を見つけた。腹にぐっと力が入る。

　宇治座の四方は筵張《むしろば》りの竹矢来。表口が十五間、裏行きが二十間はあろうか。こんな大きな小屋、大坂では見たことがない。いったい何人の客を入れることができるのだろう。千五百人か、あるいはそれ以上か。兄弟子らによれば、連日、木戸札を求める行列が川べりの辻を越えて八坂神社にまで延びるという。

　札売りはどこかと、五郎兵衛は小屋の表を見回した。大坂では小屋の前に置かれた床机《しょうぎ》に男が座って札を売る。だがそんな男は見当たらない。江戸では床机の上で役者が踊ったりして客寄せするそうだが、そんな様子もない。

「もしやあれか」

　京ではどうやら壁板の中に売り子が入り、格子越しに札を売るらしい。

「すんまへん、一枚」

「上か、下か」

　暗い格子の中から荒っぽい男の声が返ってきた。上とは桟敷席で、下は平土間のことだ。札を売る男は五郎兵衛より少し年上だろうか、絞りの小袖に懐手《ふところで》。目がやたらと細長く、涼やかというより冷え切った怖さを感じた。頬にある大きな刀傷を見て五郎兵衛は気づいた。この男、たまに屋敷で見かける。名は確か、竹屋《たけや》庄兵衛《しょうべえ》。芝居の金銭的責任を負う興行主だ。この庄兵衛こそが、当時まだ無名だった宇治嘉太夫と組んで宇治座を立ち上げ、札を売りまくって嘉太夫を人気太夫に押し上げた仕掛け人だ。

「下でお願いします」

「ほい、まいど」

庄兵衛が札を一枚投げるようにこちらへ寄越し、細い横目で見てきた。

「あんたどっかで見たことあるな」

見つかってはまずい気がして、顔を隠して札を受け取り、慌てて鼠木戸《ねずみきど》をくぐった。

平土間に入った途端、客の渦巻く熱気に気圧《けお》された。このところ小さな芝居ばかり観ていたせいもあり、公許の大きな芝居小屋に来たというだけで体が熱くなった。

師匠がどんな風に声を客席全体に届けるのかを知りたくて、五郎兵衛は一番後ろに座った。床台が驚くほど遠い。この距離で声を届かせるには相当な声量が必要だろう。

その遠い舞台に目を凝らす。人形遣いの体を隠すための手摺《てすり》が胸の高さほどあり、その手摺の左右端には城の絵が描かれた大きな書き割りがあった。書き割りの裏にはきっと、最後の段に使われるからくりが仕込んであるのだろう。

手摺の前には一段低い平舞台があり、そこは幕間に短く上演される間狂言などに使われる。今は兄弟子や三味線弾きたちが座り、本番前に神に捧げる演目『三番叟《さんばそう》』をドンチャカやっている。

「すんまへん皆の衆。お客さんが外にまだまだ並んではります。もっと詰めて。前に詰めて」

庄兵衛が鼠木戸から声を張り上げた。大勢がぞろぞろと前に動き、空いた後方に新たな客が詰めこまれた。凄まじい人気だ。

これから始まる浄るりの詞章《ししょう》は頭に入っている。師匠が懇意にしている山本九兵衛という本屋が、宇治座が興行するたびに詞章全文が刷られた丸本を出版する。これが毎度馬鹿売れで、その礼にと新作本が弟子に配られるのだ。弟子たちはその本で自主稽古をする。これには五郎兵衛はいたく感動した。紙の本があればそこに色々書き込みができ、自分なりの語りを試しやすい。

今日の見物はその答え合わせでもある。おのれの解釈と師匠の語りがどう違うのか。

演目は『うしわか虎之巻』。源義経こと牛若丸が秘密の兵法書である〈虎の巻〉を読みたくて、その持ち主の娘をたぶらかし、書を盗んで兵法を会得する。だがすぐに持ち主に見つかってしまい、牛若丸は持ち主を殺し、娘が悲しむという話だ。いまいち筋の通らない物語だが、世間ではこれが評判だ。

「ちょっと通しておくれやす」

「そちらはんが詰めたらよろし」

桟敷で酒に酔った公家《くげ》たちが騒いでいる。本番には静かになってくれよ、と思ったその刹那《せつな》、やぐら太鼓が鳴った。太鼓の音で一斉に静まるあたり、さすが京の客は品がある。大坂ではなかなかこうはいかない。

竹屋庄兵衛が手摺の前に現れ、拍子木を打った。

「とざい、東西」

芝居小屋は南向きか北向きに作られることが多い。つまり東西とは、客席の隅から隅まで、といった程度の意味だ。庄兵衛の東西声が続く。

「このところお聞きに達しまする浄るり外題《げだい》『うしわか虎之巻』。語りまする太夫、宇治嘉太夫。三味線、尾崎権右衛門《おざきごんえもん》。いよいよ一の段、そのため口上、東西東西」

口上ぶれが終わると、手摺の奥、一段高い床台に嘉太夫と三味線弾きが現れた。客席から一斉に拍手が湧く。嘉太夫の眉は剃られ、眉墨で天上眉が描かれていた。衣裳《いしよう》は半裃《はんがみしも》、中の小袖は金糸が使われた絢爛《けんらん》な柄だ。

「いよう、いよう、嘉太夫様」

「今の世の人殺し」

平土間から声が飛ぶ。その声を遮るように嘉太夫が床本をすっと宙に掲げると、客席はまた静まりかえった。嘉太夫の仕草は厳《おごそ》かで、まるで芸能神に身を差し出すかのようだ。

権右衛門がバチを振り下ろした。さすがは当代きっての三味線弾き、切っ先鋭い音色で小屋の空気を塗り替えた。

さあ、始まる。一言たりとも聞き逃すまいと五郎兵衛は前のめりになった。

〽さてもそののち　ここに清和の苗裔《びょうえい》
　左馬頭《さまのかみ》　義朝《よしとも》の末子《ばっし》　牛若丸と申すは

なんやこれ。どういうことや。五郎兵衛は腰を抜かしそうになった。声が小さいのだ。

その小さい声に皆が身じろぎせず耳をそばだてる。客たちはまるで自分の呼吸の音すらも邪魔であるかのように息を潜めた。あまりに弱々しい声に五郎兵衛は自分の耳が詰まっているのかと耳の穴を指でほじったが、声は大きくならない。

もしやこれはわざとか。わざと声を小さくして、客が集中するように仕向けているというのか。話し手の声が小さければ人は懸命に聞こうとする。懸命に聞いた言葉は頭の中で絵となり、人々はその景色に酔いしれる。五郎兵衛は背筋に冷たい汗を感じた。なんという繊細な芸だろうか。この繊細さが京の雅《みやび》な人々の好みに合うのだろう、皆うっとりと聞き惚れていた。

まるで湧き水のように澄んだ声。西陣織のごとく精妙なフシ回し。聞くだけで穢《けが》れが落ち、心が浄化されていく。こんな小花のような声を師匠はどうやって手に入れたのか。

〽それがしが一人娘に
密通いたし　たぶらかし

これが一流の浄るりか。天下を取るにはここまで高い技術が必要なのか。それにひきかえ、おのれの語りなど、言葉という石ころを客席へ当てずっぽうに投げているだけではないか。

〽心づくしの秋もゆき
冬も早やすきの門

人形より太夫ばかりに目が奪われる。嘉太夫の繊細な声に誘われ、心が物語の中へ飲み込まれていく。すべての詞章を知っているはずなのに、まるで初めて聞く話のように続きが気になる。

〽東風《こち》吹かば　匂いおこせよ　梅の花
主《あるじ》なしとて　春な忘れそ

誰もが知っているこんな文句こそ語るのは至難だ。嘉太夫は「梅の花」で声をほんの少しだけ張って客を惹きつけ、「主なしとて」を使って上手く旋律へと移行し、「春な忘れそ」を朝露が葉から落ちるかの如く静かに謡《うた》った。その哀愁の響きが胸を締めつけ、目頭が熱くなった。平土間のあちこちからもすすり泣く声が聞こえる。

〽なかなか申斗《もうすばかり》は　なかりけれ

あっという間だった。語り終えた嘉太夫が礼をした途端に千五百人が歓声を上げ、惜しみない拍手を太夫に送った。五郎兵衛はその場から立てなくなり、震えが止まらない膝を抱いた。

✿

朝起きてすぐ、屋敷を飛び出した。家事どころではない。練習をしなくては。今夜は京へ来て初めての選考会がある。師匠の次回作のワキ太夫を決める会だ。それまでになんとしても師匠のあの繊細な語りを自分のものにしたい。今夜選ばれなければまた家事ばかりの日々が続く。それだけは嫌だ。

鴨川の河原に着き、ひと気のない土手を見つけてさっそく声を出した。初段、冒頭から人形を呼び込むヲクリまでの大事な導入。師匠はあそこで客の心を一気に摑んだ。

その後に続く地、フシ、詞章。どこをどう切り取っても師匠の語りは細やかで柔らかく、客の心を離さない何かが秘められていた。

〽さてもそののち　もう密かに思んみれば

何度やっても師匠の雰囲気に近づかず、口真似にすらならない。どうやればいいのか皆目分からないなんて、こんなことは初めてだった。

これまでずっと、声が大きければそれでよいと思っていた。だが今は分かる、自分の語りなどただの子供騙《だま》しだったと。

野良芝居——。

西町奉行の声が何度も頭を過《よぎ》る。昨日までは京へ来たことを後悔していたが、今となっては太夫を目指したことすら後悔しかけていた。

〽さてもそののち　もう密かに思んみれば
何度も繰り返すうち、喉が痛んで声がしわがれてきた。あの細いけれど遠くまで届く声を出したいのに、試せば試すほど自分の声は理想から遠ざかっていく。

「くそっ」

小石を拾って川面に投げた。声と同じだ。小さな石を遠くへ飛ばすのは大きな石を飛ばすよりも難しい。ただの力任せではうまくいかない。

「どうやるんや。さっぱり分からん」

焦りで気がどうにかなりそうだった。なにが天下一になるだ。能天気なおのれの馬鹿さに呆《あき》れ果てる。

「もし」

突如、背後から声がかかった。驚いて振り返ると男が立っていた。男は五郎兵衛の手にある稽古本を指した。

「そこもと、四条河原でやっていた牛若をご覧《ろう》ぜられたか」

「へえ。観ました。すんまへん、ここ邪魔でっか」

「そうではない。そこもとは嘉太夫先生のお弟子さんであろう。顔に見覚えがある」

姿勢のよい、甘い顔をした男である。綺麗に剃られた月代《さかやき》、日焼けしていない白い肌。大小を差しておらず町人のような風体だが、佇《たたず》まいは武士にも見える。やんごとなさを感じて五郎兵衛は立ち上がった。

「ワテの顔をどちらで」

「拙者もそなたと同じく嘉太夫先生のもとで学んでおってな。といっても拙者は太夫ではない。作家じゃ」

「作家」

声がひっくり返った。

「作家て、この御本を書きはったご本人てことだすか」

「いかにも。それは拙者が書いた。頭から終わりまで」

男はまるで自分のもののように五郎兵衛の手から稽古本を奪い、紙をめくった。

「全部、一人でだすか」

作家が本をすべて書くなんて珍しい。たいていの浄るりは昔からある説経節や平曲などを太夫が好き勝手に切り貼りして語り、作家がそれを書き留める。作家とはそういう仕事だ。『うしわか虎之巻』は源平の話なのでむろん出典はあるだろうが、確かに言われてみれば他作品からの借用がほとんどなかった。五郎兵衛はすっかり感心して、男と本を見比べた。男が頭を小さく下げる。

「拙者、杉森信盛《すぎもりのぶもり》と申す」

やはり武家のような名だ。歳《とし》は五郎兵衛と同じか少し下だろうか。

「すぎもりのぶもり。もりもり、だすな」

「そうあだ名されるのが嫌で今は筆名で通しておる。近松《ちかまつ》じゃ。筆名は近松門左衛《もんざえ》門《もん》という」

「そっちのほうが語呂がええだすな。ワテは五郎兵衛。清水五郎兵衛いいます」

「五郎兵衛どの、牛若はいかがであったか。そなたの意見が聞きたい」

「さいだすなあ」

師匠の声を聞いた時の興奮が鮮明に蘇《よみがえ》る。

「とにかく言葉が美しい。その美しい詞章に師匠の細やかな語りがぴったり合《お》うて、まるであの河原が源平の時代に戻ったかのようだした」

ふはは、と近松が鼻を掻いた。褒められて嬉しいのだろう。

「ただ」

五郎兵衛は一か所だけ気になるフシがあった。二段目の出だしの辺り、

〽おっ取りまいたる敵軍を　ぐるりぐるり
くるくるくると　巡り討ちに薙《な》いで回り

という戦いの場面。いわゆる修羅場だが、そこも嘉太夫は優雅に小さな声で語っ

た。客は酔いしれたように聞いていたが、五郎兵衛は納得がいかなかった。自分ならもっと力強く語るだろう。

「ただ、なんでござるか」

「いや、完璧でございました」

五郎兵衛は笑顔を作った。これは語り手の問題であって、作家に伝えるべきことではない。詞章そのものと、それがどう語られるかは別の話だ。

「そんなに褒めてくれるのであれば、いつかそなたにも本を書かせてくれ」

「え、ワテにだすか」

「拙者でよければいくらでも書く。何でもよいから書きとうて書きとうてたまらぬ」

近松が腰から筆と紙を取って五郎兵衛に見せた。筆の先がぼろぼろに毛羽立っている。紙には何やら文字がたくさん書き殴られていた。

「この目で見た景色を言葉に起こす修練をしておる」

「景色を、言葉に」

「目に見えるもの、耳に聞こえるもの、すべてを文字に置き換える鍛錬じゃ。太夫や役者の語りに力を持たせるには、正確で、端的で、なおかつ美しい言葉を選ばなくてはならぬ」

近松が鼻息荒く語る。

「拙者は一流の作家になりたい。そなたも一流の太夫になりたいと願ってここにおられるのであろう。ともに一流になって、二人で天地がひっくり返るような芝居を作ろうではないか」

熱く語る近松が眩《まぶ》しくて、五郎兵衛は目を細めた。ふいに、自分の鼓動が聞こえた。そうだ。京に来た頃は自分だってこんな風に心を燃やしていたではないか。五郎兵衛は拳を握った。

「おおきに、近松つぁん。ワテ、今から稽古します」

「おお、そうか。邪魔をしたな」

土手を町のほうへ降りていく近松を見送り、五郎兵衛はまた稽古本を開いた。今夜なんとしてでもワキの座を射止めてやる。

夕飯の後、三十人の弟子たちが屋敷の大広間に集められた。

選考方法は、一人ずつ嘉太夫の前に呼ばれ、その場で指定された箇所を語ってみせる、というやり方らしい。呼ばれた者は広間の真ん中に座り、三味線も人形もなく一人で語る。

「へた。話にならしません」

弟子の語りが最後までいかぬうちに嘉太夫は止め、次々と下がらせていく。

「なんやのそれは。才おまへんわ」

「ほんまに稽古しはったんどすか、このあほう」

「もう浄るりなんか辞めて家業を継ぎなはれ」

師匠は酒を舐《な》めながら、弟子の語りが気に入らないとキセルや銚子を投げつける。

自分の番を待つ間、五郎兵衛は生まれて初めて緊張していることに気がついた。寒くもないのに下腹が震えて仕方ない。

「次。あー、名前なんやったかいの、あんさん。そこの鼻の大きい」

ついに順番が回ってきた。

「清水五郎兵衛だす。よろしうお願いします」

五郎兵衛は立ち上がり、前へ出た。

「五郎兵衛。そうやそうや。能やらなんやら見て回って、どれほど上手《うも》うなったか見せてみ」

弟子に容赦ない様子を見ていて、五郎兵衛は思った。嘉太夫は自分の芸に厳しくし続けたことで今の地位を築いたのかもしれない。紀州の紙屋に生まれ、浄るりに目覚めたのは十七歳だったと聞く。以来、一座を旗揚げするまで二十四年もの長い間修行を積んだ。

「早うしなはれ」

嘉太夫に睨まれると心を見透かされたような気分になる。背中から汗が噴き出し、体が固まって喉が締めつけられる。もうまともに声が出そうになかった。実はまだ迷っている。自分がこれまでやってきた得意な語り方でやるべきか、嘉太夫の繊細な声を真似するか。

「ほないきます」

ええい、ままよ。五郎兵衛は嘉太夫のやり方でいくことにした。静かに、そっと、細いフシで入り、弱々しく地合を語った。

三味線弾きの尾崎権右衛門が目を開け、こちらを睨んだように見えた。その老獪《ろうかい》な視線が「おいお前、ほんまはそんな語り口やないやろ」と五郎兵衛を責めているような気がしたが、そんなわけはない。多くの三味線弾きがそうであるように、権右衛門は盲目だ。

「お耳を汚してすんまへんだした。おおきにでござした」

語り終えて平伏し、師匠の言葉を待った。驚いたのは、途中で止められずに最後まで語らせてもらえたことだ。恐る恐る視線を上げると、嘉太夫はううんと唸《うな》りながら扇で頭を掻いていた。

「中身はないけど、音だけはええのう」

褒められているのか貶《けな》されているのか分からず、五郎兵衛はじっと畳を見つめた。その畳に汗が落ちる。一滴、二滴……。

「あんさん。ワキ、やってみるか」

「えっ。よろしいんだすか」

五郎兵衛はその場で飛び上がりそうになった。

「他の連中がカスやから仕方なくや。次の公演の二段目、任せますわ」

「おおきにだす師匠」

頭を勢いよく下げすぎ、額を畳に思い切りぶつけた。

しかし、困った。

ワキ語りをしろと与えられた二段目は、よりによって戦《いくさ》の場面、いわゆる修羅場であった。前興行の『うしわか虎之巻』で五郎兵衛が唯一、嘉太夫の語りを気に食わなかったのも修羅場だった。もちろん新作なので『うしわか虎之巻』とは詞章も全く異なるが、修羅場は修羅場である。

「これをあの細いフシ回しで読むんか」

五郎兵衛は頭を抱えた。弟子として師匠に合わせるのがよいのか、あるいはおのれを貫くべきか。

新作の演目は『西行物語』だ。

願わくは　花の下にて　春死なん
その如月の　望月の頃

西行法師のこの有名な歌を師匠はきっと静かに美しく回し、客をうっとりさせることだろう。

それはそれとして、この本には奇妙な点があった。五郎兵衛が子供の頃に祖父から聞かされた西行法師の話は、出家した西行が日本中を旅して、旅情を感じたり人生の虚《むな》しさを歌に詠んだりする、といった穏やかな物語であり、どんなに思い返しても戦いの場面などなかった。なのにもらった床本には修羅場があるばかりか、遊女まで出てくる。

「これはいったいどういうことだすか」

近松に尋ねてみると、それは客を飽きさせないための工夫で、自分もよくやらされるという。

「きっと嘉太夫先生が作家に、元の『西行物語』に色々書き加えろと仰《おつしや》ったのだろう」

近松によれば、この『西行物語』二段目に足された修羅場は、能や謡曲の『義経《ぎけい》記《き》』や『熊坂《くまさか》』からまるまる拝借した詞章で、最後の遊女のくだりは能の『江口』から取ったものらしい。

さあ、その修羅場。

どう語るべきかの答えも出ぬまま、師匠との合同稽古が始まった。

閉め切られた大広間に五人の弟子が呼ばれ、他は屋敷の外に追い出された。五郎兵衛以外の四人はいつもワキを語っている古株の兄弟子だった。五郎兵衛は目立たぬよう端に座り、兄弟子たちの稽古を眺めた。嘉太夫はあくまで語らない。弟子たちの語る箇所だけの抜き稽古だった。

三味線は盲目の権右衛門一人。人形抜きで行う立て稽古はあれよあれよと進み、西行が出家して家を出て行く場が終わった。次は伝説上の盗賊である熊坂張樊《くまさかちょうはん》が現れ、なぜか西行の家に強盗に入る修羅場だ。

五郎兵衛は師匠の前に座り、語り始めた。喉を絞って細々とした声を出す。

〽知略は張良《ちょうりょう》　勇力《ゆうりき》は樊噲《はんかい》に準じ、
　張良の張を盗み　樊噲の樊を取り

「あほう。そないに弱々しく語ってどないします、修羅場どすえ」

嘉太夫は怒鳴り、五郎兵衛の頭を扇で叩いた。ならば、と今度は大声で思い切りやってみる。

〽張樊という強盗　なかりけれ
みな恐れぬ人こそ

「耳痛い。そんな大声張り上げたら都の人は腰抜かしますえ。大坂の下品な客とは違うんどす」

今度は床本で頭を殴られる。それならば、とまた糸のように細く語る。

「あほう、聞こえへんやないか」

さっきよりは小さいがやや大きな声で語る。

「うるさい、ぼけナス」

息を潜めるようにしてやや太めの小声を出す。

「声が揺れてますえ」

もうどうしていいか分からない。喉を絞って太い声を出してみる。

「やかましわ。間はないんか間は」

何度も頭を殴られ、扇を投げつけられた。喉が破れそうだ。いったい何が正解なのか。頭の中が沸騰したように混乱し、ついに口走った。

「もう分かりまへん。師匠が語ってみてください」

稽古場の空気が凍った。嘉太夫がぎろりと五郎兵衛を睨む。

「なんやと。もっぺん言うてみいっ」

師匠は茹《ゆ》で蛸《だこ》のように顔を真っ赤にして、扇や床本や筆やらを手当たり次第、五郎兵衛に投げつけた。ついには墨の入った硯《すずり》が飛んで来て腹に当たった。息ができないほど痛く、着物が黒く染まる。

「おのれができへんことを師匠にやらせるやと。そない弟子がこの世のどこにいてるんや」

目をひんむいて嘉太夫が立ち上がる。師匠にもこんな大声が出せるのかと驚きながら見上げると、嘉太夫は足を高く上げ、正座している五郎兵衛の膝を踏んづけた。あまりの痛みに五郎兵衛は悲鳴を上げ、たまらず師匠の足を手で払いのけた。

「すんまへん。堪忍だす。後生だす」

頭を畳に擦りつける。その頭を何度も扇で殴られる。

「このあほんだら」

「せやけど師匠、どうやったら師匠みたいな声が出せるんか、きちんと教えてくれんとできまへん」

五郎兵衛は土下座したまま畳に向かって叫んだ。

「師匠は叱るばっかりで、いいか悪いかしか言うてくれまへん。悪いなら悪いでどこがどう悪いんかを教えてください」

「五郎兵衛。お師匠に向かってなんちゅうこと言うんや」

兄弟子の一人が進み出てきた。

「お師匠さんが叱ってくらはるんは有り難いことや。何も言わはらへんのはお前に教えることがまだ何もないからや。基本のキの字もできひんくせに生意気言うな」

「基本は大坂でみっちり学びました。そもそもワテは、師匠の語り口がこの修羅場には合わんと思うんだす」

口が滑った。すわ、破門か。少なくとも蹴飛ばされるだろうと顔を上げると、兄弟子たちは皆あんぐりと口を開けて青ざめていた。三味線の権右衛門はにやりと笑っている。そして師匠は、怒りで肩を震わせていた。

「さよか、五郎兵衛」

恐ろしいほど低い声だった。

「ほんなら、あんさんの好きなやり方でやったらよろしい。それで恥でもなんでもかいたらええ」

稽古は終わりや。くそ。茶淹《い》れろ。いや酒や。嘉太夫はどすんどすんと足音を響かせながら座敷を出て行った。慌てて兄弟子たちもついていく。

一人残された五郎兵衛は頭《こうべ》を垂れ、額を畳に打ちつけた。

「あほ。あほ。あほ」

もう二度と稽古は付けてもらえまい。そして、舞台もこれが最後になるやもしれない。


「打ちもの、技にて、叶うまじぃ」

ここは負けそうなのが悔しいので歯を食いしばって語り、次の「組んで力の勝負をせんっ」は、敵に組み付いていくので力強く叫ぶ。

「とて、太刀《たち》、投げ捨ててぇ」

声をカンと張ると、隣に座った尾崎権右衛門が一の糸をベンと弾いてサワリを震わせた。張樊役の人形が太刀を捨てる音を三味線で鳴らしてくれたのだ。ちらりと客席に目をやると皆人形を目で追っている。よし、寝ている者やよそ見する者はいない。いい初日になりそうな予感に喉がさらに開く。

「大手を広げて、飛んでかかるぅを」

あえてやけっぱちな感じで語尾を、うおおお、と伸ばし、張樊が西行に飛びかかっていく印象を作る。人形遣いも語り口を理解してくれたようで、人形が声に合わせて派手な動きを見せる。

「背《そむ》けて諸《もろ》ひざ、薙ぎたまえば」

ここは張樊が戦いに勝っている。だがすぐ、「きーらーれーてー」と斬られた悲痛な声を出す。三味線が勘所《かんどころ》を押さえ、叫び声に乗ってきた。

「かっぱ、と転びけるが」

かっぱは人が宙を飛ぶ擬音だ。よし、声に合わせて人形も飛んだ。あとは飛んだ人形が床に落ちて転がるのを待って、

「起き上がらんと突っ立つところを、真っ向より割りつけられて」と長い文を一気にたたみかけ、「一人と見えつる熊坂の、張樊もっ」で、ぐっと息を止める。その隙にまた客席を見渡した。観衆はまだ集中して人形を観ている。五郎兵衛はシメの詞章に入った。

「二つになってぞ、失せにける」

静かに、折り紙の大事なところを折るように、丁寧に物語を閉じた。そこに三味線のフシ落ちが添い遂げる。床本を宙に掲げ、礼。立ち上がり、くるりと客席に背中を向けた。

五郎兵衛は待った。客席から割れんばかりの拍手が来るのを。だが、いつまで経っても客席は静かなままだった。三味線弾きと人形遣いが袖に引っ込む足音に続いて、お囃子《はやし》が聞こえた。平舞台に間狂言の軽業師が登場したのだろう。五郎兵衛は唇を固く結び、舞台から引っ込んだ。

「嘘やろ」

まったく通用しなかった。膝が震え、楽屋へと続く階段を上手く降りられない。なんとか踏ん張って地面に降り立ち、そのまま木戸から裏通りへと出た。崩れるようにして地面に座り込む。小袖の胸元から薄ら寒い風が入ってきた。

「お客さん皆帰りはったんで木戸閉めます」

竹矢来の向こうから興行主である竹屋庄兵衛の声が聞こえてきた。が、五郎兵衛は地面に座り込んだまま動けなかった。

「何してるんや、師匠が呼んでるで」

箒《ほうき》を持って裏木戸から出てきた兄弟子に見つかった。立ち上がるのにも体が重い。足を引きずるようにして木戸をくぐり、恐る恐る楽屋を覗くも師匠はおらず、平土間へ出た。

「師匠」

舞台端でからくり師と何やら話していた嘉太夫が振り返った。五郎兵衛を見るなり蛸入道のごとく顔を真っ赤にした。

「お前、なんやさっきの語りは」

白い息を吐きながら嘉太夫がどたどたと近づいてくる。五郎兵衛は胸を突き飛ばされ、地面に倒れた。咄嗟《とっさ》に地についた手のひらに痛みが走る。

「どないしてくれるんや。お前が二段目コケたせいで全段が駄目になったやないか。正月興行の初日やいうのに」

「すんまへん」

嘉太夫が見下ろしてくるその剣幕が恐ろしく、五郎兵衛の目から勝手に涙が溢《あふ》れた。掃除をしている兄弟子や明日の準備をする大工たちが手を止め、遠巻きに見ている。

「好き勝手にやれとは言うたけどな、芝居を壊せとは言うてない。お客さん、どう聞いてええんか分からんて顔してはったやないか。勝手にあんなことされたら宇治嘉太夫の名が廃《すた》る。お前は今日で破門や」

「そんな。堪忍だす。もう二度としまへん。明日から静かに語ります。せやから破門だけは勘弁したってください」

五郎兵衛は嘉太夫の足にすがった。

「もう我慢ならん。あんさんなんか選んだのが間違いどしたわ。今すぐ荷物まとめて屋敷から出て行け」

「堪忍だす。後生だす」

「放せあほ」

嘉太夫の足が五郎兵衛の腹を蹴った。五郎兵衛は転がり、顔も着物も土まみれになった。

「汚いのう、百姓めが」

嘉太夫は踏み潰した虫でも見るように眉を歪《ゆが》め、楽屋へと歩き出した。

「待ってください。師匠」

「師匠なんて呼ばんといてくれ。あんさんはもう弟子やない」

「待ってください。なんでもしますさかい」

「なんでもするやと」

嘉太夫が立ち止まった。

「ほな、お願いがありますわ」

「なんだすか」

五郎兵衛は師匠が振り返ってくれたことが嬉しくて、浄るりがやれるならどんな条件でも飲もうと一瞬で決意した。

「もう京で二度と浄るりやらんでもらえるか」

「え」

「もしやってるのを見つけたら全力で潰す。覚えときなはれ」

嘉太夫は再び歩き出し、楽屋へと消えた。小屋が静かだ。周りにいる全員から見られている気配を感じ、五郎兵衛は顔を伏せたまま鼠木戸へ向かった。

木戸をくぐる時、格子の奥にいた竹屋庄兵衛と目が合った。

「おい。あんた」

庄兵衛が何か言いかけたが、五郎兵衛は立ち止まらなかった。


風呂敷に荷物をまとめ、嘉太夫の屋敷を後にした。

もちろん行くあてなどない。銭もない。大坂へ帰ろうとも思ったが、帰ったところで頼れる者はない。家族のもとにも、清水一座にも、戻るわけにはいくまい。

寒空の下をあてもなく歩いた。寒さで歯の根が合わず、腹が震える。すれ違う人がみな自分を笑っている気がした。

正月の賑やかな町をふらふら歩いているうちに空が暗くなってきた。夜に洛中をうろつくと同心にしょっぴかれてしまう。このままではまずい。都で路頭に迷った者が行く場所は一つ。五郎兵衛は芝居小屋ひしめく四条河原へと向かった。

河原に降りた頃にはすっかり暗くなり、月も細かった。暗闇にぽつりぽつりと灯かりが見えるのは焚《た》き火だ。あまりの寒さに火へ吸い寄せられた。

「邪魔や、あっち行け」

闇に紛れて遊んでいる男女なのか、あるいは身分のない河原者たちが暖を取っているのか、どの焚き火に近づいても邪魔者扱いされた。寒さに震えながら、五郎兵衛は寝られそうな場所を探した。だがすでにそこら中で人が筵にくるまって寝ている。雨露がしのげる橋の下などはもちろん先客でいっぱいだ。

ようやく、中州の端のほう、背の高い草が生えている場所を見つけた。水際だがここなら誰にも怒られずに寝られそうだ。

ごろりと横になった。河原の石が骨に当たり、枯れた葦《あし》が肌に刺さる。水際から跳ねてくる水が着物を濡らし、痛いほど冷たかった。火種も火打ち石も持っていない。このままでは凍え死ぬ。

目の前にある葦の根元を朦朧《もうろう》と眺めた。このままもう二度と浄るりをやれずに、河原乞食となってしまうのだろうか。近ごろ、太夫や役者を目指して結局芽が出ず、物乞いに身をやつす者が増えているという話をよく耳にする。

父の顔が浮かんだ。

濡れた着物に風が吹き、もはや骨の芯まで凍りそうだ。その痛みから逃れたくて、おりんの顔を頭に浮かべた。思い出すのは笑顔と笑い声ばかりで、むしろ心まで痛くなる。

「おりんさま」

名を口にした途端、うっと声が漏れ、涙が出そうになった。だが、ここで泣いたらそのまま死んでしまいそうな気がして、ぐっと唇を噛《か》み、涙を堪《こら》えた。けれどそんな自分が情けなく、また泣けてくる。こんなことになるなら大人しく百姓を続けていればよかった。身分というものがいかにこの命を守ってくれていたか。母の顔が瞼《まぶた》に浮かび、家の飯の匂いを思い出して、とうとう涙が溢れた。

魚が跳ねる音がした。五郎兵衛は体を折って小さくなった。宇治座では明日から二段目を誰が語るのだろう。やっと手に入れた場所を誰かに奪われるのは手足をもがれるようで辛い。修羅場を語り終えた時のあの静寂が頭にこびり付いている。あれほど恐ろしい時を他に知らない。たった一人でもいい、拍手が欲しかった。

「あ」

寒さで思考がぼやけていく中、五郎兵衛はふいに悟った。

「そうか」

おのれが欲しいのは天下ではなかった。欲しいのは、拍手だ。一人でもいいから、自分の語りに感動してくれた人の拍手が聞きたい。

そのためなら何だってできる。やってやる。

このまま死ぬかもしれないわけで。

目を覚ますと牢屋にいた。三方の壁に障子も窓もない。室内がぼんやりと見えるのは、一方の壁にある木戸の隙間から漏れる明かりのせいらしい。

五郎兵衛は布団から体を起こした。絹の夜着が掛けられていた。撫《な》でると指が心地よく滑り、めくると羽根のように軽い。敷き布団も木綿がふんだんに詰められているらしく柔らかかった。牢屋にこんな上等な夜具があるわけがない。

　ここはいったいどこなのか。三畳間、奥の壁に何かが天井近くまで積まれている。目を凝らすとそれは行灯《あんどん》と、料理を載せる折敷《おしき》であった。

　ふいに、三味線の音が聞こえてきた。さほど遠くない。音に誘われて立とうとしたが目眩《めまい》がした。這《は》って木戸に手を掛けると、木戸は鍵が掛かっている様子もなく、ごとりと音を立てて開いた。外は明るく、ずいぶんと長い廊下が目の前に現れた。どうやら大きな屋敷か料亭のような場所らしい。となるとこの三畳間は行灯部屋か。三味線はこの廊下の奥から聞こえてくるようだ。

「あ、おきた」

　幼い声に驚いて反対側へ首を振ると、十にも満たなそうな女童《おんなわらわ》が廊下にちょこんと座っていた。額で真っ直ぐ揃《そろ》えられた前髪に、後ろ髪は結わずに垂らしている。女童はどうやらこの行灯部屋を見張っていたようで、五郎兵衛を見るなりどこかへ消えた。

　立とうにも足に力が入らない。五郎兵衛はその場にうずくまり、どうやってここに来たのか記憶を辿ろうとした。頭がぼんやりして何も考えることができない。空腹が度を越している。

どれくらい廊下でうずくまっていただろうか、やがて足音が二つ近づいてきて、さっきの女童と単衣《ひとえ》姿の女が現れた。

「あらまあ、そんな廊下で寝とらんと。ほれ、おじやでも食べなんす」

女は五郎兵衛の体を起こして三畳間に連れ戻し、布団に座らせた。出汁《だし》のいい匂いがして視線を泳がせると、女の手には折敷があり、そこに湯飲みと椀が載っているのが目に入った。女が湯飲みを取り、五郎兵衛の口に近づけた。

「まずは白湯《さゆ》から。ゆっくり飲んで」

温かいものが喉から降りて五臓六腑へ染み渡り、それだけでずいぶんと生き返った気がした。女は椀のおじやを匙《さじ》に載せ、紅《あか》い唇でふうふうと吹いてから五郎兵衛の口元へ運んだ。五郎兵衛は匙に食らいついた。舌が痺《しび》れていて味がよく分からないが、たまらず女の手から椀を奪い、熱いのも忘れて一気にかき込んだ。

「ちょいと。ゆっくり食べやんと体がびっくりしますえ」

五郎兵衛はあっという間に椀を空にして、ふうと長い息を吐いた。腹の底から温まる。

椀を折敷に置き、ようやく女を子細に見た。二十歳には満たないだろう。まるで寝起きのように縮緬《ちりめん》の単衣の襟《えり》を大きく抜き、胸元もだらしなく緩めている。動くたびに勝山に結った髪の輪が揺れ、斜めに座った裾からは白い足が覗く。妖艶な女であった。色気にやられてしまいそうで、五郎兵衛は目をそらして何もない床を見つめた。

どたどたとまた足音が近づいてきた。荒っぽさから男だとすぐに分かる。足音が行灯部屋の前で立ち止まった。

「おう、やっと起きたか。三日も寝てたんやぞ」

入ってきたのは頬に傷のある宇治座の興行主、竹屋庄兵衛であった。それでようやく五郎兵衛は思い出した。

嘉太夫から破門され、河原で寝起きするようになって困ったのは飯だった。五郎兵衛はまず、祇園の飯屋や河原の茶屋が残り飯を捨てはせぬかとあちこちうろついた。だがどの店に近寄っても「臭い、あっちいけ」と箒で叩かれたり、水を掛けられたりして追い払われ、食う物にありつけることは滅多になかった。

次に、神さまが助けてくれるかもしれないと八坂神社の鳥居の前に座り込んだ。が、そこにはすでに何人も物乞いがおり、「邪魔や、どけ」と袋だたきに遭った。

結局、鴨川に戻り、大勢の人が行き交う三条大橋や五条大橋のたもとを選んだ。

「お恵みを、どうかお恵《さ》みを」

河原で拾った木椀を提げ銭を入れてくれと道行く人々にせがんだ。「物乞いするなら何か芸をやれ」などと酔っ払いに絡まれて浄るりを語ってみたりもしたが、力が入らず声が出ない。寝ているところをいきなり蹴られたり、小便をかけられて堪らず川に飛び込んだりしたこともある。夜の畑に忍び込んで葱《ねぎ》や壬生菜《みぶな》を齧《かじ》った時はその辛さと惨《みじ》めさに泣けた。

破門から二十日ほど経った頃には咳《せき》が止まらなくなった。眠ることすら苦しく、さらには足が攣《つ》り、唇や指が乾いて切れ、背骨が軋《きし》んだ。

そんなある昼。虹のように反った五条大橋のてっぺんに立って河原を眺めていると、手前にあった小屋がなくなったからか、宇治座のやぐらが小さく見えた。やけに遠く感じるその小屋で、誰かが二段目を語っていて、その芸に拍手が送られている。そんな想像をして胸が苦しくなり、自然と涙が溢れた。

嗚咽《おえつ》はやがて慟哭《どうこく》となった。橋の上で声を上げて泣く物乞いを、人々が奇異の目で見ながら通り過ぎていく。人々の冷たい視線が嫌になって五郎兵衛はふいに泣き止《や》み、橋の下を見下ろした。

気がつけば、欄干に足をかけてよじ登っていた。丸い欄干の上にふらふらと立って川面を見下ろす。

後ろに倒れれば、生きて地獄、前に飛べば、死んで極楽浄土。

着物の裾へ吹き上げてくる北風がやたらと冷たく、死ぬ間際まで寒いのかと悲しくなった。極楽へ行けばその悲しみも消えよう。

ほな、さいなら。

五郎兵衛は鳥のように両手を広げ、目を瞑《つむ》った。

「なにしとんじゃワレ」

男の叫ぶ声が聞こえた。五郎兵衛の腰に男の腕が回され、後ろへ引き倒された。

「あほんだら。公儀橋で死ぬ奴があるか」

橋桁の上に仰向けになった五郎兵衛は男を見上げた。その顔に見覚えがあったが、そのまま気絶してしまった。

「庄兵衛はんが、ワテを助けてくれはったんだすな」

「しょうもないことしやがって。五条大橋から飛び降りたって死なれへんぞ」

くすくすと袖で口元を隠して女が笑う。女を見て女童も真似するように笑った。

「こいつは藤江」

庄兵衛が女の肩に触れた。触られたことが嬉しいのか女が照れたようにはにかむ。

「寝てるお前の体を拭いて、着替えをしてくれたんもこいつや」

「え」

驚いて自分の身なりを見た。嘉太夫の屋敷を追い出された時から着たままでどろどろになった着物ではなく、見たこともない絞りの小袖を着ている。この妖艶な女が自分の裸を見たのだということに思い至り、火が点《つ》いたように顔が熱くなった。

「で、こっちの小さいのは禿《かむろ》の桂」

桂と呼ばれた女童が両指を床について頭を下げた。禿と聞いて五郎兵衛は腰が浮いた。

「もしかして、ここ置屋でっか」

「いや、揚屋や。置屋から遊女を呼んで酒宴を開くほう」

遊女屋なぞ自分には縁のない場所だと思っていた。それがいきなりこんな屋敷で妓女《ぎじょ》におじやを食わせてもらうなんて。

「この藤江はな、文車《ふぐるま》太夫の引船やぞ」

庄兵衛が女を自慢するように肩を引き寄せる。女もまんざらでない様子で笑う。

遊郭でいう太夫とは最も格上な妓女で、その中でも文車太夫といえば京で一、二を競う人気だ。引船ということはいつも文車太夫に付き添って座敷に上がり、客を取ったり三味線や歌を披露したりしているということか。

「ほな、ここは島原」

「そうや。朱雀野《しゅじゃかの》の若竹屋や」

わか竹屋。五郎兵衛は、あっと声を上げた。

「まさか、ここは庄兵衛はんの家だっか」

「そうや。オレはこの揚屋で生まれ育った」

庄兵衛が片方の口角だけを上げて笑った。頬の傷のせいで上手く口が動かせないらしい。庄兵衛はこの揚屋の三男坊として生まれ、置屋から来た妓女たちの面倒を看たり、銭を払わない客から取り立てなどをする妓夫《ぎゆう》をして育ったという。頰の傷は銭を取り立てに行った客に逆上されて斬りつけられた時のものだそうだ。

廊下の奥から三味線が再び聞こえ始めた。今度は二棹《さお》聞こえる。誰かが誰かに教えているのだろうか。

「オレはこうやって毎日三味線やら謡《うたい》やら舞やらを見て育ったからな、誰の芸がおもろいかとか偽物かとかはすぐに分かる。たとえば、この桂はなかなかええ筋してる」

庄兵衛が幼い禿の頭を撫でると禿もまた藤江と同じように嬉しそうに微笑《ほほえ》んだ。幼い色気が漂い、五郎兵衛は背筋がぞわりとした。

「そんで、郭《くるわ》の中でもとくに腕のええ太夫やら天神やらを集めて、そこの芝居小屋で興行打ったこともあった。これがたいそう評判でな」

島原に一軒だけ芝居小屋があることは五郎兵衛も知っている。芝居は今や男しか舞台に立てない。そんな中で女が、しかも美しい女たちが三味線を弾き、舞を踊る姿はさぞや華やかなことだったろう。

「まあ、すぐにお上から目を付けられて、遊女興行はできんようになった。そんで、なんかおもろい奴おらんかなあ思て四条河原の小屋を見て回ってた時に、宇治嘉太夫を見つけた」

庄兵衛はまだ無名だった嘉太夫に「興行をオレに任せてみないか」と持ちかけ、宇治座を立ち上げた。それまで妓夫や遊女興行で稼いだ銀にものを言わせて、売れっ子の人形遣いや大工を雇い、店に通ってくる武士に太夫の色気を使って公許を取り付けた。

「引き札ってゆうてな、いついつにどこどこで興行があるっていうのを紙に刷って、辻でばら撒《ま》くんや。これが効果てきめんでな、客がどんどん増えていった。もちろん嘉太夫の実力がそれに応えてくれたのは大きいけどな」

庄兵衛は、さてさてと立て膝をついた。

「藤江、そろそろ置屋に戻らなあかんな。送ったるさかい、支度しいや」

「うち、帰りとうない。ずっと庄兵衛はんとおりたい」

「そない言わんと。オレはこいつと大事な話があるんや」

「庄兵衛はんいっつもそう。冷たいわあ」

「許せ」

庄兵衛が女の手を撫でると、女は諦めたように立ち上がり、禿の手を引いて廊下を歩き去った。

「話ってなんだすか」

部屋から色気が消え、五郎兵衛はほっとして残りの白湯に手を伸ばした。

「なあ五郎兵衛よ」

庄兵衛がじろりと目を覗き込んできた。

「あんた、オレと組まねえか」

「組むとはなんだすか。ここまでしてもろたんだす。お礼は何でもさせてもらいます」

「そういう話ちゃう。礼もいらん。ええか、よう聞け」

庄兵衛が座り直した。

「オレが興行主として芝居小屋を建てる。そこであんたが太夫をやる。どうや」

「は」

驚きのあまり、五郎兵衛は手に持っていた湯飲みを床に落としてしまった。湯はもう入っていなかったが、湯飲みが床に転がる音が廊下に大きく響いた。

「気でも違《ちご》うたんだすか」

「あほ言え。実はオレもな、嘉太夫と大喧嘩したんや。あんたと一緒」

庄兵衛が悪戯《いたずら》っぽく片方の口角を上げた。

「あいつはごちゃごちゃと銭に細かい。毎回自分の取り分を多めに算盤《そろばん》しよる。そのくせちょっとでも足らんと大声で怒鳴り散らすから、腹立って殴った」

「殴った」

五郎兵衛は素っ頓狂な声を上げた。天下の浄るり太夫を殴るとは、なんて荒っぽい男だ。

嘉太夫が銭に細かいというのは難なく想像できた。あれだけ大勢の弟子の面倒を看ていれば金もそれなりに要るだろうし、もしかすると、興行収入の十分の一が興行師に渡る〈やぐら銭《せん》〉という制度が気に食わなかったのかもしれない。嘉太夫からしてみれば、自分の知名度と技術で客が入っているのに勝手に上前を撥《は》ねられるわけで、いい気はしないだろう。

「せやから、オレは興行主を降りた。あいつは語りは一流やけど、いかんせん人間がなってへん」

公許芝居の興行中に興行主が忽然といなくなったとあれば、一座は混乱したに違いない。五郎兵衛はなんだか師匠が気の毒に思えた。

「で、あんたの『西行物語』の二段目。あれがオレは気に入った。客は斬った張ったが見たいもんや。修羅場はやっぱりあれくらい派手で力強うないとな。それにつけても、師匠に喧嘩売ってあんなフシ回すやなんて、なかなか見上げた根性やで」

「あの語りは失敗だす。拍手が一人もなかった」

「分かってへんなあ。拍手がなかったんはほとんどの客があんたの芸を理解できひんかっただけや。けんど、一部の客は理解した。で、そいつらはあんたの語りがあまりに力強くて呆気《あっけ》に取られてたんや。せやから拍手がなかった」

「そんなべんちゃらやめとくんなはれ。くすぐったいだす。なんも出まへんで」

「物乞いやってたあんたから何が出るいうんや。ええか、オレはあんたのあの語りに何か新しいものを感じた。声もええし、人間もおもろい。そう思てあんたのことを捜してたんや。せやから五条大橋の欄干に立つ姿を見た時は心の臓が止まるかと思た。絶対に死なせたらあかんと必死に駆けた。五郎兵衛、ええか。あんたは」

庄兵衛が五郎兵衛の肩を力強く摑んだ。

「生きろ。ほんで、天下を取れ」

「天下」

まさかここに来てまたその言葉を耳にするとは思わず、胸に込み上げるものがあった。目頭が熱くなり、こぼれそうになる涙を堪えた。

「生きててえんだすか。ワテは生きて、語ってもええんだすか」

「当たり前や。思う存分語ってくれ。好きに生きろ。そんで、オレと一緒に天下を取ろうやないか」

庄兵衛がぐいと五郎兵衛の体に抱きつき、背中を叩いた。叩かれた背中の痛みが嬉しくて、とうとう五郎兵衛の目から涙が落ちた。

「おおきに。こんなに嬉しいんは生まれて初めてだす。庄兵衛はんはワテの命だけやのうて、心まで救ってくれはった。ワテは生きます。生きて、天下の太夫になりたいだす」

五郎兵衛は床に伏せて泣いた。よしよしと背中を撫でてくれる庄兵衛の手のひらがやけに温かかった。

❀

弥生の空気は固く、風もない。浄るりにはちょうどよい季節だ。拍子木に続いて「とざい、東西」と庄兵衛の口上ぶれが聞こえ、五郎兵衛は高床に上がった。小さな芝居小屋に三味線が響き渡り、白い息とともに語りを始めた。

〽さてもそののち　そもそも天神七代

地神王代は　神の御代

準備期間はほとんどなかった。

「すぐに一座を旗揚げしたい。五郎兵衛、ぱっとやれる浄るりないか」

そう庄兵衛に聞かれた時、この演目が真っ先に浮かんだ。外題は『日本王代記幷《ならびに》神武天王ノゆらひ』といい、伝承上の人物である初代・神武天皇が日本を作るために東征する壮大な物語だ。昔家の畑で何度も聞いて憶えた井上播磨掾の浄るりである。

「あれなら床本なしでそらで語れます」

「よし決まりや。ただし、ちょっとだけ中身を変えてくれ」

五郎兵衛は冒頭と最後の数行のみを書き換えた。要するに演目だけ変えて中身はまるまる盗んだのであるが、誰かがやった床本を他の太夫がそのまま興行するなんてのはよくある話だ。

庄兵衛は様子を見るためか、この旗揚げ興行には資金をあまり投入しなかった。もちろん公許もなし。百人も入らない狭い小屋で、舞台にからくりもなければ人形遣いすら雇わなかった。人形は、庄兵衛が札を売った後に手摺に回って一人で二体操る。

太夫は五郎兵衛ただ一人。朝から夕方まで語った。もちろん間狂言を合間に挟んでいくが、体力的にはかなりきつい。それでも、人前で語れることはこの上なく幸せだった。

ただ庄兵衛は、三味線弾きにだけは金をかけた。太夫にとって最も重要な相方である相三味線《あい》は、なんとあの盲目の尾崎権右衛門が引き受けてくれた。庄兵衛が嘉太夫のところから引き抜いたのだ。

「ワシも五郎兵衛の語り口は好きやで」

引き抜きの話を持ちかけた時、権右衛門は庄兵衛にそう言ったそうだ。

「そもそもワシも井上播磨掾のもとで三味線を学んださかいな、五郎兵衛とワシは同じ一門なんや。それに」

権右衛門はどうやら大金で雇われて嘉太夫の相三味線をしていただけで、あの静かな語り口をあまり好きではなかったらしい。

「嘉太夫は語りの声が小さいから三味線が遠慮せなあかん。その点、五郎兵衛は声も大きいさかい、好き勝手に弾けるのがええ。やらしてもらうわ。その代わり」

権右衛門はその足で若竹屋を訪れ、それから三日三晩、文車太夫と座敷で遊びほうけた。そしてその揚げ代は庄兵衛が持った。

稽古は若竹屋の女郎たちが使ういわゆる仕事部屋を間借りし、五郎兵衛と権右衛門は一日中、フシと三味線を合わせた。もちろん他の座敷は連日連夜飲めや謡えのどんちゃん騒ぎ。夜更けともなれば着崩れた単衣姿の遊女と廊下ですれ違う。権右衛門はしきりに遊びたがったが、五郎兵衛はおりんの顔を頭に浮かべ、必死に雑念を払った。それでも、行灯部屋で寝ている時に方々の座敷から遊女たちの乱れた声が聞こえてくるのだけはたまらなかった。

一座を立ち上げるにあたり、五郎兵衛は心機一転、太夫名を変えた。

清水理太夫《りだゆう》。

嘉太夫からではなく、最初の師匠である清水理兵衛から理の字を取った。

そうして迎えた興行初日は、誰も知らない新人太夫の興行であるのに客の入りもよく、五郎兵衛は庄兵衛の手腕に恐れ入った。喉が嗄《か》れないよう気をつけながら一人で全段を語り終え、拍手をもらった時には、生きててよかったと胸が熱くなった。このまま庄兵衛についていけばいつか自分も嘉太夫のように天下を争う太夫になれるかもしれない。そんな希望に心が躍った。

しかし、希望は数日でしぼんだ。とくに今日はひどい。初日からまだ十日も経っていないというのに、すでに閑古鳥が鳴いている。中身が評判なら噂が広まってそろそろ行列ができてもよい頃だが、客は減る一方だった。

小屋の立地が悪いということはある。嘉太夫に見つからないよう宇治座からかなり離れた所、四条といってもほとんど三条の、人もまばらな河原に建つ芝居小屋だ。

目立つやぐらもなく、客がふらりと寄るような場所ではない。とはいえ、初日から数日間は客が入ったのだ。それが今やがらがら。立地だけが原因ではないことくらい、五郎兵衛にも理解できた。

〽この国は　天照大神に譲りを受けて
　日輪を象《かたど》って　大日本と名付け

焦れば焦るほど早口になり、声が上ずり、言葉につっかえる。客がほとんどいない平土間の草が眩しい。浄るりそっちのけで握り飯を食う客と目が合い、目をそらされた。鼻をほじっている客を睨めば鼻くそをこっちへ飛ばされた。手摺の中から人形を遣う庄兵衛が心配そうに見上げてくる。冷や汗が床本に落ちて墨が滲《にじ》んだ。

段が進むたびに一人、また一人と眠っていく。全段を語り終えた頃には、目を開けている者は三人しかいなかった。そんなことを知らずに気持ちよさそうに三味線を弾き終えた権右衛門が、拍手の少なさに驚いた顔をした。

まばらな拍手はすぐに止み、静寂を背負って五郎兵衛は楽屋へはけた。

「なんでみんな寝るんや。なんで聞いてくれへんのや」

五郎兵衛は楽屋の畳を拳で殴った。ここ京では今、宇治嘉太夫と山本角太夫《やまもとかくたゆう》が人気を二分しており、元師匠の嘉太夫は繊細で雅《みやび》な語り口が人気だし、角太夫は〈うれい節〉といわれる悲しい語り口で客を泣かせるという。そんな一流の浄るりを知っている京の客からすれば、五郎兵衛の語りなど耳障りで下品な芸に過ぎない。そういうことだろうか。

野良芝居――。西町奉行の声がまた耳に蘇る。

いや、そんなはずはない。自分はいい声を持っている。声だけは播磨掾や理兵衛、嘉太夫にすら太鼓判をもらった。庄兵衛は芸も褒めてくれた。自分は野良なんかではない。よい太夫だ。だったら、人気が出ないのはおのれのせいではない。

そうだ。客が少ないのがいけないのだ。芝居は少人数で観るより大勢で観たほうが盛り上がるもの。客が増えればもっと集中して聞いてくれるし、そうなればもっと上手くやれる。庄兵衛が客を呼ぶ努力を怠っているのが悪いのだ。そうに決まっている。

夜更け、若竹屋の行灯部屋で布団に潜り込み、五郎兵衛は歯ぎしりした。

客が来ないのにはもう一つ原因がある。嘉太夫だ。京で興行を打ったら潰す、と師匠は言った。もう宇治座の連中はこの興行を知っていて、さっそく妨害工作を始めているに違いない。どうして皆邪魔ばかりするのか。

「腹立つ。腹立つ」

布団の中で叫んだ。

その翌日も、客の入りはてんで駄目であった。なんとたったの五人。その五人も三段目で皆帰ってしまった。まだ昼前であるが、その日の興行はそこで中止となった。

五郎兵衛はふてくされて平土間の枯れ草に大の字に寝転んだ。

「おい五郎兵衛。片付け手伝えや」

舞台のほうから庄兵衛の苛立《いらだ》った声が聞こえたが、五郎兵衛は寝返りを打って声に背を向けた。近ごろは座る者もいない桟敷席で、権右衛門が三つに折った三味線を風呂敷に包んでいる。

「ワテは悪うない。ワテの語りは本物や」

五郎兵衛は草をむしった。どうにも不愉快だ。興行が決まった時も稽古をしている時もあんなに幸せだったのに。また誰かの前で語ることができるだけでいいと思ったはずなのに。実際にがらがらの客席を前に語ってみると実に面白くない。いや、客が少ないことが不愉快なのではない。客が耳を傾けてくれないことに腹が立つのだ。

「ああくそ。こんなん、なんぼやっても意味ないわ」

草を千切るのに力みすぎて、大きな声が出た。庄兵衛に聞こえてしまったかもしれない。いや、いっそ聞こえてしまえばいい。そんな自棄《やけ》な気持ちで空を見上げた。その空から女の声がした。

「ほんまやな。こんなんなんぼやっても意味ないわ」

頭上で、お松が仁王立ちしていた。

「えっ。お松つぁん。なんでここに」

五郎兵衛は仰天して立ち上がった。

「観に来てくれはったんだすか。どうやってここが分かったんだすか、名前変えたのに」

ではさっきの客席にいたということか。揚帽子をかぶっているせいで全く気がつかなかった。

「あんたなあ、清水理太夫なんて名前、うちの父さんとほとんど同じやないの。分かるに決まってるわ」

着古した袷《あわせ》に上張り、荷物は小さな巾着のみ。昨夜京に着いて明朝大坂へ発つ、ぐらいの軽い出で立ちだった。五郎兵衛の芝居があると知って駆けつけてくれたのだろうか。

「さっきの浄るり、聞かせてもろたで」

「どないだしたか。少しは上手《うま》なりましたやろ」

お松ならきっと分かってくれる、褒めてくれると思い、五郎兵衛は胸を張って言葉を待った。

「なんやあれ。馬のクソほどもおもんなかったわ。あんた、清水座を抜けて都まで来て、いったい何を学んだんや。あれが父さんの一座を潰してまで手に入れたかった語りか」

お松の肩が震え、目からはみるみる涙が溢れた。五郎兵衛はたじろいで一歩下がった。

「清水一座、どうなったんだすか」

「なくなったわ、あんたが抜けてすぐ。それでもう腹立ってしゃあないから、あんたの立派な語りでも聞いたら腹の虫も収まるかいな思て観に来たんや。それがなんやこれは。浄るり舐めるのもええ加減にしいや」

どあほ、と吐き捨て、お松は鼠木戸から出て行った。

「なんだすか、今のは。おかしな女子だすわ」

誰に聞かせるでもなくそう呟《つぶや》いて振り返ると、庄兵衛が舞台の手入れの手を止めてこちらを見ていた。桟敷にいる権右衛門もキセルの煙を吐きながら耳をそばだてている。そんな二人の神妙な、それでいて同情するような表情を見て、五郎兵衛ははたと気がついた。

「え。もしかして今お松つぁんが言うたんは当たってるんだすか。ワテ、おもんないんだすか。客がおらんのは、ワテのせい」

「まあ、なんちゅうか、そのうちようなるわ。今はまだ客もあんたの芸を理解してないしな」

庄兵衛が作り笑いを浮かべた。

「芸なんかあったか、五郎兵衛に」

権右衛門が吸い終えたキセルを地面に叩く。

「わはは。ワテ、芸ないんだすもんなあ」

「いやまあ、声はええんよ」

庄兵衛が真面目な顔で答えた。

「声は、て。そりゃどないな意味だすか」

「ほんま、声だけやったな。もっとおもろい奴やと思うてたのに」

権右衛門が器用に手探りでキセルに葉を詰める。

「ちょっと待っとくんなはれ。え、それはどういう」

冗談を言われているのではないと悟り、五郎兵衛は顔が熱くなった。腹の辺りにじとりと汗が噴き出る。

「ワテは、声だけだすか」

冗談であってほしいと庄兵衛に笑いかけるも上手く笑えず、挙げ句、目をそらされた。急に丸裸にされたような恥ずかしさを感じ、目の前が真っ暗になった。

熱い。この体の芯から湧き上がってくる熱はなんだ。

ああ、これは怒りだ。無性に腹が立つ。

この怒り、いったい誰に向ければいい。コケにして帰ったお松か、目をそらした庄兵衛か、嫌味を言った権右衛門か。

違う、おのれだ。おのれは今、おのれに腹を立てている。人前でやれるだけで幸せだ、などとよくも能天気に構えたものだ。自分が好き勝手に語ればそれだけで客が喜んでくれるとでも思ったのか。稽古はしたが、それは本当に十分な稽古だったか。いいや、思い返せば何もかもがいい加減だった。おのれの考えの甘さに反吐《へど》が出そうだ。

五郎兵衛は拳を握り、空を仰いだ。芸とは、あるがままの自分でやってどうにかなるものではない。銭をいただいて人に見せるのならば、その芸には確固たる技が必要だ。その確固たる技を手に入れるには、たゆみない努力が必要だろう。その努力から、自分はずっと逃げてきたのではなかったか。

「ああ」

五郎兵衛はお松が出て行った鼠木戸に向かって手を合わせて拝んだ。

「気づかせてくれて、おおきにだす」

太夫にとっての幸せとはなんだろうか。それは語ることそのものではなく、語りを聞いた人が物語に感動してくれることだ。客は感動のお返しとして、心からの拍手を一座に送る。

欲しいのは、そんな拍手だ。

❀

稽古がしたくてたまらない。一座の興行はまだ続くのだ。ならば少しでもよくしたい。

行灯部屋の暗闇で居ても立ってもいられなくなり、妓女も客も寝静まった払暁《ふつぎょう》に若竹屋を抜け出した。島原大門をくぐって四条河原へと向かう。どうせ稽古するなら芝居小屋でしたほうがいいと思い、昨日からそうしていた。

今朝はえらく冷える。土手から見下ろす鴨川には湯気のような川霧が立ち、河原には所々焚き火の残り火から白い煙が空へと細くたなびいている。風がない。今なら声が客席全体に均等に届くだろう。

板の橋をいくつか渡り、中州の小屋に着いた。着いたはずだった。語りのことを考えながら歩いていたので芝居小屋の目の前に来るまで気がつかなかった。

「えっ」

思わず目を擦った。芝居小屋が、ない。

小屋を囲む竹矢来はすべてなぎ倒され、舞台の手摺も、高床も、桟敷の屋根も、槌《つち》やら斧《おの》やらで打ち壊されていた。楽屋の畳も剝がされて地面にひっくり返っている。

「なんやこれ。なんやねんこれ」

頭の中が真っ白になり、思わず壊された木材を拾って繫《つな》ぎ合わせようとした。だがすべては木っ端微塵に砕かれ、元に戻せそうなものはなかった。木を摑んだ手のひらにひどい痛みを感じ、見てみると棘が何本も刺さっていた。

早く庄兵衛に知らせなくては。そう思って駆け出した瞬間、ふと、倒れた鼠木戸の向こうに人が一人佇んでいるのが見えた。小屋を壊した悪漢かと思って身構えたが、よく見るとお松であった。

「お松つぁん。これいったいなんだすか」

「ウチもいま来たばっかりや。京の料亭に用があって泊まってたんやけど、大坂帰る前にもう一回ここが見とうてな、ちょっと寄ったんや。これはなんやの」

お松の顔は青ざめ、白い息が速かった。

「あの人や。あの人らがやったんや」

五郎兵衛は奥歯を噛んだ。まさか本当に興行を潰すなんて、そんな師匠がこの世のどこにいる。


元は舞台だった木っ端を焚き火にくべ、燃えて灰になるのを眺めた。虚しい。後に残されたのは河原の石と草だけだった。片付けをした者たちは皆疲れ果て、元は平土間だった場所に焚き火を囲むように座った。権右衛門は目が見えないなりに、お松も大坂へ帰らずに、片付けを手伝ってくれた。日はもう落ちかけている。

「いつかあいつ、ぶっ殺す」

庄兵衛が小石を火に投げ入れた。爆《は》ぜた火花が飛んできて五郎兵衛の小袖に穴を開けた。その穴に指を突っ込みながら、心に開いた穴はもっと大きいと思った。

「お松つぁん。あんたは女やからうちの揚屋には泊まられへん。祇園辺りに宿を手配するわ」

庄兵衛が言うとお松は小さく頭を下げた。

「そらおおきに。その前にお腹空いたわ。丸一日手伝《てつど》うたんや、お酒とかご馳走してくれてもええんやで」

「よし、若竹屋へ行こう」

待ってましたとばかりに権右衛門が立ち上がった。見えない目に酒と女でも思い浮かべているのか、顔がにやついている。呑まなやってられんな、と庄兵衛も立ち上がり、その拍子に腰の脇差がかちゃりと音を立てた。悪漢を見つけたらその場で斬りかかるつもりだったのだろうか。

「まあ、うちで飲んでもええけど高《たこ》つくで。それに、今宵は外で飲みたい気分や」

ただの草っ原《ぱら》に戻ってしまった芝居小屋を捨て、四人は祇園を目指した。あの辺りなら夜でも酒を売っている店がある。

小屋を片付けるという同じ目的を持って一日を共に過ごしたせいか、あるいは嘉太夫という共通の敵ができたからか、四人は互いに気心が知れた仲間であるかのように、夕闇迫る京の町を黙々と並んで歩いた。

すっかり辺りが暗くなった頃、祇園に出た。すでに閉まっている店がほとんどで、軒々に吊された提灯《ちょうちん》が路《みち》を照らしている。八坂神社へと続く大路にぽつぽつと女が立っているのは色を売る辻君だろう。

「ほらあそこ、まだ暖簾《のれん》出てますわ」

お松がめざとく酒屋を見つけた。ちょうど主らしき男が出てきて暖簾をしまおうとし、庄兵衛が走った。

「待った。旦那、芝居とか好きやろ。どんな芝居の札でも手に入れるで。芝居が好きやなかったら島原はどうや」

庄兵衛がどんな交渉をしたのか、店主は嬉しそうに店を開けてくれた。酒屋は通常、酒の量り売りをするだけだが、ここでは店先で飲むことも許しているらしい。

「茶屋みたいやね」

お松が床机に腰掛ける。店主が肴《さかな》の品書きを持って来た。

「端から全部読んでくれ」

権右衛門のためにお松が品書きを読み上げ、読んでる端から庄兵衛が注文した。

すぐに湯気の立つうどんと温かい徳利が運ばれ、皆一斉に飛びついた。

熱い酒と食事が五臓六腑を温め、疲れた身と心を癒やしていく。四人は言葉少なに食い、そして飲んだ。中でも権右衛門の飲みっぷりは凄まじく、料亭で酔客を相手にしてきたお松でさえ呆れるほどだった。

一刻ほど飲み続けたであろうか、あまり酒に慣れていない五郎兵衛は前後不覚となった。地面は斜めに傾き、皆の顔に目が三つある。お松と庄兵衛が床机の上で舟に乗っているかのように体を揺らしているが、それが本当に揺れているのかそう見えるだけなのかが分からない。

「ああ腹立つ。なんで小屋を壊すんだすか」

五郎兵衛は猪口《ちょく》を床机に叩きつけた。ろれつが上手く回らない。

「あんな師匠、すぐにでも追い越してみせますわ」

「ええぞ。その意気や」

庄兵衛が五郎兵衛を箸で指した。

「ワテは拍手が欲しいんだす」

「拍手。そんなもん、なんぼでもしたるわ」

お松が笑って手を叩く。

「ちゃいます。ほんまもんの拍手だす。ほんまもんの拍手をもらうことがワテにとっての天下一なんだす」

「天下一。笑かしよんなあ」

お松が鼻で笑う。

「ほんまだすなあ。天下一やなんて、ワテはあほだすなあ」

わははは。五郎兵衛も急に可笑《おか》しくなり、笑い転げて床机から落ちた。尻を打ったが痛くない。庄兵衛が立たせながら言った。

「五郎兵衛よ。座敷の太夫になるんやったら今のままでもええやろうけど、天下一を目指すにはやっぱり誰かにまた弟子入りせなあかんと思う」

「それはワテも思いました。一人で稽古してても自分の語りがどう聞こえてるんかが分からんのだす。けんど、ワテは理兵衛はんにも嘉太夫はんにも破門されたあほ太夫だす。こんな太夫を誰が面倒看てくれますのや」

「あと人気太夫で残ってるのは、山本角太夫しかおらん。どや」

庄兵衛が伸びたうどんをすすった。

「こんなあかんたれ、角太夫先生が弟子にしてくれるわけおまへん」

とお松がスルメを噛み千切る。

「それ以前に、ワテはもう誰かの弟子をやっていく自信がおまへん」

五郎兵衛は急に泣けてきた。どうしてこんなに自分が駄目なのか、情けなくて仕方がない。

「この人すぐ泣くんよ。この、あかんたれ」

お松が背中を叩き、五郎兵衛はむせた。

「でもま、こうやって心がコロコロ転がるように動くところは芸事に向いてるんよねえ」

お松がまた新たなスルメを摑んだ。

「あと、自分に嘘が吐かれへんとこもええよな、あほやから」

庄兵衛がうどん汁を飲み干した。

「ワテにもええとこがあるんだすな」

五郎兵衛は有り難いやら情けないやらでまた涙が出た。

「ワテ、どないしたらええんだすやろ」

「知らんがな。自分で考え」

お松は拗《す》ねたようにそっぽを向いた。庄兵衛が酒に手を伸ばす。

「また芝居小屋建ててやりたいけんど、先立つ銭がない。すまんが、またしばらくうちで稽古でもしとってくれ。うちなら三味線弾ける遊女ようけおるし。文車太夫なんか、浄るり語らしてもなかなかなもんやぞ」

「ウチはもうこの人の浄るりなんか聞きとうないけどね」

お松が口を尖《とが》らす。

「それは、すんまへん。けんど、ワテはもっと続けたいんだす。もっと上手くなりたいんだす」

「ええ機会や。もう辞めたらええがな。あんたは父さんの一座も捨てたし、嘉太夫先生にも捨てられた。向いてないねん」

「語りたいんだす。語らんと、ワテは死んでまう」

自分でも驚くほど大きな声が出た。気づけば拳を振り上げて立っている。

「そんで大勢に聞いてほしい。ぎょうさんの人の心を動かしたい。もう客が寝てる姿なんて見とうない。ワテが見たいんは客が心を震わせてる姿だす。皆が食い入るように人形を観て、語りに笑って、三味線に涙する姿だす」

全員が返答に困ったような顔をして黙った。悲痛な沈黙が五郎兵衛の胸を抉る。

やがて、こん、と権右衛門が猪口を床机に置いた。

「一つだけ方法があるで」

三人ともが一斉に権右衛門を見た。見られたことが分かるのか、にやりと笑い、権右衛門は懐に手を入れた。

「弟子入りもできん、京で芝居もできん、小屋も建てられへん。となるとアレしかないわ」

「なんだすか」

五郎兵衛は身を乗り出した。

「しんどいでえ。めちゃくちゃしんどいで。ええんか」

悪戯っぽく権右衛門が笑う。

「なんでもやります。教えてください」

「口ではなんとでも言える。あんさん、ほんまに腹決まってんのか」

ふいに、権右衛門の顔から笑みが消えた。真顔になった権右衛門の目尻の皺《しわ》に、芸の長さが年輪のように刻まれているような気がして、五郎兵衛は盲目の瞳をじっと見つめた。

「決まってます。物乞いしてた時に決めたんだす。よい太夫になれるなら、なんでもやるって」

「物乞いてあんた、そんなことしてたんか」

お松が目を見開いた。

「よい太夫か。そらええのう」

権右衛門が首を動かし、五郎兵衛、お松、庄兵衛を見えない目で見回した。皆もその目を見つめ返す。

「よい太夫になりたかったら、こんな大坂やら京やら、ほっといても客が来るとこでやっとったらあかん。ちょっとしたことで喜ぶ客もおるし、なんにでも拍手する輩《やから》もおる。そういう連中を相手にしとると、ついついこっちも甘えてまうもんや。そこで五郎兵衛。旅に出てみぃひんか」

「た、び」

声がひっくり返った。

「体一つ、その声一つでドサ回り。武者修行みたいなもんやな」

ははーん、と庄兵衛とお松が同時に唸った。

「やります。それ、ワテやります」

五郎兵衛は権右衛門の手を取った。その手を権右衛門がぴしゃりと払う。

「待て待て。旅に出たってなんも見つからんかもしれんぞ」

「かまいまへん。それで浄るりが上手《うも》うなるんやったら、ドサ回りでも武者修行でもなんでもします」

「ちょっと触るで」

権右衛門の手が五郎兵衛の顔に伸びてきた。頬を両手で挟まれ、月代や目のくぼみを撫でられ、鼻や顎を摘まれる。顔つきを確かめているのだろうか。三味線で固くなった指先がざらりとしていて少し怖かった。やがてその手のひらは胸に降りてきて心の臓の辺りで止まった。心の音を聞かれている。そんな気がして、五郎兵衛は背筋を伸ばした。

「よし、ほんまに覚悟しとるようやの」

権右衛門の手が胸から離れた。

「旅の三味線はワシが弾く」

「ええっ」

五郎兵衛だけでなく、お松も庄兵衛も声を上げた。権右衛門は引く手あまたの三味線弾きだ。ドサ回りなんて儲からないこと、普通はしない。

「なんでまた」

「請け負った仕事ばっかりしてても退屈や。その点、五郎兵衛はおもろい。こんなあほ久しぶりに見たわ。見えへんけど」

かっかっか、と笑い、権右衛門はいつもの笑顔に戻った。

「ほな、オレも行かせてもらうわ」

庄兵衛が酒をぐびりと呷《あお》った。

「正直、あんたの語りは一昨日までは下《げ》の下やった。けど昨日は妙に心に沁《し》みた。あんたが宇治座で二段目を語った時に感じた何かを、また感じた。なんていうか、熱みたいなもんをな」

「熱ねえ。ウチも一昨日やのうて昨日聞いときゃよかったわ」

お松が眉を上げた。せやで、と庄兵衛が応じる。

「五郎兵衛、あんたには人を惹きつける妙な力がある。なんでかは分からんけど、変わっていく姿を見たいと思わせるし、あかんところが多すぎて面倒看とうなる。たぶんお松つぁんも同じこと思てはるはずや」

「え。いいえ、別に」

お松が崩れてもいない襟を正す。

「嬉しいだす。おおきに。旅に出たら気張って銭稼ぎます」

五郎兵衛が自分の膝を叩くと、庄兵衛がじっと見つめてきた。

「銭か」

その目が悲しそうに曇る。

「オレはなあ五郎兵衛、こう見えて銭が嫌いなんや。憎んですらおる。郭ちゅう所はどんなに芸ができてもその女は銭で買われるし、銭で揉めて人が死んだりもする。銭で生き死にが決まるから、どんなに綺麗な太夫でも頭の中にあるのは銭のことだけや。もちろんオレだって世間から忘八《ぼうはち》といわれるほどの守銭奴や。せやからこそ、あんたみたいに真っ直ぐな者が銭のことで傷ついたり生き死にを考えたりするのが嫌なんや。銭で芸事が曲がるんは見てられへん。あんたが修行の旅に出るんやったら、銭のことはオレに任せて、芸事に邁進《まいしん》してほしい」

庄兵衛が手を握ってきた。その手が驚くほど熱い。

「誰か人形のあてあるか」

権右衛門が宙に問うた。途端、庄兵衛の目つきが鋭くなり、興行師のそれに変わる。

「人形遣いか。顔が浮かぶんが何人かおるけど、みんな高い」

「これまでどないしてはったんですか」

お松が庄兵衛に尋ねたのを五郎兵衛が答えた。

「札売った後に庄兵衛はんが手摺の裏に回って遣ってました。人形自体も二体しかなくて、衣裳も種類が全然ないんだす」

「ええっ。そうやったんかいな」

と、お松ではなく権右衛門が声を漏らした。知らなかったらしい。

「しかし浄るりって、いつも困るんは人形やな」

庄兵衛が溜め息交じりに酒を呷る。お松が最後のスルメに手を伸ばし、五郎兵衛たちに背中を向けた。摑んだスルメを食べるでもなく指先でくるくる回す。

「人形やったらうちの料亭にいっぱい転がってるなあ」

大きな独り言だった。肩越しにちらちらと五郎兵衛たちを見てくる。

「人形のかしらも衣裳もようけある。父さん、もう興行打つんやめたからなあ」

五郎兵衛と庄兵衛は互いに目を合わせた。お松が立ち上がる。

「人形、取りに行こか、大坂に」

「貸してくれるんだすか」

思わず五郎兵衛も立ち上がった。

「破れてる衣裳はウチが縫うて直すわ。ウチ、お針子もようやらされてたから。あと、庄兵衛はんよりウチのほうが上手いと思うわ」

「なにがだすか」

「人形遣い」

「それはどういう意味だすか。あ、もしかして」

五郎兵衛は腰を抜かしそうになった。

「ウチもその旅についていってええやろか。なんや面白そうやん巡行って。そういう、男にしかできひんことをウチもやってみたい」

「ちょっとお松つぁん。さすがにそれは」

庄兵衛もついに立ち上がり、座っていた床机が傾いた。

「あ、あかん」

五郎兵衛が手を伸ばすも間に合わず、床机の端に座っていた権右衛門が地面にひっくり返った。

三段目　道行

夏が終わりかけているのか、それとも吉備《きび》ではいつもこうなのか、夕方が涼しい。吉備津神社での興行十日目を終えた五郎兵衛《ごろべえ》は本殿の鈴をころんころんと鳴らし、柏手を二つ打った。

「吉備津彦命《きびつひこのみこと》さま。それに桃太郎はん。おおきに。お陰さんで今日もお客さんがようけ来てくれはりました」

旅興行に出て早数か月。大坂から西へ、尼崎から始まって西宮えびすなど神社や村々で興行し、春には摂津を出て、梅雨前に播磨《はりま》、夏になって備前と山陽道沿いを廻《めぐ》り、とうとう備中の国境まで来た。この辺りは宮内といって、安芸《あき》宮島や四国の金比羅《こんぴら》と並ぶ有数の色町だ。街道沿いには料亭から着物屋、遊女屋など、上方に劣らぬほど多くの店がびっしり並ぶ。

巡業先で五郎兵衛が語る演目はいくつかあるが、ここ吉備津では『さんせう太夫《だゆう》』を語っている。姉の安寿《あんじゅ》と弟のつし王が人買いに騙《だま》されて売り飛ばされ、姉は拷問で死ぬが、弟が逃げ延び、二人を買ったさんせう太夫に復讐を果たす。五郎兵衛が生まれる前からある説経節で、かつては家の近くの生玉《いくたま》明神でよくやっていたと祖父から聞いたことがある。

〽姉御前をば　安寿の姫
次若君をば　つし王丸とて

祖父によれば、説経節はもとは仏法を説く説経や唱導から始まったらしい。その後、物乞いが竹のささらを擦《こす》り鳴らしながら施しを求めて家々を語り回るといった卑賤《ひせん》なものになった。それがいつしか操《あやつ》り人形や三味線と結びつき、今の浄るりへと発展したそうだ。

吉備津神社の三町もある長い回廊を渡りながら、今日の出来を振り返る。とくに、ここのフシ回しが我ながらよく語れたと思う。

〽さて売られたよ　買われたよ
さて情けなの　太夫やな
恨めしの　船頭どのや

母親と姉弟がそれぞれ別の買い手に売られ、互いの舟が遠くへ離れていく。草子屋で買った丸本には、ここの詞章《ししよう》に添字で〈フシ〉と書いてあった。その指示書きどおり、権右衛門《ごんえもん》の三味線が力強く前に出て、五郎兵衛はその旋律に乗り、まるで赤子が泣くように声を張り上げたのだった。

〽たとえ売るとも　買《こ》うたりとも
一つに売りては　くれずして
親と子の　その仲を
両方へ　売り分けたよな　悲しやな

今思い出しても気持ちよいフシ回しであった。つい顔がにやつく。最近実に調子がよい。

旅に出た最初の頃は全く客が入らなかった。庄兵衛《しょうべえ》の手腕のお陰で初日、二日目と客が入るのだが、後が続かない。客は日に日に減ってゆき、来た客もほとんどが眠りこけた。

原因はもちろん自分に腕がないからで、五郎兵衛は毎日、声の表情を変えたり、身振りを加えてみたり、大袈裟《おおげさ》にやってみたり、わざと調子を外してみたりと、思いつく限りのことを試した。理兵衛《りへえ》、宇治嘉太夫《うじかだゆう》ら師匠たちから学んだことを一つ一つ思い返し、技を組み合わせ、あるいは捨てたりもしたが、何をやっても結局は、眠りこける客の瞼《まぶた》を拝みながら語ることになった。

それがこのところ、急に客が増えてきた。どこでやってもそんなことは一度もなかったのに、宮内に来てから突如として客が開演前から並び、平土間の草が見えなくなるほど入る。これはきっと自分の腕が上がってきたからに違いない。そう五郎兵衛は思った。ようやくこれまでの努力が実り、報われ始めたのだ。

「綺麗や」

夕焼けに映えて街道が輝いていた。朱《あか》く染まった雲を見上げながらのんびり宿へと歩く。宿では庄兵衛とお松、権右衛門が待っている。今夜は客が増えた祝いに酒盛りをするのだ。疲れも忘れて自然と足が軽くなった。

　ただ、気になることがある。毎回、客の何人かがこちらを指さして首を捻《ひね》るような仕草をするのだ。途中で帰る客も相変わらず少なくない。まあ、まだ芸が未熟だということだろう。

　街道の分かれ道にある寺の前に、辻札が立っていた。板はまだ新しいので最近出された札だろう。近づくにつれ字が読めてきた。まず真ん中に大きく〈操《あやつり》芝居〉と筆書きしてある。さらに〈吉備津神社〉という字と日付が見えた。

「これは」

　我ら一座の宣伝ではないか。きっと庄兵衛が町役人か寺に交渉して立てさせたのだろう。礼を言わねばなるまい。五郎兵衛は嬉しくなって足を速めた。

　その時ふと、なにかが違うと感じた。足を止め、辻札をあらためて見上げる。〈操芝居〉の隣に記された筆を読んだ瞬間、息が止まった。

操芝居
来《きた》る太夫、井上播磨掾《いのうえはりまのじよう》

札を子細に見れば播磨掾の名の下にごく小さな字で〈の弟子〉などとあり、五郎兵衛の太夫名である〈清水理太夫《きよみずりだゆう》〉はさらに小さく添字のように書いてあるだけではないか。

「あのあほ」

怒りが一気に脳天へ突き抜けた。客足が伸びたのは五郎兵衛の腕が上がったからではなく、浄るり太夫が井上播磨掾だと勘違いした客が来たからだ。大坂から遠く離れたこの吉備でも播磨掾の名は轟《とどろ》いていて、夜になればあちこちの宿や料亭から播磨節が聞こえてくる。庄兵衛はそんな播磨掾の人気を利用して人々を騙したのだ。

ああ分かった。客は老いた播磨掾の語りを聞けると思って来たのに、若い五郎兵衛が最初から最後まで語るので首を捻っていたのだ。

「なんやこれ」

辻札を拳で殴った。頑丈に作られた辻札はびくともせず、拳だけが無駄に痛かった。

庄兵衛よ、待ってろ。殴ってやる。

街道を走った。旅籠《はたご》に着くなり足も洗わず廊下を突き進み、三つある部屋の真ん中の襖《ふすま》を開けた。連日、四人が雑魚《ざこ》寝《ね》している八畳の座敷だ。

「おう。遅かったやないか。座れ座れ」

上座に座っていた庄兵衛がにこやかに手招きした。権右衛門とお松に挟まれ、すでに顔を赤らめている。畳の上にはつまみやら酒が並んでいた。

「どういうことだすか」

庄兵衛の脇差が荷物の下敷きになっているのを確かめてから、五郎兵衛は庄兵衛に詰め寄った。

「何がや五郎兵衛」

「あれはいったいなんや。言うてみい」

五郎兵衛は庄兵衛の胸ぐらを摑《つか》んで立たせた。お松がさっと自分の折敷《おしき》をどける。

「なんやワレ。痛いやないか。放してくれ」

庄兵衛が妙に落ち着いた顔色で、へっと笑った。

「辻札を見た。あれはいつからやっとるんや。備前からか、播磨からか」

五郎兵衛は摑んでいる胸ぐらを揺すった。

「はて、何の話やろか。こいつは何を怒ってるんやろなあ」

同意を求めるように庄兵衛がお松を見下ろす。お松が顔を背《そむ》けた。お松も知っていたということか。かあっと頭が熱くなる。

「なんで辻札に播磨掾って書いてあるんや。なんでワテの名前があんなに小《ち》っちゃいんや」

「なんでやろな。胸に手ぇ当てて考えてみ」

何かを諦めたかのように庄兵衛が鼻で笑った。

「お前が客を呼べん太夫やからやろ、五郎兵衛」

気づいた時には右拳が庄兵衛の頰を殴っていた。庄兵衛が畳に転がり、猪口《ちょく》やら茶碗やらが音を立てて吹っ飛んだ。味噌汁が襖に飛び散る。

「あーあーあ」

畳に落ちた漬物や干物をお松が慌てて拾う。

「どっちがどっちを殴った」

飲みかけの猪口を握ったまま身じろぎもせず権右衛門が尋ねた。素早く起き上がった庄兵衛が五郎兵衛の大きな鼻を殴る。

「どっちもです」

お松が答えた。五郎兵衛は真後ろに吹っ飛び、隣の部屋との仕切りである襖を倒した。襖が倒れて現れた隣の座敷では人相の悪い男三人が布団の上で丁半をしていた。

「なんばしょっと。サイコロの目ぇば分からんなったごたる」

どこの言葉か、人相の悪い男たちがよってたかって五郎兵衛を蹴った。

「痛い痛い、やめてやめて」

五郎兵衛が悲鳴を上げる。騒ぎを聞きつけた女中が廊下から顔を出した。

「ちょいと。喧嘩は表でやりい」

「よし、表に出よう」

真っ先に腰を上げたのは権右衛門であった。どうやって置いた位置を覚えるのか、片手でひょいと徳利を摑む。喧嘩を肴《さかな》に外で一杯やるつもりだ。

「宿に迷惑や。こっち来い」

庄兵衛が五郎兵衛の襟《えり》を摑んで引きずり、草鞋《わらじ》も履かずに土間から表通りへ出るやいなや、また拳を振り上げた。

「やめて。太夫の顔は商売道具やで」

お松も通りへ飛び出した。

「そんなええ顔ちゃうわ」

庄兵衛はためらいなく五郎兵衛の顔を殴った。うおふ、と呻《うめ》いて五郎兵衛が街道の反対側へと転がり、干してあった漬物屋の桶《おけ》をひっくり返した。

「どっちが倒れた」

権右衛門が嬉しそうに聞く。お松が呆《あき》れる。

「五郎兵衛です。いちいち言わす気ですか」

倒れて見上げた空には望月、街道も提灯《ちょうちん》が並んで明るい。五郎兵衛は唸《うな》りを上げて突進し、庄兵衛に体当たりした。

「ぬおう」

庄兵衛はずるずると押され、柴が積まれた小屋に背中から突っ込んだ。バキバキと柴が折れる音が街道に響き渡る。気づけば隣近所から野次馬が大勢街道に出てきていた。

「なんであんなことしたんや、庄兵衛っ」

「銭に決まっとるやろ。興行をやればやるほど銭が消えていく。小屋代に大工に宿に飯、どんだけかかると思ってんねん。せやのに一向に客は増えん。オレらはこれ以上旅が続けられへんとこまで来てる。銭を手に入れんと上方にも帰られへんのやぞ」

「嘘や。どうせワテを騙して銭貯め込んでるんやろ」

五郎兵衛が殴りかかろうとするとお松が叫んだ。

「なんちゅうこと言うんや。ウチらはほんまに一文無しや。せやけどそれをあんたが知ったら芸が曲がる言うて庄兵衛はんはずっと隠してはったんや。有り難いと思い」

情けをかけられていたというのか。五郎兵衛は顔を歪《ゆが》めた。腹が立って、情けなくて、鼻が痛い。

「なんも有り難ない。そんなことされてもいっこも有り難うないわ」

「ほなどうやって旅を続ける言うんや。あんた一人の一座やないんやで。ウチらが今日までどんなにしんどかったかあんたには分からんやろ」

お松の目に涙が浮かんだ。それを見て五郎兵衛は急に恥じ入り、胸が苦しくなった。知らぬ間に仲間にそんなしんどい思いをさせていたなんて。

庄兵衛が柴に埋もれた体をゆっくりと起こし、頬の刀傷を指で撫《な》でた。

「せっかく今日は楽しう飲める思たのに、このあほ太夫め。こうなったんは全部お前のせいやろが」

「そんなもん知らん。ワテは悪ない」

五郎兵衛は自分の情けなさと苛立《いらだ》ちを抱えきれず、つい言い返した。

「ワテの芸は一流や。理兵衛師匠には声がええと褒められたし、天下の播磨掾と嘉太夫の両方から技を全部盗んだ」

思ってもいないことが口から勝手に出てきた。庄兵衛が地面に唾を吐いた。

「笑わしよんな。破門になったくせに何言うんじゃ」

「うるさい。どっちも師匠のほうから声をかけてきて門弟になっただけや。誰に弟子入りせんでもワテは一流になれるわ」

「おお、言うたな」

庄兵衛が唇に付いた血を拭う。

「ほななんで客が入らんのや。なんでみんな途中で帰っていくんや。みんな寝てるわけはなんや」

「それは、その」

五郎兵衛は思わずお松を指した。

「人形や。あんたらの人形が下手くそやから客が帰るんや」

お松が絶望したかのように目尻を下げた。その目尻から涙が落ちる。それを見て頭の中が沸騰したように熱くなった。口が止まらない。

「ワテの語りは上出来やのに人形がついて来れてへん。お松つぁんも庄兵衛はんも所詮は素人や。ワテの一流の芸の邪魔ばっかりして」

「お前ぶち殺すぞ」

庄兵衛が拳を振りかざして走ってきた。五郎兵衛は咄嗟《とっさ》に体を後ろに反らして拳をかわした、と思いきや、顔を狙うと見せかけた庄兵衛の拳は五郎兵衛の腹にめり込んだ。

「うっ」

あまりの痛みに膝が折れ、息が吸えなくなった。地面にうつ伏せに倒れた背中を、庄兵衛の裸足が踏みつけてくる。起き上がれず、五郎兵衛は虫のように無様に手足をばたつかせた。

「言うてええことと悪いことがあるで五郎兵衛。上手な人形遣いが欲しかったら自分で雇え。ま、お前の語りで人形遣いたいなんて奴はおらんけどな」

「ウチ、あんたのために必死で人形の稽古したのに」

お松が涙声でしゃくりあげる。

「父《とと》さんに頼んで辰松八郎兵衛《たつまつはちろべえ》はんいう人形遣いの人、紹介してもろてやな、旅に出るって決めてから毎日みっちり仕込んでもろた」

大坂中が知っている有名な人形遣いの名が出たことに五郎兵衛は目を剝いた。

「時間もなかったし、ウチは腕もないし、辰松先生から太鼓判もらうとこまではいかれへんかったけど、ウチはウチなりに一所懸命にやった。それをあんたは、そない言うんか」

お松の涙が止まらない。

「ちゃう。間違《まちご》うた。人形は悪うないんだす。ほんまに悪いんは」

なんとか体をずらし、五郎兵衛は庄兵衛の足から逃れた。

「本や。ほんまは本が悪いんや。説経節なんか古臭いのをやったんが失敗やったわ」

「本を選んだんはお前やないか」

庄兵衛が歯を剝き出しにして眉を寄せる。

「あ、ちゃうちゃう、三味線や」

権右衛門が、そうかそうか、と首を縦に振った。

「正気か。三味線はどう考えても一流やろが。その一流の三味線についていかれへん太夫が三流なだけじゃ」

「ワテは三流やない。客や、客が悪いんや」

頼むから黙れ、この口よ。もう何も喋るな。

「こんな田舎の客には、ワテの芸が理解できへんのだすわ」

三人がぎょっとした顔で五郎兵衛のほうを向いた。それだけは言ってはならないということを口にしているのは分かっている。しかし止まらないのだ。

「あんた、それ本気で言うてんの」

お松の声が震えていた。

「どんな芸人でも、うけへんことを客のせいにしたら終わりやろ」

だったら誰のせいにすればよいのだ。三人を巻き込んで、なんら成長もできないまま旅巡業を続けている罪は、あまりに大きい。

「ワテの芸はこんな田舎やのうて、京か大坂ならうけるんだす。そうに決まってます」

もうやめろ。喋るな。駄目なのは自分だ。だが、それを今ここで認めてしまったら自分の浄るり人生が終わってしまう。それが怖い。

「何を言うてるんやこいつは」

庄兵衛が権右衛門の徳利を奪い、酒を呷《あお》った。

「お前の芸が京でうけへんかったから旅に出たんやろが」

「今やったらうけます。こんだけ旅して鍛えたんだす。今なら間違いなく評判になります」

「言うたな。いま京でやったらお前の語りは拍手喝采になるんやな」

庄兵衛が空になった徳利を地面に置いた。

「ほな、これから京に戻って四条に小屋建てよやないか。あんたの語りに客がうっとりするところをとくと見せてもらおうやんけ。もしコケたら、オレら一座は解散。それでどうや」

待ってください、解散なんて勘弁してください。ワテが悪かったんだす。後生だす。本当はそう言いたいのに。

「望むところや」


語りに合わせてお松と庄兵衛の人形が動く。初日が開くまでの間に再び辰松八郎兵衛に仕込んでもらったからか、旅をしていた頃より人形の動きがなめらかで、時々、優雅に見えることすらある。

人形に負けるもんかと五郎兵衛は大声を張り上げた。風呂にも入らずずっと稽古していたせいで髭《ひげ》も月代《さかやき》も伸び、目はくぼみ、頬はこけ、まるで落ち武者のようである。

〽一の宮親王は　いつぞや鴨にて
見そめ給ひし　白菊の御事を

語るは後醍醐《ごだいご》天皇の第一皇子、尊良《たかよし》親王の話。妻の御匣殿《みくしげどの》との恋物語だ。『太平記』や幸若舞《こうわかまい》の『新曲』から題材をもらい、濡れ場、修羅場、からくりを足し、流行にのせた浄るりに仕上げた。外題《げだい》『松浦五郎景近《まつらごろうかげちか》』は二人の恋路を邪魔して姫に横恋慕する男の名前だ。

皇子の恋。この手の壮大な物語は自分の声質に合っているはずだ。太夫名だって、師匠の字を消すことで自立した感じを出したくて、清水理太夫から変えた。

清水利太夫。

そんな風に気合いを入れて正月から始めたこの浄るり興行も、いつしか十五日が過ぎた。小屋の場所は京の鴨川、五条寄りの四条河原。悪くない。むしろよい。客が入らなかった場合に立地のせいにされたくないがために、庄兵衛が奮発していい場所を確保したのだ。
むろん、客は来ない。来ても帰っていく。分かっていた。悪いのはおのれだ。

〽許しもなきに　契《ちぎ》りなば
　よその　そしりも　恥ずかしや

まだ二段目なのにすでに前のほうには人はおらず、後方の竹矢来沿いに若い男たちが数名と、桟敷《さじき》にほっかむりをした男が数人座っているだけだ。しかも誰もこっちを見ていない。人形を遣う庄兵衛もお松も、五郎兵衛と目を合わそうとしない。五郎兵衛は今や誰の視線もない中で語っていた。早く終わりたいのに床本《ゆかほん》が遅々として進まない。

〽ご覧なさるるごとく　わらわは夫のある者なり
　お許しなされ候　と涙を流し申さるる

永遠に続くかと思われた詞章をやっと語り終え、お情けのような短い拍手を背に奥へと引っこんだ。楽屋では誰とも目が合わないよう柱に向かって裃《かみしも》を脱ぎ、床本を行李に片付ける。遅れてお松、庄兵衛、権右衛門が楽屋へ戻って来たが、彼らの顔を見る勇気はなかったし、彼らも無言で帰っていった。

静かになった楽屋で、独り五郎兵衛は柱に額を打ちつけた。客にも仲間にもそっぽを向かれ、今やどうすれば語りがよくなるかを考える気力すら残っていなかった。むしろ、早くこの興行が終わってほしかった。

もう浄るりをやめよう。所詮、自分は凡人に過ぎない、ただの百姓なのだ。家に帰って父に頭を下げ、畑に戻るべきだ。五郎兵衛はゆらりと立ち上がり、裏木戸から小屋の外へ出た。

囲いに沿って歩き、小屋の表に回る。鼠木戸《ねずみきど》の前に男が数名たむろしていた。ひと目見てさっき客席にいた若い男たちだと分かった。ほっかむりをした二人の男は桟敷席にいた客だ。顔を見られたくなくて通り過ぎようとした時、男の一人がほっかむりを取った。その顔を見た五郎兵衛は驚き、立ち止まった。

「近松《ちかまつ》つぁん」

近松門左衛門《もんざえもん》だった。寂しそうな、それでいて憐れむような眼差しで五郎兵衛を見つめている。

もう一人の男もほっかむりを取った。元師匠の嘉太夫であった。ああ、と五郎兵衛は溜め息のような低い声を漏らした。一番観てほしくない二人に観られてしまった。

嘉太夫は昨年末ついに天皇から掾号《じょうごう》を受領《ずりょう》し、宇治加賀掾《うじかがのじょう》となった。文字どおり天下一の太夫となったのだ。

「五郎兵衛よ。いや、今は清水利太夫か」

嘉太夫あらため加賀掾が静かに口を開いた。話し声を聞いただけで前にも増して柔らかい美声になっているのが分かる。しかしそんなことに感心している場合ではない。周りにいる男たちから殺気がみなぎっていた。男たちの首筋や手首からは刺青《いれずみ》が覗《のぞ》く。

殺される。全身の鳥肌が立ち、鼓動が速くなった。

「ワシがあんさんに言うたこと、まだ忘れてませんえ」

加賀掾が一歩前に出た。

「せやから今日は、この小屋を潰そう思て若いかぶき者を連れて来たんどす。でもちょいと久々にあんさんの語りも聞いてみたいと思うてな、札銭払って見物さしてもらいました」

加賀掾が何かを確認するように近松を見る。近松が首を横に振り、加賀掾は再び五郎兵衛に目をやった。

「小屋を潰すまでもなかった。あんさんはほっといても勝手にこの界隈《かいわい》から消える、そう確信しました。あんさんのええところは声だけや。あとはちょっと音真似が上手なところがあるけんど、他はあきまへん。何にも伝わってこうへん。ワシと語り口が違うのはええ。やり方は人それぞれ、とやかく言うつもりはない。けんどそれ以前に、あんさんの語りが空っぽすぎて、何にも言うべき言葉が思い浮かばんのや。あんさん、太夫に全く向いてはらへんわ」

返す言葉もなくうつむいていた。その顔を、ん、と加賀掾が覗き込んでくる。

「ははあん。あんさん、もう浄るりやめる腹どすな。それがええわ。そうしなはれ。なあ近松」

近松は頷きもまばたきもせず、表情を押し殺したまま動かない。

「ほな去《い》ぬわ。あんたら、この小屋には手出し無用どす」

加賀掾と近松が歩き出した。男たちもついていく。いっそ袋叩きにされたほうがましだった。体を痛めつけてくれれば、心が少しは楽になれたのに。


数日後に千秋楽を迎え、一座は解散した。

大赤字だっただろう。庄兵衛はわずかな売り上げを懐《ふところ》にしまって島原へ帰り、お松は権右衛門を介添えして大坂へ去った。

銭のない五郎兵衛も大坂に戻るしかなかった。

京街道を下った。足が重く、ひもじい。木枯らしが冷たかった。手の指は乾いて皮がむけ、足の裏のしもやけは歩くたびに痛がゆい。

冷たい川の水で空腹をしのいだ。荷物が重いのが煩《わずら》わしくて、持っていた床本をすべて桂川に流した。悔しさも悲しみも湧いてこない。怒りさえもない。ただ情けなかった。自分の選んだ道は、多くの人に迷惑をかけただけで、誰一人として幸せにすることができなかった。こんな自分には涙を流す資格すらない。

街道ですれ違う人々が幸せそうだ。できることならばこのまま自分のことを誰も知らない土地へ行き、人生をやり直したい。

だが。たった一人、会いたい人がいる。あの人のことを考えると胸が焼け焦げそうなほど熱くなる。一刻も早く会いたい。会えばきっとこの荒《すさ》んだ心を救ってくれるはずだ。

「おりんさま」

名を呟《つぶや》きながら大股で歩く。汗で着物が濡れ、頭がぼんやりしてきた。

やがて京街道が大和街道と交わり、小さな橋が見えた。その橋を渡って、さらに京橋を渡ると大坂城。川沿いを右へ折れて西町奉行所に着いた。裏口に回るのも面倒で、表門をくぐろうとした。

「待て。何奴や」

門番の与力が二人、梶棒を十字にして五郎兵衛を引き留めた。

「ワテや。ワテだす」

「誰や。引っ捕らえろ」

「待ってくだされ。五郎兵衛だす、天王寺村の」

「おう貴様か。髭で分からぬわ。一度水で浴びて出直して来い。ひどく臭うぞ」

与力に押し戻されて転び、五郎兵衛は地面に手をついた。そこでやっと自分の手が真っ黒なことに気がついた。おそらく顔もひどく汚れていることだろう。

風呂に行く銭はない。五郎兵衛は引き返すふりをして裏へ回った。裏木戸の門番に名を告げると、あっさりと戸を開けてくれた。

庭は相変わらず手入れが行き届いていた。木には丁寧にこも巻きが施され、やはり泉からは水が湧いている。静かだ。五郎兵衛は庭石に座り、じっと待った。

やがて一人の下女が縁側にやって来て、五郎兵衛を見るなり「ひっ」と悲鳴を上げた。

「誰か。誰か。物乞いが庭に」

下女が叫んだ。五郎兵衛は慌てて縁側に近づいた。

「ワテだす。天王寺の五郎兵衛だす」

下女は五郎兵衛の顔をまじまじと見て、知っている顔だと気づいたのか目を瞬《しばたた》いた。だが、再び大声で叫び始めた。

「早う。誰か」

「なんでですの。五郎兵衛だす」

よほど顔が汚れているのかと思い、五郎兵衛は袖で顔を拭った。しかし下女の叫びは止まらない。

「早う、早う」

屋敷中からばたばたと足音が鳴り、「であえ、であえ」と怒鳴りながら侍が何人も走って来た。大小を腰に差した男たちが次々と庭に飛び降り、ぐるりと五郎兵衛を取り囲んだ。中には鍔《つば》に親指を掛けている者までいる。何が何だか分からず、五郎兵衛は腰を抜かした。

「お奉行さま。天王寺の五郎兵衛にございます」

濡れ縁に立つ奉行を見つけ、五郎兵衛は地面にひれ伏した。恐ろしさに全身が震える。

「貴様、何しに来た」

奉行の声は震えていた。

「へえ。旅を終えて大坂に戻って参りました。おりんさまに土産話でもと思いまして」

「ならん。そのほうはここに来てはならん」

「なんでだすか」

五郎兵衛は思わず顔を上げた。奉行の眉が動き、困惑が見てとれた。

「ならんものはならん。者ども、こやつを追い出せ」

「はっ」

侍たちが五郎兵衛を両脇から挟んで持ち上げた。

「お待ちくだされ。なんであかんのだすか。おりんさまはどちらにおられるんだすか」

「りんはおらぬ」

奉行が顔を背けた。嘘を吐いている。五郎兵衛は思わず叫んだ。

「おりんさまに何ぞあったんだすか。何があったんだすか。もしかして」

死んだのか。

「早く外に出せ」

奉行の一声に屈強な武士たちが五郎兵衛を抱え上げる。五郎兵衛は抵抗虚《むな》しく戸口まで引きずられた。木戸が開けられ、侍たちが口々に叫ぶ。暴れるな。つまみ出せ。せえの。ほれ。

その時だった。

「五郎兵衛どの」

おりんの声に、その場にいた全員が凍ったように動きを止めた。取り押さえられながら首を捻ると、奥の間の襖が開いておりんが立っているのが見えた。二年前に会った時よりさらに痩せている。

「出てきてはならん。寝間に戻れ」

奉行が襖を閉めようと手を伸ばした。

「いいえ、お父上。私の口から五郎兵衛どのにお伝えしたいのです」

おりんは奉行を手で制し、足を引きずりながらゆっくりと濡れ縁へと進み出た。五郎兵衛はおりんの歩く姿を初めて見た。足が痛むのか、顔を苦しそうに歪めては、それを隠そうとすぐに笑顔を作る。なんともいたましく、手を差し伸べたくなる。

「皆さま。五郎兵衛どのをお放しくだされ」

おりんが濡れ縁に倒れるように座すると、五郎兵衛を摑んでいた侍たちの力が緩んだ。

「近ごろ声が出にくいのです。もっと近《ちこ》う」

おりんが手招きした。五郎兵衛は侍たちの腕を振り解《ほど》き、縁側へ走った。

「おりんさま」

嘉太夫に弟子入りする前に会ったきりだ。頬の肉は落ち、肌はより白く透明に近づいたように見える。そして、細い首筋から色香が漂ってくる。二年も会わぬうちにこんなにも大人になるのかと、五郎兵衛は目眩《めまい》がする思いだった。

「浄るりはいかがですか」

掠《かす》れた小さな声だ。おりんは五郎兵衛を懐かしむように目を細めた。細めた目元は奉行によく似ている。

「あれから京へ行き、そして西国へと巡業に出まして、たったいま大坂へ戻って参りました」

「まあ、たった今」

椿《つばき》のような笑顔が咲く。懐かしいその無邪気さに胸が詰まり、泣きそうになった。

「真っ先にここへ参りました」

「そうですか。ご活躍のご様子、りんは嬉しうございます」

一座が解散し、浄るりをやめようと思っていることなど口が裂けても言えない。

「早く用を済ませ」

少し離れた所に立った奉行が扇を振る。おりんは残念そうに背筋を伸ばし、かしこまった。

「五郎兵衛どの。お話がございます」

「なんでございましょう」

「私は、嫁入りすることになりました」

巨岩が脳天に落ちてきたような衝撃。息が止まり、体が一気に熱くなった。

「でもご安心ください。嫁ぐ家は大名家ではないので江戸へ戻ったりはいたしませぬ。私が輿入《こしい》れするのは大坂です。武家でもありません。大坂で銅を製錬している島田屋という家へ参ります。五郎兵衛どの、私、大坂に残れるのですよ」

おりんは目を潤ませながらもけして笑顔を崩そうとしなかった。

「あ、相手は、ど、どんな方なんだすか」

自分でも驚くほど声が震えていた。

「さあ、存じませせぬ。でもこんな病弱な私をもらってくださるのですから、きっとお優しい方に違いありませぬ」

　島田屋は大坂の者なら誰でも知っている豪商だ。確かまだ独り身の若旦那がいたはずだ。

「なんで。なんでそんなことに」

「私がこんな体ですから、お薬代やらお医者様代やら、そういう一切をずっと面倒看てくださるような、ご立派な商家に嫁がせていただけるよう、父上が奔走してくださいました」

「そんな。そんなん。嘘や。嘘やと言うてください」

　息が上手く吸えない。卒倒しそうだ。

「嘘ではありませぬ。でも」

　おりんが静かに庭の梅の木を見上げた。それは聞き逃しそうなほど小さな声だった。少なくとも周りにいた奉行や下女には聞こえなかっただろう。

「その方が、五郎兵衛どののようなお方だとよいのですが」

　心の臓が破裂しそうなほど大きく脈打った。いったいどういう意味だ。どういうつもりで言ったのだ。おりんが梅の木から五郎兵衛へとゆっくり視線を戻す。柔らかく見つめてくるその瞳には、いっぱいの涙が溜まっていた。

手を伸ばしてその頬に触れたかった。細い手を取って連れ去りたかった。だがこの手はおのれの膝の上で握ることしかできない。体が震える。何か伝えなくては。

「ワテは。ワテは」

いったい何を言えばいいというのだ。

「私は」

おりんの瞳が笑う。その拍子に大粒のしずくが、はらり、と落ちた。

「五郎兵衛どのがよかった」


そこからの記憶はあまりない。気がつけば西船場《にしせんば》の魚河岸を歩いていた。細い堀川が幾筋も東から西へ流れ、この辺りは橋だらけである。その橋をあみだくじのようにあっちの島へ渡ったりこっちの島へ行ったりと、あてもなく歩いた。

干上がった生魚を齧《かじ》る猫、飯屋のごみを舐《な》める犬。五郎兵衛はこのまま腹を空かせて死んでしまいたかった。

おりんが、見知らぬ男に口づけをされ、着物を脱がされる。そんな妄想が脳裏を離れず、気が変になってしまいそうだった。

強引にでも奪いたかった。だが、奉行の娘にそんなことをできるはずがない。ならば婚儀を申し入れればよかったか。まさか。百姓出の河原者など相手にもされまい。下手すれば打ち首だ。

いま掾号を受領していたら認めてもらえただろうか。井上播磨掾は打刀を腰に差し、まるで武士のような佇《たたず》まいだった。いいや、馬鹿馬鹿しい。こんなことをいくら考えても無駄だ。すべては夢のまた夢。なにもかも終わったのだ。

捨てなければならない。おりんへの想いも、浄るり太夫になるという夢も。

島の先端まで行き、大きな川を見下ろした。冷たい風に乗ってふわふわと白いものが舞っている。雪だ。五郎兵衛は空を見上げた。家の畑で見上げた時と同じように。だが鳥は飛んではいなかった。

泣かへん。

そう思った途端に涙が出た。膝の力が抜けてその場にうずくまる。臭く汚れた袖を嚙《か》みしめた。声を殺して泣くために。

「お父ちゃん。お父ちゃん」

女の叫ぶ声が聞こえた。懐かしい声だ。

「えらいこっちゃ、お父ちゃん。ごろべや、五郎兵衛が帰ってきた」

声の主はきっと母だ。瞼が重くて目が開けられない。「なんでこんな戸口で寝てんねん」「兄《あに》さん、臭い」と兄や妹たちの声もする。

両脇から抱え上げられ、どこかへ運ばれる感覚。体がまるで自分のものでないかのように、腕も足も重くて動かせない。

「おい。そんなもん家に入れんな」

「お父ちゃん何言うてんの。とりあえず家に上げな、どないもならんでしょ」

「あかんあかん。つまみ出せ」

「そっち持って。あんた筵《むしろ》敷いて」

「どないすんの」

「寝かすに決まってるやろ」

「せーの」

体が浮き上がり、そして寝かされた。懐かしい藁《わら》の匂いがする。おやすみなさい。

飯の炊ける匂いで目が覚めた。筵から起き上がると、母と妹、兄嫁たちが土間で昼飯の支度をしていた。

「あ、起きたで」

妹が真っ先に気づいた。

「この子は。飯時に起きてくるやなんて」

母が嬉しそうに笑っている。五郎兵衛は筵から抜け出し、桶の水を何杯も飲んだ。

「あんた、動けるんやったらお父ちゃんら呼んで来て。その前に体洗い」

母から米ぬかの入った袋を渡され、五郎兵衛はふらふらと畑に向かった。腹が減って足取りがおぼつかない。懐かしい四天王寺の五重塔が曇天を背負い、茶臼山が枯れている。この寒い季節に畑ですることといえば肥料撒《ま》きか水はけ調整の土掘りだ。

「五郎兵衛やないか。村に帰ってきたんか」

「今までどこで何しとったんや」

道行く人が皆声をかけてくるが、誰も五郎兵衛が浄るり太夫をやっていたことを知らない様子だ。家族が恥ずかしがって誰にも言わなかったのだろう。少し坂を上ると料亭徳屋のある崖がまず見え、そして畑が見えた。兄たちと父が五郎兵衛を認め、鍬《くわ》の手を止める。

「飯か」

兄たちは鍬をその場に放り、逃げるように走って家へ向かった。五郎兵衛は着物を脱いで素っ裸になり、崖の湧き水を浴びた。水の冷たさに悲鳴を上げながら、米ぬかで体を擦る。汚れて真っ黒だった肌がみるみる元通りになっていった。臭かったわけだ。

ふんどしを締めて小袖に腕を通すと、父が畑でキセルをくゆらせているのに気づいた。兄と一緒に家に帰ったとばかり思っていたが、どうやら五郎兵衛を待っていたらしい。

二人で家路を歩く。父は口を利かなかった。五郎兵衛も怖くて父の顔を見られない。気まずさに耐えながら、五郎兵衛は父の少し前を歩き続けた。家の前まで来てようやく、背後から低い声がした。

「浄るりはどうした」

返事ができなかった。叱られる、説教される、殴られる。そう覚悟して目を瞑《つむ》った。だが父は、五郎兵衛の肩を強く手で握り、「明日から畑に出ろ」とだけ言って家に入った。

父の手の大きさに、泣きそうになった。

それから毎日、畑を手伝った。

体が覚えているようで、二年も畑仕事から離れていたのに何も考えずとも勝手に手足が動いた。働いていると浄るりやおりんのことを時々は忘れることができ、心が少しずつ穏やかになっていった。

ただ厄介なのは、野良仕事をしている間中、崖の上の料亭から浄るりや三味線が聞こえてくることだった。理兵衛は一座を解散したとお松が言っていたが、弟子に教えることはやめていないようだ。三味線と下手くそな弟子の語りが聞こえるたびに心がちくりと痛み、耳を塞ぎたくなる。たまに三味線が権右衛門の演奏に聞こえて思わず語りたくなり、そんな自分にますます嫌気が差した。

耳と心を殺して毎日を淡々とやりすごしているうちに春が来て、種を植えたり追肥をしたりと忙しくなった。忙しいと余計なことを考えずに済むのがいい。

五郎兵衛はかつてのように棒手振りをしなくなった。野菜を売りに町へ出るには道頓堀の芝居町を通らねばならないし、町を歩けばそこら中の家々から三味線が聞こえてくる。そのたびにいちいち芝居を思い出してしまうのがしんどかった。何より、このところ町に増えてきた銅製錬所を見るたびにおりんのことを思い出すのも辛かった。

畑と家の往復を続けて半年。蒸し暑い小雨の日のことだった。

「明日、梅雨が終わるな」

父が畑で雨雲を見上げて呟いた。五郎兵衛ら兄弟も空を仰ぐ。鼠色の雨雲が空一面を覆っていた。

「そっちやない。あっちや」

父が指さした南のほうをよく見ると小さな雲の切れ目があり、その周りがほんのりと輝いていた。「お。明日から夏やな」と長兄が言い、「ほんまや」と二番目の兄が笑った。

ふいに、風が吹いた。

その風に乗って、遠くから笛の音が流れてきた。旋律は不明瞭だが、確かに笛だ。小雨に混じってツかチョンか大鼓の甲高い音もする。どこかで能をやっているらしい。

その風は妙に熱く、五郎兵衛の鼓動を速めた。なぜだ。あんなに芸能に触れたくなかったのに、今はあの笛の音が不快ではない。むしろ、もっと近くで聞きたい。

いつものごとく兄嫁が昼飯ができたと呼びに来て、五郎兵衛は父らとともに家へ向かった。

家が近づくにつれ、笛や大鼓の音が大きくなる。どうやら家の裏手にある堀越神社から聞こえてくるらしい。堀越神社は四天王寺と同時期に聖徳太子が建《あが》てた古い神社で、大坂では「一生に一度の願いを聞いてくださる神さん」として崇められている。

五郎兵衛は兄たちの後を歩き、分かれ道でこっそりと家ではないほうへ折れた。

神社へ近づくにつれて音が大きくなってきた。演奏が何度も途切れるのはきっと稽古中なのであろう。普請中の寺の前を通る。大工が槌《つち》をふるって釘《くぎ》を打っていたが、演奏の音しか耳に入ってこない。

狛犬《こまいぬ》に見下ろされながら境内へ入った。立て札によると明日からここで勧進能があるらしい。屋根の葺《ふ》き替えか社殿の修繕か、なにかの資金集めでもするのだろう。

小さな神社だ。能舞台もなければ、もちろん橋懸かりもない。

雨のせいか、稽古は拝殿の中で行われていた。面を付けずに顔を出しているワキツレが、床に女ものの小袖を広げ、謡《うたい》を終えると、演奏が始まった。

泥眼《でいがん》の面をかぶった女役が拝殿の奥からすり足で、のそりと現れた。どうやらあれがシテらしい。ワキツレがシテに名を尋ねると、

「これは六条御息所《ろくじようのみやすどころ》の怨霊《おんりよう》なり」

と答えた。ははあ、と五郎兵衛は顎に手をやった。これはいつか京で観た演目『葵上《あおいのうえ》』だ。シテが中央に屈んだまま長い詞《ことば》を朗々と吐き、やがて扇を取り出した。

先妻が後妻を打擲《ちようちやく》する「うわなり打ち」が始まる。

〽いや　いかに云ふとも
今は打たでは　叶ふまじと
枕に立ち寄り　ちやうと打てば

もっさりとした動作でシテが扇を振り、床に置かれた小袖を打つ仕草をする。六条御息所は自分の愛する光源氏が葵上を愛していると知ってしまった。自分はすっかり歳《とし》を取り、賀茂祭での車争いでも辱めを受ける始末。屈辱にまみれ、嫉妬に狂った六条御息所はついに生き霊《いりょう》となって葵上を呪いに来た。そんな場面だ。

能の舞台の上はこの世ではないという。生き霊に打たれるたびに葵上の病は進行し、死に近づいていく。生き霊は周りが止めるのにも耳を貸さず葵上を打ち続ける。葵上を殺すために。

凄まじい女の情念だ。京で観た時はあんなに退屈だったのに、今は舞台から目が離せない。何が違うというのだろう。

シテは面をかぶり、表情は一切見えない。悲しい顔なのか怒っているのかすら分からない。謡も抑揚はなく、おそらく伝統の型どおりに語っているだけだ。もちろん、六条御息所を演じているのは男。女物の着物を着ていても体格が大きいので丸分かりだ。相手役である葵上などは役者もおらず、ただ床に置かれた小袖で表現されるのみ。

それなのに。

六条御息所の抱える憎しみと悲しみが、シテの立ち姿からまるで炎《ほむら》のように湧き立っている。その炎の熱が五郎兵衛のところにまで届き、体が火照《ほて》った。シテの情念が五郎兵衛の心を震わせる。

詞がない無言の時でさえ、シテの面の奥から、全身から、深い嫉妬が滲《にじ》み出ていた。見ているだけで心苦しい。こんな経験は生まれて初めてだ。

観客としていま自分が抱いているこの感情は、一体どこから来るのか。物語のスジや吐き出される詞から想像し、自分の心の中で作り出されているのだろうか。いや、きっとそうではない。この昂《たか》ぶりは心で作られたものではなく、外から来ている。つまり自分はいま何か情念のようなものを舞台から受け取っている。その熱は、舞台にいるあのシテが放っているのだ。

五郎兵衛の頭の中で、ある考えが閃《ひらめ》いた。全身の毛が逆立つ。

もしかすると。シテを演じるあの男は、悲しいふりをしているのではなく、本当に悲嘆に暮れているのではないか。いま自分が見ているのは演技や芝居ではなく、正真正銘、本物の悲しみそのものではないのか。だからこそ、その熱が遠く離れた所にまで届き、客の心を焼くのだ。

いまあの男には間違いなく葵上の姿が見えている。そして本気で嫉妬に狂っている。葵上を殺さんばかりに。

一生に一度の恋だった。光源氏を命懸けで愛した。だが光源氏は違う女を愛している。胸が張り裂けそうなほどの失意。誰かを罰したい気持ち。本来ならその気持ちをぶつける相手は光源氏であるべきだ。だが彼女は光源氏ではなく葵上を打つ。愛が深すぎて、愛する人を罰することができない。そして、それが間違ったことであることも、六条御息所自身が一番よく分かっている。だから苦しいのだ。

その彼女の苦しみが五郎兵衛をも苦しめる。それはシテが本当に苦しんでいるからだ。演者の苦しみが本物だからこそ、観ている者の心に刺さる。

五郎兵衛は涙が止まらなかった。雨に濡れるに任せ、泣きに泣いた。

これだ。

自分がやりたかった浄るりはこれだった。客に観せたいものはこれなのだ。

大事なのは物語の壮大さや、声のよさや、フシの巧《たく》みさだけではない。

――情。

本物の情。これぞまさに、客が観たいと欲しているものだ。

やっと分かった。叫びたいほどに理解した。

やがて能が終わっても、しばらくそこから動けなかった。

雨が上がる。南の空で雲が割れ、五郎兵衛の頭上に一条の光が差し込んだ。一生に一度の願いを聞いてくれる、そんな神社の境内で。


考えた。蕪《かぶ》を引っこ抜きながらも、冷えた飯に煮汁をかけて食う時も、筵で寝る時も起き抜けもずっと。どうやれば『葵上』で感じたあの情を作り出し、観客へと伝えられるのか。

やっと見つけた小さな糸口。だがその糸の緒はあまりに細い。この危うい糸をなんとか手繰《たぐ》り寄せ、紡ぎ、本当にやりたい語り口を織りあげたい。だが、考えれば考えるほど答えが分からなくなり、時だけが過ぎていく。夏が去り、収穫も終え、今や畑には霜が降りている。焦るな。ここはじっくり考えろ。そう自分に言い聞かせるも、やはり気持ちははやるばかりだった。

近ごろは町へも積極的に出かけている。町に溢《あふ》れる物や人に何か端緒はないかと子細に見て回るためだ。とはいえ、浄るりや歌舞伎を観に行く勇気はまだない。誰かの芝居を観ればきっと心を持って行かれる。そうするとせっかく摑みかけている糸口がかき消されてしまいそうで怖かった。

これはもう、やってみるしかないのではないか。ようやくそんな心境に達したのは春だった。

畑に蒔《ま》き溝を作って蕪の種をすじ蒔きした後、五郎兵衛は畦《あぜ》に座った。誰もいない畑を睨んで息を吸う。だが、いざ声を出してみると旅や四条での悪夢が蘇《よみがえ》って喉が締まり、老婆のような声になった。そのまま続ければさらに変な声になりそうだったので、それ以来すっかりやめてしまった。

しかし、語らずに過ごしているとやはり煩悶《はんもん》し、やりたい気持ちがむくむくと育っていく。そんな天秤《てんびん》を揺らしたまま、また夏が来た。

炎天下の畑は土から立ち上る湿気で蒸し風呂のように暑い。その熱気のせいで毎年家族の誰かが倒れるのだが、今年は二番目の兄が最初に倒れた。その日は畑仕事が中止になり、家で酒盛りが始まった。久々に酒を飲む家族を尻目に、五郎兵衛は厠《かわや》に行くふりをして畑へ向かった。

畦の土が座布団より座り心地がよいのは、やはり百姓だからだろうか。炎天下の畑、草陰に潜んでいる蛙《かえる》や亀が客だ。

目を閉じれば床本に書かれた詞章が瞼に浮かぶ。鼻から大きく息を吸う。一旦呼吸を止め、息で喉を撫でるようにして静かに語り始めた。

〽もはや落ちよ　はや落ちよ
見れば　心の乱るるに

やあやあ　いかに　つし王丸

旅巡業で何度も語った『さんせう太夫』。姉と弟が人買いに遭った後、姉が弟を逃がそうと必死に説得するくだりだ。以前は、別れをぐずる弟に姉が苛立ち、言葉の圧力で弟を追い立てるように演じた。だが、あることに気がついた。

ここでの姉は、もちろん、弟がさんせう太夫たちに見つからぬうちに早く逃げてほしいと願っているのだが、同時に、心の奥底では「弟から離れたくない」とも思っているのではないか。弟は今やたった一人の肉親だ。本当は自分も一緒に落ちのびたい。一人で山に残ってもどうせ殺されるのだから。

しかし姉は、弟を守るために自らが楯《たて》になることを決意する。弟は家系図を持ち歩くほどの立派な家の跡取り。そしてなにより、弟のことを深く愛している。一緒に育った可愛い弟が、こんな山奥で奴隷として生きていくなんて耐えられない。だから弟よ、どうか早く逃げてくれ。自分はどんな拷問を受けても行き先を吐かぬから。

死して弟を助けるのだという強い意志と、もっと生きたいと思ってしまう人間の性《さが》。この二つのせめぎ合いこそ、この場面で語られる悲しみの本質ではなかろうか。

〽ややあ　いかに　つし王丸
かように薄雪の降ったる　その折は
足に履いたる草鞋を　後を先に　履きないて

山を降りるのに雪で滑らぬよう、草鞋を前後さかさまに履くんだよ。ぐずる弟を諭す姉の詞だ。このくだり、弟のつし王はどんな顔をして聞いているのか。つし王だって逃げたい。生き延びたい。だが、姉を見捨てるわけにはいかない。なのに姉は逃げよと言うし、家を守るためにも逃げることが正しいと頭では分かっている。姉と離れたくないのに離れなければならない、という胸をえぐる苦しみ。このくだりには姉の詞しかなく、弟の詞はない。しかし姉弟両方の人形が舞台にいる。人形の表情は動かない。ならば、姉の詞から、弟がどんな気持ちで聞いているのかを客に想像させなくてはならない。もしそれができたなら、苦しみを二重に表せる。弟の気持ちと姉の気持ちの掛け合わせ。

〽さらば　さらばの　暇乞《いとまご》い
事《こと》かりそめとは　思へども
長《なが》の別れと　聞こへける

弟が説得に応じ、とうとう山を下っていく。それを見送る姉の涙。逃げおおせてほしいと祈る気持ちと、これから我が身に起きる拷問への恐怖。そんな大きな情を背負ったまま、さらに次のくだりへ入っていく。

五郎兵衛は息ができなくなった。語りを止《や》めて地面に手をつき、肩で息を吸った。声だけでなく心の限界が来ていた。これ以上やると悲しみと暑さとで気を失う。着物が絞れそうなほど汗をかいていた。

語っていると、ややもすれば姉の情に心を根こそぎ持っていかれ、泣き喚《わめ》きそうになる。弟を失うことを考えるだけで頭がどうかなってしまいそうだ。五郎兵衛は頬に伝う涙を袖で拭った。この涙は姉として流した涙か、弟のそれか、分からない。

それにしてもなんということだろう。役を演じるというのはこれほどまでに恐ろしいことなのか。あの能のシテも毎度、こうして自分の心をえぐっているのだろうか。

よし、次は心を抑えず、悲しみをすべて解き放ち、泣き叫びながらやってみようか。そうすればまた新しいフシ回しを発見できるかもしれない。

試すのは明日にしよう。いつの間にか辺りは真っ暗だ。真っ暗になるとこの辺は、出る。

立ち上がって尻の土をはたくと頭上から笑い声が聞こえた。料亭で宴が始まったようだ。暗い崖を見上げると徳屋に提灯が灯《とも》っていて、その明かりに照らされた女の顔がじっとこちらを見下ろしていた。

お松だった。

夏も終わりかけの頃でしたかねえ。朝です。いつものように料亭の表を箒《ほうき》で掃いていたら、男の人が木陰に立ってじっとこっちを見ているのに気づきました。

五郎兵衛でした。腰抜かすかと思いました。脚絆《きゃはん》を巻いて菅笠《すげがさ》持ってましたから旅姿なんですけど、振分荷物が小さくて。家から慌てて出てきたんか、あるいは家族に黙ってこっそり出てきたんやろうなて思いました。

後で聞いたら、やっぱり家を出たんは皆が寝静まってからだったそうで、「家出る時、父と目が合《お》うた」て言うてました。お父さま、五郎兵衛が家を出て行くのに気づいてて止めはらへんかったんでしょうね。どんなお気持ちやったか。ウチの父も前にウチが五郎兵衛らと旅に出た時泣いてました。

そうそう。あの人、お金ないからか知らんけど脇差持ってませんねん。前の巡業の時もそうでした。旅に出るなら町民だろうが百姓だろうがみんな自分を守るために短い刀を腰に差しますから、ウチが「貸そか」言うたんですけどね、「要らん」言われて。刃物が嫌いなんでしょうかね。頑なに刀を差すことを嫌がってました。で、家の前に立ってた五郎兵衛に、「どないしたん」てウチは一応聞きました。何しに来たのかは分かってましたけどね。「へえ」て、気の抜けた返事ですわ。「せやから、どないしたんやって。そんなとこ突っ立って」

「へえ」

それしか言いませんねん。腹立ちますやろ。

「何か用。言いたいことあんねやったらはっきり言い」

「ワテと、また旅に出てくだされ」

いきなり土下座です。

「なんであんたと旅せなあかんの。一座は解散したんやで」

「分かってます。ワテのせいで皆に迷惑おかけしました。でもワテ、ちょっと分かったことがありまして、浄るりを摑めそうな気がして、それでまた修行に出たいんだす。でも操りは一人じゃできまへん。せやからお松つぁん、どうか手伝《てつど》うてください」

あんな真剣な瞳で見つめられたら、そりゃね、心動かされますわ。あの人のあんな目、初めて見ました。

それに実は、五郎兵衛の浄るりは毎日、崖の下から聞こえてました。誰とも違う、今までに聞いたことのない、えらい力強い語り口でした。フシ回しが伸びやかで、上行ったり下行ったりと驚きの連続です。そんで、詞が心に直接響いてくるというか、まだ荒削りなんで滅多に響いてきませんけど、響いてきた時の心の揺さぶられ方が凄まじいというか。

　これは全く新しい浄るりになる。そう感じました。せやから、実は五郎兵衛がうちに来る前から決めてたんです。また何か頼み事をしに来たら、何でも言うこと聞いたろうって。

「あんた、他に誰を説得したんや」

「お松つぁんが初めてだす」

「なんでウチが最初なん」

　ちょっとええこと言うてくれるかなあ思て期待したウチがあほでしたわ。

「あ、えっと、近所やから」

　思わず吹き出しました。ほんま正直な人ですわ。

「ほな、あとは興行師と三味線が要るな」

「さいだす」

「あてあんの」

「いえ、あの二人しか知り合いがおまへん。庄兵衛はんは島原に行けば会えるやろうけど、権右衛門はんがどこにおるんか分かりませんねん」

「権右衛門はんはあれからずっと、うちの料亭で三味線弾いてくれてはる」

「ええっ。ここに居てはるんだすか。道理で、聞こえてくる三味線が権右衛門はんみたいやと思てたんだす」

もちろん権右衛門はんも五郎兵衛の語りの変化に気づいてて、時々、崖の下から聞こえてくる五郎兵衛の語りに合わせて三味線をつま弾いたりしてました。これがまた嬉しそうな顔で弾くんですわ。なんていうか、早く合わせたくてうずうずしてる感じでしたね。根っからの芸の人ですね。

で、興行師。あては庄兵衛はんしかないんですけど、ウチにはちょっと確かめたいことがありまして、

「庄兵衛はんには、ウチが京に行って話つけるわ」

「いえいえ、そんなんワテがやります」

「あんたはここで権右衛門はんと合わせ稽古しとき」

五郎兵衛が怪訝《けげん》な顔をして何か聞きたそうにしたので、慌てて話を変えました。

「ところであんた、寝るとこあんの」

「ほな、ウチが京から戻ってくるまで料亭の手伝いしぃ。丁稚《でっち》部屋、詰めたらあと一人くらい寝られるわ」

「ありまへん」

「ええんだすか。でも」

「父《とと》さんにはあんたがちゃんと頭下げ。一発くらい殴られとき」


　さっそく荷物をまとめて、京へと立ちました。島原なんて初めてです。千本通を七条辺りまで上り、見返り柳を見ながら大門をくぐります。島原は出入り切手なしでも女が自由に行き来できるのがええけんど、着いたんが夕方やったんで通りを鼻の下伸ばした男がようけ歩いてて、私のことを端女郎《はしじょろう》かなんかと間違えて舐めるような目で見てきますねん。嫌やわあ。

　若竹屋は間口の大きな店構えでした。揚屋に地女が表から入るんは気が引けたんで裏へ回ると、壁のそこかしこから湯気が出てます。台所が広いんでしょうね。

　なんとか勇気を出して妓夫《ぎゆう》に話しかけ、庄兵衛はんを呼び出してもらいました。

「こんなとこまで何しに来たんや。女が一人で来るとこちゃうぞ」

庄兵衛はんは鹿《か》の子絞りの小袖をたくしあげ、手指には白粉《おしろい》が付いてました。遊女の化粧を手伝ってたんかもしれません。

「お話があって参りました」

「五郎兵衛のことか」

まあ、共通の話題はそれくらいしかありませんからね。

「死んだんか」

「その逆です。あの人、生き返りました」

「けっ。なんやそれ。まあええわ。上がり」

庄兵衛はんの仕事が終わる夜更けまで小さな座敷で待たせてもらいました。揚屋には主人が遊んでいる間に付き人が待つ部屋があるんですね。その三畳間にごろりとなってうとうとしていると、三味線の音が止んでいることに気がつきまして、目を開けると前に庄兵衛はんがあぐらかいて座ってます。びっくりして体を起こしました。

「待たしたな」

すっかり夜も更けてて、紙燭《しそく》の明かりで庄兵衛はんの頬の傷が浮かび上がります。

ウチは切り出しました。

「今の五郎兵衛の語り、一度聞いてやってもらえまへんか」

「今さら聞く価値ないわ、しょうもない」

庄兵衛はんがキセルに火を移します。

「しょうもなくないんです。あれは、新しい」

「何が新しいや。あほくさ」

「情、とでも言いましょうか」

庄兵衛はんの手がぴたりと止まりました。

「情、やと」

「はい。五郎兵衛の情が心に直接届いてくる感じです。新しいと思いまへんか」

庄兵衛はんが吸いかけのキセルを煙草盆に叩きつけました。まだ火の残る煙草の葉が飛び散って、線香花火のように綺麗でした。

「ここがどういうとこか分かってるんやろ」

唐突に庄兵衛はんの手がウチの首と腰に回ってきて、畳に押し倒されました。けんど頭も腰も床に打たへん上手な倒し方でした。

「声出したって誰も来ん。ここはそういう場所や」

庄兵衛はんの固い指が足首からふくらはぎへと着物の裾を割ります。ウチは唇を一文字に結びました。

「力抜け。痛《いと》うはせん」

「へえ」

ウチは必死で体の力を抜こうとしました。けんどなかなか上手く抜けません。指が太股まで上がってきました。目を強く閉じて、袖を強く握りしめて耐えていると、庄兵衛はんの動きが止まりました。

「震えとるやないか」

「すんまへん、初めてやさかい。退屈な女ですね」

「抱かれるって分かってて来たんやろ。この体を差し出してオレを興行師として雇う腹づもりで」

庄兵衛はんの吊り目がさらに吊り上がりました。ウチは無理に笑って明るい声で言いました。

「さすがお見通しですね。ウチにも五郎兵衛にも銭がおまへんねん」

「なんでそこまでするんや、あんなしょうもない奴のために」

「ウチはあの人の浄るりに惚れ込んでます。あの語りをもっとぎょうさんの人に聞いてもらいたい。そのためならウチはなんだってする。そう決めてるんです、ずいぶん前から」

　せやから。庄兵衛はんの手を掴み、もう一度お願いします、と促しました。固い指が今度は身八つ口から入ってきました。身を任せたいのにどうしても体が固まってしまいます。

「分かった分かった。もうええ」

　庄兵衛はんの手が、まるで蛇が逃げるように着物から抜けました。ウチは慌てて体を起こし、逃げていく庄兵衛はんの腕を掴みました。その手が払われます。

「お松つぁん、五郎兵衛に惚れてるやろ。いつからや」

　さすがは揚屋育ちなだけあって、色恋には鋭いようです。

「初めて声を聞いた時からです」

「そんな前からか。まあ分からんでもないな。で、お松つぁんがここにおること、あいつは知ってるんか」

ウチは首を左右に振りました。

「けっ。大した色男やのう。お松つぁんにこんなことさせるやなんて」

「あの人は本物なんです。せやから後生です。ウチを抱いてください」

「もう勘弁してくれ」

「そんな。こんな醜女《しこめ》でごめんなさい」

「ちゃうちゃう、そういう意味やない」

庄兵衛はんは煙草盆からキセルを持ち上げ、口にくわえました。ウチは慌てて煙草の葉を詰めます。

「そんな湯女《ゆな》みたいなことせんでええ。自分でできる」

「すんまへん」

「お松つぁんがここまでするんや。よほどの語り口なんやろ」

「何べんも言いますけんど、新しいです」

「新しい、か」

キセルの煙が部屋に満ちます。いい匂いでした。ウチはキセルの薫り、好きです。

「あの語りは誰かから教わったんやのうて、自分で見つけたんやと思います。フシ回しも独特で、他で聞いたことのない力強いものに仕上がってきてます。あの人は変わりました。目つきが違います」

「そこまで言うなら、まあ」

「観てくれはりますか」

　ウチは嬉しうて思わず手を叩きました。

「まずは聞いてみんことには分からんけど、また旅に出るとなると銭が要るな。文もほうぼうに出さなあかんし。出発は二月《ふたつき》先か、いや、三月先かの」

「え、一緒に旅してくれはるんですか」

「それを決めるんはいっぺん観てからや。せやけどまあ、行くことになるんやろな。オレはお松つぁんを信用しとるから。それに、オレも惚れてるしな」

「あの声、ええですもんね」

「惚れてるのは本人にや。お松つぁんと一緒」

「え」

　驚きのあまりウチは鯉《こい》みたいに口をパクつかせました。にいっと庄兵衛はんが笑います。

「いつからですか」

「あいつが加賀掾に刃向かった時や。あれは痛快やった」

「へえ、そんなことが」

二人で、ははは、と笑いました。

「いや、ちょっと待っておくんなはれ。ほしたらなんでさっきウチにあんなこと」

「あんたを試したんや。ほんまにお松つぁんの話を聞く価値があるかどうかをな。許してくれ。オレは女の体に興味はない」

「そんな、ひどい」

「騙して悪かった。それに、お松つぁんは醜女やないで。ええ女や」

「ちょっとびっくりしすぎてよう言いまへん」

すまんすまんと庄兵衛はんが歯を見せて笑いました。ウチもつられて笑いました。

そして、あることに気づいて互いに見合います。

「もしかしてウチら」

「そうやねん。どうやらオレらは恋敵のようや」

「こりゃ、えらいこっちゃ」

今度は二人とも思い切りげらげらと笑い合いました。

安芸の宮島。厳島《いつくしま》神社のある海辺から山の麓まで参道が続く。その参道に市が出て、早朝から人で賑わっていた。人の声と張り合うかのように蟬《せみ》の鳴き声もうるさい。そんな中、人と蟬の声よりさらに大きな声で泣く男がいた。

「うあああ」

木の幹を拳で叩いたり、地面に突っ伏したりしながら、おおいおおいと叫ぶように泣いているのは五郎兵衛だ。道行く人々が何事かと立ち止まる。

「そんなに泣いてどうしたんや、お前さん」

「まあ座ってお茶でも飲みぃ」

あまりに激しく泣くものだから、見かねて話しかけたり、肩を抱いたりして慰めてくれる人もいる。それでも五郎兵衛は泣き止まない。もう、どうにも悲しかった。悲しみがさらなる悲しみを生み、心の壁が壊れたかのようにどんどん情が溢れてくる。

「あああ」

地面に大の字になって泣きじゃくる。囲む人だかりは大きな輪となり、今や何十人もの人が五郎兵衛を見ていた。だが奇異の目で見る者はいない。皆悲しそうに眉を下げ、同情を寄せるような視線で五郎兵衛を慈しんでいた。まるで人だかり全体が大きな悲しみに包まれているかのようだった。

そんな悲しみの輪の中から女が飛び出した。駄々をこねるように泣く五郎兵衛の耳元で囁《ささや》く。

「もうよろしいんとちゃいますか」

お松である。

「ほれ、行きまっせ」

泣きじゃくる五郎兵衛の肩を抱いて立たせ、野次馬の人だかりをかき分けた。

「すんまへん、通してください。べっちょないさかい」

人だかりを抜けると、五郎兵衛はふいに泣き止んだ。

「はあ、助かりました。ああやって助け出してもらわんと、まだ自分では元に戻ってこれんのだす」

「もうほんまやめて。毎日道端で怒ったり泣いたり笑ったりして。恥ずかしいわ」

お松が唇を尖《とが》らせた。

開演まではまだ間がある。二人は参道を浜のほうへと歩いた。まだ日が昇ったばかりなのにすでに日差しは強く、もう着物が汗でびっしょりだ。

「何べんも言いましたけど、あれはワテなりの稽古なんだす。今日は妹が死んだと思て泣いてたら涙が止まらんようなりまして、大変だした」

「せやかてあんな人前でやらんでも」

「人前でやらんと意味ないんだす。嘘泣きしたり嘘で怒ったりすると、人はすぐに見抜きます。情が嘘やと見抜かれたら誰も相手にしてくれまへん。せやから人だかりができるかどうかが肝要なんだす」

「毎朝、野次馬に囲まれたあんたを引きずり出すこっちの身にもなり。嘘泣きとほんまに泣くんと何が違うんよ。そんなん客が見て分かるんかいな」

「ああそうか、お松つぁんはいっつも手摺《てすり》の内におるさかい、お客さんの反応が見えてないんだすな。嘘泣きしてた昔と、本気で泣いてる今とでは、お客さんの顔つきが全く違いますやろ。拍手の感じも違《ちご》うてきましたやろ。せやからほんまに泣かなあかんのだす。で、ほんまに泣くには、自分が登場人物そのものにまるまる重ならんとあきません」

「人物と太夫が重なる」

「そうだす。ワテが目指している究極は、太夫が人物そのものになることだす。そのためには演じている人物の心と体が、自分そのものにならなあかんのだす」

「自分は自分やん。何言うてるんかさっぱり分からんわ」

「要するに、どの役も自分そのもの、おのれのすべてを使いきって演じひんと、本物の情は出えへんのだす」

「本物の情ねえ。確かにさっきはほんまに泣いてるんかと思た」

「ほんまに泣いてました。悲しかった。妹が死ぬなんて」

五郎兵衛はまた涙ぐんだ。

「え、亡くなりはったん」

「生きとります」

「どういうこっちゃ。怒るでほんま」

「まあまあ。冷や水でも奢《おご》りますさかい」

沿道で桶を担いだ男が呼び込みをしていた。

「冷や水あがらんか、冷《ひや》っこい。汲《く》み立てあがらんか、冷っこい」

冷や水は井戸水に砂糖を入れた飲み物で、お松はこれがたいそう好きであった。一杯一文。砂糖を倍にすれば二文。錫《すず》の椀を受け取った途端、指先が冷えて気持ちよかった。くいっと飲み干すと甘さが口いっぱいに広がり、体が芯から涼しくなる。お松はすっかり笑顔になり、五郎兵衛もなんだか元気が出た。

二人は再び参道を歩いた。あまりの人の多さに二人並んでは進みづらい。ここ安芸の宮島では年に三回、大きな市が開かれる。中でも、夏の市は西国一といわれるほど規模が大きく、六月十日から七月七日までの約一か月、大勢の人が遠方から押し寄せてきて毎日がお祭り騒ぎとなる。

人が集まる所、芝居も集まる。からくりや浄るり、歌舞伎はもちろん、曲芸や軽《かる》業《わざ》、猿回しに辻《つじ》噺《ばなし》まで、日本中の芸能が宮島に大集結し、これを世に〈宮島大芝居〉という。

そんな様々な出し物を五郎兵衛は毎年くまなく見物して回り、どんな芸でも一度は真似てみた。そして盗めるものは盗み、つまらないものはその理由を考えたりした。そうしてもう、四年が経つ。

「あ、見えた見えた」

お松が指さした。ごった返している人々の隙間から海が覗く。その海に神社が浮かんでいた。厳島神社だ。

浜に立った。海に浮かんだ朱色の社殿が朝日で光り輝いている。波間に切り立つ鳥居は何度見ても神々しい。五郎兵衛とお松は神妙な心持ちで柏手を打《う》った。

「今日の興行も上手くいきますように」

「芸運長久」

祈りを終えて隣を見ると、お松と目が合った。お松が感慨深げに溜め息を吐《つ》く。

「大坂は今どんな浄るりが流行《はや》ってるんやろね。五郎兵衛もそろそろ上方でやったらええのに」

「ワテなんかまだ道頓堀で通用しまへんて」

まだ試したいことがたくさんあった。今日の舞台でもやってみたいフシ回しや、情を掘り下げてみたい詞がある。もっとフシを上手に操りたい。もっと深く情を掘り下げたい。気は焦るが、芸は少しずつしか磨けない。

「今の五郎兵衛やったら道頓堀でも通用すると思うけどなあ」

　自分たちの芝居小屋へ向かう道すがら、お松がわざとらしい伸びをしながら言った。ああそうか、と五郎兵衛は理解した。お松は大坂に帰りたいのだ。

「すんまへん、ワテがまだ未熟なもんで。あとその、五郎兵衛いうんもうやめてください」

「あんたは五郎兵衛や。どないに名前を変えたかて」

　五郎兵衛は、今は清水利太夫ではない。

　この旅に出る前、一座は資金を稼ぐために京の四条河原で『空也聖人御由来《くうやしょうにんごゆらい》』なる新作を興行した。空也上人《しょうにん》は平安時代に踊り念仏を唱えて民衆の心を捉えた高僧で、五郎兵衛は口から六体の阿弥陀仏を吐き出している木像を六波羅蜜寺で見たことがある。

「空也の名がありゃ客は来る。京では昔から人気やからな」

　そう言い切った庄兵衛の読みどおり、それなりに客は入り、ぼちぼちの儲《もう》けが出て、草子屋に木版させた丸本もそこそこ売れた。太夫の人気ではなく演目の人気で集客するとは、興行師とは大したものだと五郎兵衛は恐れ入った。

そうして旅支度も調《ととの》い、いよいよ出立という日のこと。四人は天王寺村の清水寺に集まり、朝日に手を合わせた。そして五郎兵衛は三人を前にして言った。

「巡業に出る前に、庄兵衛はんにお願いがあるんだす。あと、お松つぁんにも」

「なんやの」

「お松つぁん。ワテ、お父さまにいただいた今の苗字《みようじ》を捨ててもええだすやろか」

「え、なんで」

お松はあからさまに怪訝な顔をした。

「今から名前変えるんか。各地の興行は清水利太夫の名で届け出したのに、ややこしいやないか」

庄兵衛が眉を寄せる。五郎兵衛は頭を下げた。

「すんまへん。ワテは庄兵衛はんのお名前を一字いただきたいんです」

「オレの字ってなんや」

「ワテのせいで一度は解散した一座やのに、またこないして興行師をしてくれるやなんて、庄兵衛はんには感謝してもしきれまへん。救っていただいたこの命、庄兵衛はんに預けたいんだす。義理を果たしたいんだす」

「義理て、大袈裟な。照れるわ。かゆいかゆい」

「竹屋庄兵衛から竹の字をいただきたいんだす。それに義理の義で」

五郎兵衛はうかがうように皆の顔を見回した。

「竹本義太夫《たけもとぎだゆう》、という名に変えさせてもらえまへんやろか」

三人はきょとんとした顔で互いに見合い、やがて五郎兵衛のほうを向いて声を揃《そろ》えた。

「ええ名前や」

これを機に、権右衛門も尾崎《おざき》から竹澤《たけざわ》へと姓を改めた。竹は五郎兵衛と同じく竹屋庄兵衛から、澤は浄るり三味線の始祖であり、かつ、師匠筋でもある澤住検校《さわずみけんぎょう》から取ったという。これで一座の三人の苗字が竹の字に揃った。

「ウチがお竹いう名前やったらよかったのになあ」

お松が大らかに笑ったその顔を、五郎兵衛はよく覚えている。

さて。困ったことにさっきよりさらに蟬が賑やかになっている。宮島大芝居では毎度、五郎兵衛の一座は木々に囲まれた芝居小屋があてがわれ、夏は蟬の声に悩まされる。

そんな蟬の声に負けるもんかと、五郎兵衛は楽屋であぐらをかき、瞑想していた。今日は人物の痛みをもっとフシに乗せてみよう。それと、気持ちの切り替えをさらに速くしてみよう。あとは、あとは。色々と試してみたいことが頭を過《よぎ》る。

「いかんいかん」

お松が入れてくれた白湯《さゆ》で喉を潤し、ふううう、わざと長い息を吐いた。本番前の昂ぶる気持ちを落ち着かせ、雑念を払う。

「自分でいろ。おのれでいろ」

課題はあれど、本番が始まれば役の情だけに集中する。情を作るには、上手く見せたいという見栄や下心を払いのけ、素直に心を開かねばならない。それが五郎兵衛の見つけたやり方だ。

「とざい、東西」

楽屋幕の向こうから庄兵衛の声が聞こえ、拍子木が鳴った。楽屋にいたお松、権右衛門に向き直り、五郎兵衛は両手を床についた。

「本日も何とぞよろしう頼んます」

「よろしう頼んます」

言い終わるなりお松は人形を持って舞台袖へ消えた。昇りきった日の光が舞台の手摺に差し込んでいる。そこに庄兵衛の口上ぶれが飛ぶ。

「このところお聞きに達しまする浄るり、外題『三浦北条軍法くらべ』」

この演目は仮名草子の『北条五代記』から取った物語で、かつて井上播磨掾が得意とした浄るりだ。理兵衛やその弟子たちが徳屋で稽古するのがよく畑で聞こえていたので、今でも全文憶えている。

「語ります太夫、竹本義太夫」

庄兵衛に名を呼ばれ、五郎兵衛は権右衛門の手を引いて高床に上がった。床に座る動作の中で平土間を見渡す。満席とはいえないがそれなりに入っている。宮島大芝居に来る客は本当に芝居が好きなのだろう、五郎兵衛が姿を見せるや、わあっと拍手が湧いた。よし、今日の客は柔らかそうだ。

姿勢を整え、息を吸う。三味線がテンと響き、五郎兵衛はカンと語り出した。

〽つらつら思んみるに　水の流れの末尽きず

最近、声が濁《にご》ってきた。この濁声《だみごえ》は気に入っている。太夫としてもがき苦しんだ証《あかし》だ。今やっている語り口を手に入れるまで、本当に長い道のりだった。

どこへ行ってもどんなことからでも、人々の仕草や声の調子を盗んだ。豆腐屋とすれ違えばその売り声をそっくり真似し、なぜそんな発声になるのか考えた。町で娘が笑っていればその笑い声を本人と区別がつかなくなるまで練習し、どうやったらそんなに笑えるのかを探った。

古典への造詣が浅いことも弱点だと感じ、行った先々で能や平曲などをやっていれば必ず観ては旋律を憶え、寺からお経や講式が聞こえてくれば一緒に唱えたりした。こうすることで、浄るりで使えるフシの種類を少しずつ増やした。

それでも、なかなか興行の人気は上がらず、二年ほど変化のないしんどい時期が続いた。情を表現すればよいことが分かったのはいいが、それをどうフシに乗せればよいのかが分からなかった。

五郎兵衛はついに権右衛門を頼った。本音を言えばもっと早くから教えを請いたかったが、そうすると安易に答えを聞いてしまうような、ずるをしているような、そんな気がして避けていたのだ。なにせ権右衛門は宇治加賀掾、井上播磨掾など、一流太夫の語りに三味線を添えてきた名人だ。

「権右衛門はん。ワテの語りにあかんとこがあったら、全部教えてくだされ」

五郎兵衛が権右衛門に頭を下げたのは、確か、伊勢の古市で興行を打っていた時の楽屋だった。

「一から教えてくだされ。お願いします」

「一からか。よう言うたな。やっとその覚悟ができたか」

権右衛門は手で五郎兵衛の顔を確かめるように撫でた。

「お前さんは、芸の上っ面《つら》ばかり追いかけとる。聞いててもどかしかったわ。ワシはお前さんの言う情とやらは分からんけどな、芸の土台やったら教えられる」

五郎兵衛の顔から手を離し、権右衛門はにやりと笑った。

「まず、声を全力で出そか」

「えっ。出してるつもりなんだすけど」

「まだまだ出る。繊細なフシ回しもやりたいやろうが、何をやるにもまずは全力で声を出すことを覚えなあかん。体は三味線と同じように、楽器やさかいな」

体は楽器と言われて妙に腑に落ちた。五郎兵衛は次の興行で全段、全力で叫び続けた。

「いかがでしたでしょうか」

舞台が終わり、がらがらに嗄《か》れた声で権右衛門に尋ねた。

「まだまだ出るやろ」

そう言われ、また次の公演でも声を振り絞った。

「どうでっしゃろ」

「腹が薄いなあ。ぺらぺらの紙みたいな声や」

なんて言われてまた声を張る。五郎兵衛の喉はすぐに潰れ、それでも声を出せと叱られた。

「まだ声が硬い。喉につっかえてて、聞いてるこっちが息苦しい」

「へえ」

「裏声を使うな。楽をするな」

「へえ」

「声は上から下まで全部使え」

「へえ」

ついに全く声が出なくなった。ある朝起きると喉からすきま風が吹いてるだけのようなカスカスの声になっていて、相手が耳を口に近づけないと言葉が聞き取れないほどだった。その日ももちろん興行があり、庄兵衛もお松も絶望の色を浮かべる中、権右衛門だけはにこにこ笑った。

「よしよし。声が出んようなってからが、ほんまもんや」

そんな。これじゃ客席に届きまへん。そう言ったつもりだったが、声は出ていなかった。すると、権右衛門が自分の左手の指を差し出した。

「見てみ」

人差し指も中指も、爪の真ん中が鋭角に削れ、生え際まで肉が剝き出しだった。見るからに痛そうだ。爪が三味線の絃《げん》で擦れてなくなり、それでも指の肉で絃を押さえて弾き続けたらこうなったという。

「ここまで来てやっと、ほんまもんの音が出始めるんや」

あの一流の音は文字どおり身を削ってこそ出せるものなのか。芸に生きる人間の凄まじさを思い知らされ、五郎兵衛は腹の底がぞわりとした。

爪のない指で三味線が弾けるなら、出ない声で語れるはずだともがいたが、声が出なくなった数日間の興行はさんざんだった。腹の力の入れ具合、息の出し方、息を吐く向き、姿勢、目線などあれもこれもと試行錯誤した。そしてある日ついに、喉を使わなくても声が出るコツを摑んだ。腹の下のほう、太股の付け根まで息を入れ、頭の後ろから声を鳴らす。すると音が体中に響き、綺麗に前へ飛ぶのだ。

「それや。その息の出し方を覚えや」

大きな発見だった。五郎兵衛はこの新しい呼吸法を自分のものにするため、本番の後だろうが旅で歩いていようが終始鍛錬した。今の濁声になったのはこの頃だ。

「もっと太く出したい。もっと声を強く出したい」

そこで五郎兵衛はあることを思いついた。帯をヘソの下できつく巻き、腹を締めたのだ。そうすると息をさらに力強く吐けた。

「これでも足りない。もっと踏ん張りが欲しい」

全力で声を出すと体が床から浮き上がってしまう。体が浮き上がると声が軽くなる。この問題を解決するために、まず座り方を変えた。正座やあぐらでは限界がある。なので小さな腰掛けを作ってそこに尻を乗せた。この尻引《しりひき》に座ることで腹周りの動きが自由になり、声色をたくさん使えるようになった。さらに、足首を立てることで踏ん張りを利かせた。

だがそれでもまだ体が浮く。

五郎兵衛はついに、袋に砂を詰めて着物の懐に入れた。このオトシのお陰で重心が下がり、さらに思い切り踏ん張れた。踏ん張れると細やかな声でも遠くまで飛ぶ。

権右衛門の教えは続いた。

「三味線に頼るな。自分のフシを貫いてくれんとこっちが弾きにくい」

「音のないところが肝心や。息を吸う瞬間、詞が終わった瞬間。そういう静寂に魂が宿る」

「一文字たりとも気を抜くな。意味を摑んでから語れ」

「常に全力で語れ。舞台では一瞬も休んだらあかん」

権右衛門の厳しさは日に日に増し、出来が悪いと口を利いてくれないどころか、本番直前にふらりとどこかへ消えることすらあった。その厳しさに五郎兵衛も時々投げ出しそうになったこともあった。だが、何か一つできるようになるたびに明らかに客の反応が変わるのだ。それが嬉しいやら悔しいやらで、また権右衛門から受け取ろうともがいた。
登場人物たちの情に深く入り込んだせいか、全身の筋肉が痛い。語る人物が替わるたびに骨が軋《きし》む。

〽黒革威《くろかわおどし》の　鎧《よろい》を着たる
武者一騎　馳せ来たり

高揚する客をさらに煽《あお》るかのように三味線の音数が派手に増え、五郎兵衛は地合から声の高さを上げた。目の前にある床本にはここに〈ハル〉と自分で朱筆してある。

〽二打ち　三打ち　合わするると見えしが
あえなく首を　打ち落とし

急転直下、三味線がさっと引っ込み、緊迫した客席に向かって謡《うた》うように詞を語った。ここには朱で〈色〉と添字した。

〽三浦　北条の執権となり
　末繁昌　めでたきとも
　なかなか　申すばかりは　なかりけれ

庄兵衛とお松の遣人形が袖へと去っていく。五郎兵衛は最後のひと声を伸ばした。自分の声が小屋の隅々まで届いているのを感じる。三味線が三の糸の〈矢〉の勘《かん》所《どころ》から下がっていき、五郎兵衛が声を終わらせるのと同時に、権右衛門が二と一の糸を重ねて弾《はじ》いて、舞台を締めた。

小屋が静寂に包まれる。それから大きな拍手。舞台袖からお松と庄兵衛が笑顔でこっちを見てきた。隣を見ると権右衛門もにかっと笑っている。だが五郎兵衛は笑みを上手く返せなかった。もっと大きくフシを回せそうなところが何か所かあった。

それを宿に戻って稽古したい。

いつも終演後はまず楽屋で仰向けになり、放心して体の熱を逃がす。そうしないとどんなに疲れていても夜眠れないのだ。心と体を冷やしながら、自分の中から登場人物の情念が消え去るのを待つ。その間はお松も庄兵衛もそっとしておいてくれる。

小半刻ほどして、そろそろ客もはけたかと思って体を起こし、幕をめくって平土間を覗くと、まだ三人の男が残っていた。二人は年寄りで、あと一人は若い男だ。

「あれは」

年寄りの顔を見て、庄兵衛が楽屋から飛び出した。

「これはこれは。竹田《たけだ》近江《おうみ》さんやないですか」

その名を聞いて五郎兵衛もお松も飛び上がった。竹田近江といえば道頓堀にいち早く芝居小屋を建てて座主となり、からくり芝居を始めた大坂芝居界の重鎮だ。竹田一族の作るからくりは、まるでタネが分からない摩訶不思議なものばかりで、囲碁盤から水が湧いてそこに舟が浮かんだり、太鼓から生きた鶏《にわとり》が出てきたりと、人々を驚かせ続けている。そのからくりは竹田芝居と呼ばれ、今や日本中にその名が轟《とどろ》いている。そんな怪物級の芝居人である近江は、朝廷にからくりを献上して出雲目《いずものさかん》を受領し、はるか江戸の興行でも大成功を収めたと聞いている。

「久しぶりやのう、竹庄《たけじょう》」

近江は竹屋庄兵衛をそう呼んだ。禿《は》げた頭、皺《しわ》だらけの目尻。口元は笑っているが眼光は鋭い。興行師でもあり、からくり発案者でもあり、さらに演じ手でもある近江の姿は神々しくもあり、おどろおどろしくもあった。

「こっちは弟の外記《げき》。こっちが息子の出雲《いずも》や。ワシが往生したらこの二人に芝居主やら劇場やら継がせるから、その時はよろしうな」

外記は老齢だが息子の出雲はまだ十代だろうか、なかなか賢そうな冷たい顔をしていた。機械仕掛けや算盤《そろばん》なんかが得意そうだ。

「そんな往生やなんて。まだまだご達者なご様子で」

庄兵衛が強面《こわもて》を崩してへらへらと手を揉む。

「またなんで、安芸になんぞいらっしゃるんで」

「竹田からくりは毎年夏の市に芝居を出してるんや。見てのとおり一家総出でな。

ところであんさん」

近江がお松を見た。

「どっかで会《お》うたことありゃしませんかいの」

「へえ。天王寺徳屋の娘です。お世話になっております」

お松が深々と礼をする。

「ああ、お松つぁんやないか。またなんでこんなとこに」

「ウチの名前憶えてはるんですか。いつも膳の上げ下げだけできちんとご挨拶させてもろうたこともないですのに」

近江の記憶力に恐れを覚えたのか、お松はぎょっとした顔をした。近江はうっすら笑みを浮かべ、今度は舞台に目をやった。太夫床で権右衛門が鼾《いびき》をかいている。

「あの人の三味線久しぶりに聞いたけんど、えらいようなってるわ。切っ先は鋭いし、情緒も豊かや。大したもんや。あんさんの語り口がそうさせるんやろな、義太夫はん」

近江は目を細めて、五郎兵衛を見つめた。

「いえ。ワテはなんも。皆さんに支えてもろてるだけだす」

「この一座、あんさんの語りに何か感じたから竹庄が興行主を買って出たんとちゃいますのか」

「さいでござります、へえ」

庄兵衛が揉み手をしたまま胸を張った。その硬い笑顔に吹き出しそうになる。

「大坂におりゃ仕事なんてなんぼでもあるはずの権右衛門も巡業に付き合《お》うてる。浄るりに関係ないお松つぁんまでついて来はった」

「はあ、ようお分かりで」

お松が遠い目をして嬉しそうに微笑《ほほえ》んだ。

「お三方、よくぞここまで気張りはった」

近江が労《ねぎら》うような視線をお松と庄兵衛に投げ、そしてまた五郎兵衛と目を合わせた。

「ワシはあんさんが清水理太夫っちゅう名前やった時に、一度浄るりを聞かせてもろてる」

「ええっ」

五郎兵衛はのけぞった。

「あれから何年やろな、ようここまで芸を磨いたもんや。義太夫はん、今のあんさんの語りはこれまで聞いたこともない新しい語り口や。ワシらみんな度肝抜かれたわ。操りを観てこんなに心を揺さぶられたんは初めてや」

「ほんまだすか。えらいおおきにだす」

五郎兵衛は嬉しくて飛び上がりそうになった。

「そこでな義太夫はん。道頓堀でやぐら揚げまへんか」

「へ」

耳を疑った。庄兵衛もお松も目を剝いて固まった。

「ワシら竹田家は、道頓堀の東の角にある竹田座と、もう一つ反対側にも芝居小屋を持っとる。ほら、井上播磨掾がようやってくれはってたあの西端のな。あっこは弟の外記の名義にしとるんやが、来春から予定がなくて空いとる。そこで義太夫はん、あんさん座本になってくれまへんか」

全身の毛穴が粟立《あわだ》つ。

「座本。ワテが、道頓堀で語るんだすか」

声が震え、体が揺れた。

「そうや。あそこにやぐらを建てて、その大声を道頓堀に響かせなはれ。あんさんやったら人気出る」

「それって竹本座ができるっちゅうことですか」

庄兵衛が身を乗り出した。外記と出雲がうんうんと頷く。

「ついに。ついにやったぞ。待ちに待った竹本座の誕生や」

庄兵衛が叫び、お松と二人で手を取り合った。

「道頓堀やなんて嘘みたいや。つねって。つねって。庄兵衛はん、ウチのほっぺたつねって」

嬉しそうに笑うお松の目に涙が光った。鼾をかく権右衛門に向かって庄兵衛が大声を張り上げた。

「権右衛門はん、起きなはれ。竹本座や。竹本座ができるんやで」

手を取り合ってはしゃいでいる二人を横目に、五郎兵衛はじっと天を仰いだ。

四段目

朝、目を覚まして真っ先に「んん、ああ」と声を出す。まず声が出ることに安心し、次に嗄《か》れていることに絶望する。指で首に触れるとまだ喉が熱かった。昨日千秋楽を迎えたのだ。これでようやく喉を休められる。

よっこらしょと五郎兵衛《ごろべえ》は夜具から体を起こした。茶簞笥《ちゃだんす》と火鉢しかない四畳半。こんな狭い長屋に誰が訪ねてくるわけでもないが、布団と夜着をきちんと畳んで枕《まくら》屛風《びょうぶ》の裏へしまった。一畳半の土間。その障子に透ける光の具合からして、今日は曇りらしい。どうりで腰が痛むわけだ。

雪駄を引っかけて中庭の厠《かわや》へ行く。ついでに井戸で顔を洗い、また部屋へ戻った。雪駄を脱ぎ、へっついの上に押し鮓《ずし》の箱が置いてあるのに気がついた。桟敷《さじき》客から土産にもらったもので、昨夜の打ち上げの酒に酔ってそこに置いたのだろう。手に取ってふたを開ける。箸でちょちょいと切って口に放り込むと、口の中いっぱいに酢と醬油の香りが広がった。一夜置いたせいか鯛《たい》と卵に椎茸の味が染みてうまい。などとのんびりしている場合ではなかった。今から京へ行かねばならない。急いで旅支度を調《ととの》え、中庭に再び出た。壁沿いの紫陽花《あじさい》が薄青く色づいている。雨にならないとよいのだが、と願いながら井戸水を桶《おけ》に汲《く》み、その桶に竹水筒を突っ込んだ。

竹筒の穴から泡がぶくぶくと出るのを眺めているうちに、そこかしこの長屋からフシや三味線が聞こえ始めた。一座が皆起き出して稽古を始めたらしい。こんな長屋、隣近所に住んだらやかましくてたまったものではなかろう。一棟をまるまる借り上げてよかったと五郎兵衛は思う。

長屋は家具も障子すらもない裸貸《はだかがし》で借り、かつての五郎兵衛のような帰る家のないワキ太夫や三味線弾き、人形遣いたちを住まわせている。端の部屋には本番に近い形で稽古ができるよう手摺《てすり》も置いた。

立地は竹本座《たけもとざ》の目と鼻の先、戎橋《えびすばし》を北へ渡った島之内。四方を堀に囲まれてまるで島のようだから島之内で、空き地が多く、店賃《たなちん》が安かった。隣の新町ほどではないが、ここ島之内にも風呂屋が多く、五郎兵衛は湯女《ゆな》たちの三味線や謡《うたい》を盗み聞くためによく道端に立つ。この辺りはいわゆる悪所《あくしょ》と呼ばれる土地だが、いまどき悪所という言葉を悪い意味で使う者はあまりいない。

「師匠。もうお出かけですか」

厠から出てきた弟子の竹本頼母《たのも》が声をかけてきた。丸っこい元気な声の持ち主で、竹本座を旗揚げしてすぐに弟子にしてほしいと楽屋に飛び込んできた若者だ。

「ちょっと何日か家空けるわ。何かあったらよろしう」

「興行が昨日終わったばっかりです。少しお休みになられては」

「そんな年寄りやないわ。休みなんかいらん」

そう強がってみたものの、やはり腰は痛く喉もまだ熱い。近ごろ無理が利かなくなってきた。

焦《じ》れる。

有り難いことにこの二月、道頓堀に竹本座を創設し、その座本となった。興行は今のところ当たっている。だが、まだおのれの芸に今ひとつ満足できない。欲しいものにあと少しで手が届きそうで届かない、追えば追うほど逃げていく、そんなもどかしさがある。

竹本座の旗揚げ興行は『世継曾我《よつぎそが》』という外題《げだい》だった。冒頭などの端場《はば》は弟子たちに語らせたが、切場《きりば》、つまり盛り上がる箇所は五段すべて五郎兵衛が語った。これほど多くの場を語る太夫は上方では珍しい。

三味線は権右衛門《ごんえもん》を筆頭に、庄兵衛が声をかけた藤四郎《とうしろう》、三二《さんじ》などの名人たちも参加してくれた。人形遣いは女形《おやま》が得意な辰松八郎兵衛《たつまつはちろべえ》や、高名な吉田三郎兵衛《よしださぶろべえ》などという手練《てだ》れを引き入れた。この布陣でやって面白くなければ、それはもう太夫の責任だ。そんな重圧の中で開けた初日だった。

出来映えは、出色といえよう。紅潮した人々の顔、平土間から湧き上がる熱気、割れんばかりの拍手。それを見た瞬間、五郎兵衛たちは旅の苦労が報われた気がした。

『世継曾我』はすぐに評判が広まり、市中の人々が潮のごとく小屋に押し寄せた。そしてそれが一か月の興行期間中ずっと続いた。

旗揚げ興行が終わってひと月後には、『藍染川』が無事に開き、これも当たった。こうして旗揚げから二本とも当たり、一座のみんなは大喜びだった。だが五郎兵衛は素直に喜べなかった。客が来てくれたのは、新しい一座が物珍しかったからだけだ。芸が未熟ならすぐに飽きられてしまうだろう。急いで本物の芸を磨き上げ、理想の浄るりを作り上げねばならない。

「ああ」

ぼんやりしていたせいで竹筒の穴が水面の上に出ていて、筒にほとんど水が入っていない。ずっと水に浸かっていた指先だけが冷えて痛んだ。

しかし、それにしても。

自分にとって理想の浄るりとは、いったいどんなものなのか。

これまでは、興行が当たることこそ最上の浄るりだと思っていた。技術や情を使って、大勢の客を呼び込むことこそが何よりも肝要だと信じてきた。

けれど実際に大当たりして満員の前で語ってみて分かったのは、まだ自分の浄るりが客に負けているということだ。おのれの放つ詞《ことば》や情が満員の客に気圧《けお》され、きちんと届いていないと感じる時がある。どうにかして隅々まで詞を届け、小屋全体を情で包み込みたい。

しかし、そんなことはどうやればできるのか、まるで分からない。いま五郎兵衛は自分がどこに向かうべきか分からないまま稽古をし、本番を重ねている。正直、毎日が苦しくてならず、時々、語る意味を見失いかけることすらある。

そして、自分の芸のことばかりを言っていられないのが座本のしんどいところだ。いまや一座は大所帯。札が売れないと大勢が路頭に迷うことになる。なので次の公演も必ず当てなければならない。そして今後もずっと当て続けなければならない。当てることのほうが芸を磨くことよりも優先される。それがまた苦しい。

「よっしゃ」

満杯になった竹水筒を腰帯に結び、五郎兵衛は通りへ出た。

京に、この苦しみを解決してくれるやもしれない男がいる。五郎兵衛が勝手にそう思い込んでいるだけだが、あの男以外に誰もこの苦しみを解けそうにない。あの男ならもしかすると自分を高みへと導いてくれるかもしれない。そんな祈るような気持ちで瓦屋橋を渡り、島之内から出た。

東横堀川沿いを北へ歩く。農夫に連れられた何十頭もの牛とすれ違った。

やがて、屁というか卵が腐ったというか、なんとも不快な異臭が鼻をついた。川沿いには銅の製錬所が立ち並び、異臭はその辺りから漂ってくる。

「こりゃたまらん」

どうやら今日は風向きが悪いようで、臭いから逃げるために五郎兵衛はさらにもう一本東の筋へと入った。

ここは瓦屋や墨屋などの商家が並ぶ通りで、人通りが多くて歩きにくいが仕方ない。そういえば昔はこの辺りも棒手振りで野菜を売り歩いたものだ。あれから十年近く経った。懐かしい景色を眺めながら急ぎ足で歩いていると、大きな店の前を通りかかった。

その店の表に出ていた暖簾《のれん》が目に飛び込み、五郎兵衛ははたと立ち止まった。染め抜かれた大きな〈島〉の字。島田屋だ。島田屋の本家がこの筋にあるのをすっかり忘れていた。

一気に胸が締めつけられる。忘れようとしても忘れられず、胸の奥底に押し込めた気持ち。ふたをして見えないように隠していた気持ちが、待ってましたと頭をもたげる。

遠くの景色を眺めるふりをしながら、横目で島田屋の店内へ目をやった。暗くてよく見えないが、番頭が一人、客を相手に算盤《そろばん》を弾《はじ》いているようだった。他には誰もいなそうだ。

間口が十五間はあろうかという大きな店で、見上げると立派な厨子《つし》二階で、防火壁である梲《うだつ》もこれ見よがしに高い。これほどの豪商ならおりんの薬代も医者代も心配なかろう。きっと食事も体によいものを摂っているに違いない。

安心じゃないか。よしよし。京へ急ごう。

そう思うのだが、足の裏が地面から離れない。もう一度店の中を覗《のぞ》いた。裏側の筋まで続いてそうなほど長い通り土間。その奥には庭と蔵が見えた。庭があるならひょっとするとそこに離れ家があり、そこにおりんがいるのかもしれない。万が一にも庭に出てきやしないだろうか。五郎兵衛は目を凝らした。

「へい毎度。何かご用で」

番頭が店から顔を出した。ぎょっとして、五郎兵衛は急いでその場から離れようとした。

「ちょっと待った」

強く呼び止められ、立ち止まらないわけにはいかなかった。

「竹本義太夫《ぎだゆう》はんちゃいますか。いやこれ義太夫はんや。この前の『世継曾我』観ましたわいな」

やぐらを建てるような大きな芝居小屋では、太夫は顔を見せずに幕の内で語るのが最近の流行だが、竹本座では声をよく通すために幕をなくし、太夫たちは堂々と顔を出して客席のすぐ近くで語る。そのせいで、町を歩くとよく声をかけられる。

「そら、おおきにだす」

「化粧坂《けわいざか》の段はもう、えらい泣かされましたで」

白髪交じりの番頭が嬉しそうに目尻を下げ、五郎兵衛の語り口を真似て謡《うた》い始めた。

「ためしてぇ、少なき川竹のぉ、流れの身こそ、定かぁならね」

フシ回しを作った本人を前にしてよくそんなことができるなと戸惑いつつ、番頭の気持ちよさそうな顔を見ていると嬉しくなった。この化粧坂の段や三段目の道行の冒頭はいま大坂で大流行しており、浄るりなど観たこともないであろう物乞いまでもが口ずさんでいる。

ほっとくと番頭はいつまでも謡っていそうだ。五郎兵衛は尋ねた。

「あの。番頭はんは『世継曾我』をお一人で見物しはったんだすか」

「あー、手代の何人か引き連れていきましたけんど」

「手代だけだすか。島田屋はんのご主人とか、若旦那《わかだん》さんとか、その御内儀《おないぎ》とかは」

御内儀。五郎兵衛が知りたいのはこれだった。おりんが自分の浄るりを観てくれたのかどうか。

「いえいえ。うちの旦那も小旦那も歌舞伎のほうが好きみたいで、夕霧ばっかり観てますわ」

夕霧とは歌舞伎『夕霧名残《なごり》の正月』のことだ。新町の夕霧太夫は日本中に名が知れた絶世の名妓で、六年前に亡くなった。死後すぐに追善劇化され、すでに幾度も再演されている。そして『夕霧名残の正月』は、あの男が初めて書いた作品だという噂だ。京に住むあの男が。

「せやけど、わては子供の頃から浄るり一本だすで、義太夫はん」

番頭が媚《こ》びるように手を擦《こす》った。

「そらおおきに」

おりんが浄るりを観ていないと分かり、五郎兵衛はがくりと肩を落とした。

「次はどんな演目をしはりますの」

秘密の話をするかのように番頭が耳を寄せてきた。それを決めるために京へ向かうのだ。こんな所で油を売っている場合ではなかった。

「そら内証《ないしょ》だす。ほな失礼さしてもらいます」

立ち去ろうとした瞬間、店の中から、おぎゃあ、おぎゃあと赤子の泣き声がした。

「おお。こりゃこりゃ、どうしたぁ。何を泣いとんやぁ」

番頭が甘い声を出しながら店へ戻っていく。中を覗けば、女衆《おなごし》が泣きじゃくる赤子を抱いてあやしていた。

「番頭さん、すんまへん。おかみさんが寝てはるからこっちへ連れてきてしまいました」

五郎兵衛の心が跳ねた。

「もしかして、そのおかみさん言うんは」

気づけば土間に足を踏み入れていた。女衆が驚く。

「ええっ。義太夫はんやん。嘘やろ」

「せや、こちら竹本義太夫はん。ほら義太夫はん見てください。この赤子、小旦那の子ですねん。可愛い女の子でっしゃろ」

番頭が赤子の顔を見せてきた。まん丸い顔。まだ生まれて間もないのか目を瞑《つむ》って泣きじゃくる。なんという愛らしさだろう。

「これが、おりんさまの」

思わず名を呟《つぶや》いてしまい、番頭と女衆が不思議そうにこちらを見た。

「義太夫はん、うちのおかみさんとお知り合いだすか」

「あ、いや。知りまへん。ほな」

五郎兵衛は転がるようにして店から出た。

ああ、なんということだ。おりんさまが赤子を産んだ。あんなに体の弱かったおりんさまが。

五郎兵衛は早足で歩いた。すれ違う人と肩がぶつかっても無視して歩いた。

東横堀川沿いの筋に出て、力が抜けたように川岸に屈《かが》んだ。川面に間抜けな顔が映っている。おのれの顔が泣いていた。川面に手を突っ込んでかき回し、両手で水を掬《すく》って顔を洗った。

どうして泣いているのかよく分からない。おりんに赤子ができて喜んでいるのか、本当に嫁に行ってしまったことを実感して悲しんでいるのか、あるいはその両方なのか。

「ああ。もう。ああ」

泣く稽古ばかりしていたせいで心の門が開きっぱなしだ。涙が止まらない。通りすがりの人々が「なんや、なんや」と五郎兵衛を囲み始めた。五郎兵衛ももう人前で泣くことに抵抗がない。ままよ、と大声で泣き散らかした。

「あれ、義太夫やわ。義太夫が泣いてるで」

「ほんまやわ。けったいな太夫はんやな」

野次馬たちが笑い出した。悲しみが抑えられない。止めどなく溢《あふ》れてくる。だがこれでいい。この悲しみを浄るりに使え。もっと泣け、もっと悲しめ。人生が辛いほど、芝居はよくなる。太夫とはそういう商売だ。


翌日、洛中に入った。二条城、禁裏を越えて室町も過ぎ、さらに北へ上る。上賀《かみが》茂《も》神社の近くまで北上し、輪郭のくっきりした比叡山《ひえいざん》を東に見ながら山に分け入った。皐月《さつき》も終わるというのに山中は涼しく、この辺りに氷室《ひようしつ》が多いのも頷《うなず》ける。

ひとけのない山の中腹にぽつんと一軒、家があった。門や塀は破れ寺のように荒《や》れ果てているが、竹穂垣の隙間から見える庭は手入れが行き届いていた。

「ごめんください」

しばらくして中から砂利を踏む足音が聞こえ、木戸が開いた。色白のひょろっこい男が顔を出す。近松門左衛門《ちかまつもんざえもん》だ。寝起きだろうか、着物をだらしなくはだけて髷《まげ》もぼさぼさ。そのくせ、髭《ひげ》と月代《さかやき》は綺麗に剃ってあった。

「またそなたか。今度は何の用でござる」

近松は五郎兵衛を見るなりあからさまに不機嫌な顔をした。

「またお願いにあがりました」

五郎兵衛は深く頭を下げた。

「もうそこもとに貸す本はない」

「そう仰《おつしや》らずに。どうかお願いします。後生だす」

「そこもとには何度後生があるのじゃ」

「今回で三度目だす」

五郎兵衛は目一杯笑顔を作り、振分荷物から粟《あわ》おこしを取り出した。近松の好物だ。まんまと近松の目が輝いた。

「入りなさい」

「へえ」

木戸をぐぐった。庭の中央に藁《わら》葺《ぶ》き屋根の小さな庵《いおり》が建っている。近松はかつて一条恵観《えかん》という公家《くげ》に仕えていた。その恵観から茶室の管理を任された折に、その茶室からほど近いこの庵に住まうことになった。よほど気に入ったようで、恵観のもとを離れて作家になった今もここに住み続けている。

小さな土間と、それぞれ六畳の書斎と寝間。抽斗《ひきだし》付きの文机《ふづくえ》には書きかけの紙と、墨で濡れた筆があった。床《とこ》の間には書物がうずたかく積まれ、違い棚には花瓶。黄色のみずみずしい山吹が生けてあるところを見るに、昨夜あたり女でも遊びに来たのかもしれない。

開け放たれた障子から涼風が入ってきて心地よかった。庭の向こうで竹林が風に揺れている。誰にも邪魔されずに物語を書くにはこれほどの山奥でなくてはならぬのかと、五郎兵衛はここに来るたび戦慄する。

「今は何を書いてはるんだすか」

五郎兵衛が文机に目をやった。

「都万太夫座《みやこまんだゆうざ》でやる歌舞伎だ。見ないでくれるか。途中で読まれると先が書けなくなる」

近松は文机の上にあった紙を、まだ墨が乾いてもいないのにそそくさと抽斗にしまった。そうして机の空いた所に、五郎兵衛は持参した粟おこしをすべて積み上げた。近松がさっそく手を伸ばす。

「これを食べたからとて、そなたに本を貸すということではないぞ。本を書いているると飯を食うのを忘れがちでな」

粟おこしを口に入れたまま喋るものだから、粟粒が飛ぶし、ふがふがと何を言っているのかよく分からない。

「先生からお借りした『世継曾我』は、今や大坂の誰もが口ずさむほどの大流行です。その次の『藍染川』もたいへん評判がよく、近松先生には感謝のしようもございません」

「ふうん」

「で、また先生にお願いがありまして」

「断る」

「先生の書かれた『以呂波物語《いろは》』をやらせてください」

「またでござるか」

近松が声を裏返した。

「なぜじゃ。なぜまたよりによって加賀掾《かがのじよう》のやった本をやりたがる。これで三本目ではないか」

そう。『世継曾我』も『藍染川』も近松作で、なおかつ、宇治《うじ》加賀掾がすでに京で語った浄るりであった。これらの作品は宇治座《うじざ》のために書かれたものであって、竹本座のために書き下ろされたわけではない。

「ワテは加賀掾の本がやりたいわけやおまへん。近松つぁんの本がやりたいだけだす」

「そんなことを申して。本当は意趣返しをしたいのであろう。そなたは自分を破門にした師匠に復讐したいのだ」

「ちゃいます。皆さんそない言いはりますけど、ワテはそんなつもり毛頭ないんだす」

「ではなぜじゃ」

「先生の本が抜群に面白いからだす。同じ空海の物語でも、先生の『以呂波物語』と昔からある『かるかや』とでは大違いだす。いろは御前の恋物語とお家騒動の話に書き換えてしまうやなんて、さすがの一言だす」

「よく分かっておるな。しかし、なにも加賀掾がこの一年以内にやった本でなくともよかろう。もっと昔に書いたものなら貸してやらんでもない」

「先生の本の中でも最近のものがとくに面白いんだす。先生、近ごろは加賀掾にしか浄るりを書いてませんやん」

うむう、近松が唸《うな》った。もうひと押しだ。

「『世継曾我』もこれまであった数多《あまた》の曾我物語とは全く違いました。先生の本を読んで仰天しました。なんせ冒頭で曾我兄弟が二人とも死んでしまうんだすからなあ。いやはや、すごい」

近松は、褒められても別段嬉しくはない、みたいな涼しい顔をして粟おこしを嚙《か》み砕いているが、目元がやや緩んでいる。まんざらでもないらしい。五郎兵衛は膝を寄せた。

「化粧坂の段で遊女が出てくるのもたまりまへん。この遊女らが五郎と十郎に扮《ふん》して母親のもとに行き、母親に息子二人がまだ生きてるかのように思わせるなんて、あんな仕掛け、他の誰が書けますか」

「誰も書けぬ」

「先生しか書けまへん。近松門左衛門は天下一だす」

〽恋はくせもの　みな人の
迷いの淵や　気の毒の
山より落つる　流れの身
浮き寝の琴の　調べかや

太鼓持ちのようにへらへらと謡ってみせると、近松は感心したように目を剝いた。

「そんなフシ回しでやったのか」

「先生、観に来はらへんから。今や大坂では大流行だっせ。その辺の物乞いでも口ずさんでます」

「ふうん、そうかそうか」

唇を尖《とが》らせてはいるが、目元から嬉しさがこぼれている。

「なんで先生はあんなに遊女の気持ちが分かるんだすか。きっと女子におモテになるんでしょうなあ」

　こんなに媚びへつらうことができるなんて、五郎兵衛は自分自身に驚き呆《あき》れた。西国巡業で苦労するうちに、浄るりがよくなるのなら何でもやるという覚悟が芽生えたせいかもしれない。実際、近松の本が手に入るなら何だってできそうで、そんな自分が少し恐ろしくもある。

　とにかく次の興行も近松の本しか考えられなかった。他の作者の本もたくさん読んだが、近松を知ってしまうとどれも古臭く稚拙に思えてしまう。浄るり本は源平合戦などの昔話を書き換えて面白可笑《おか》しくすることが多いが、近松はその書き換えが大胆で、武士なのに遊郭で傾城《けいせい》と色恋沙汰になったり、親のしがらみで弱々しく嘆いたりと、町民にも理解できる身近な悩みを抱えている。

　そしてなんといっても展開が巧みだ。劇的な事件がまるで折り重なるように次々と起き、さっきまで怒っていた人物がすぐに泣いたりと、情がめまぐるしく変わる。

　五郎兵衛は思うのだ。自分が語りたいのはこういう力強い情の起伏なのかもしれない、と。近松の本ならば客も入り、そして自分の芸道も極められる。二兎を追えるのだ。だからどうしても近松の本が必要だった。それがたとえ元師匠が興行した直後のものでも。

「天下一の近松つぁん。どうかワテに本を貸してくだされ」

「拙者が天下一なら、天下一の太夫にしか本を書かぬのが道理であろう」

近松がパキッと音を立てて粟おこしを噛み砕いた。顔を少し背《そむ》け、自画自賛したことに自分で照れている。さっきより腹が割れてきたのかもしれない。

「先生ひどいですわ。昔四条の河原で、ワテのために本を書いてやると言うてくれたやないですか」

「あの頃はまだ修行の身じゃったから」

「人気作家になったらポイだすか」

「約束は守ったではないか。そなたには二冊も本を貸した。これ以上貸すと加賀掾が憤死してしまう」

「憤死」

太った加賀掾が怒ったフグのように膨らむ姿が脳裏に浮かび、吹き出しそうになった。

「そなたが加賀掾のやった本ばかりを興行しておるのは加賀掾の耳にも入っておる。先日、拙者が加賀掾の屋敷に寄った時など殴られかけたぞ」

「なぜだすか」

「なぜ、だと」

声に怒気を含めて近松が身を乗り出した。

「加賀掾は拙者が金儲《かねもう》けのために喜んでそなたに本を貸したと思っておるのじゃ。門の外から拙者の声が聞こえるや屋敷から出てきて、真っ赤な顔で喚《わめ》き散らしおった。『今すぐ理太夫をここへ連れてこい、この手で殺してくれるわ』とな」

「ひゃあ。くわばら、くわばら」

「笑いごとではない」

「すんまへん」

「あれは八つ当たりじゃ。加賀掾の怒りの矛先がすべて拙者に向いて、その日は朝まで絞られた」

「そないに怒ってはるんだすか、加賀掾は」

「当然じゃ。そなたは師匠に喧嘩を売って門下を追い出された、言わば駄目弟子。その駄目弟子が、おちょくるように師匠の本をやっておるのだぞ。それも田舎でならまだしも、かの道頓堀で公許を得た大きな小屋でだ。そんなコケにするようなことをされて怒らない太夫がどこにおる」

「おちょくるつもりはないんだす」

「加賀掾から、そなたにはもう二度と本を貸すなと厳命された。すまぬがもう貸せぬ。宇治座との仕事を失いたくはないのでな」

「そんなに払いがええんだすか」

「ずけずけと貴様。銭の多寡の問題ではない。義理の問題じゃ」

「義理ということは、先生は加賀掾の語りを気に入って本を書いているわけではない、と」

上目遣いに顔を覗き込むと、近松は眉を上げて歯ぎしりした。

「よくもそなたは。加賀掾は一流だ。井上播磨掾《いのうえはりまのじょう》や角太夫《かくたゆう》よりも客が入る。文字どおり天下一の太夫じゃ」

「ワテのほうが面白う語れます」

「ほざけ」

近松がのけぞるように鼻で笑った。五郎兵衛は手をついて頭を下げた。

「近松つぁん、一度でええからワテの浄るりを聞きに来てください。なんで一度も来てくれはらへんのだすか」

「そなたの浄るりは四条河原で観た。実にひどかった」

「そんな昔の話。あの頃とは全く違います」

五郎兵衛は頭を上げた。

「何年も旅して回ったんだす。伊勢も宮島も何度も行きました」

「だからなんだと言うのじゃ。そんな田舎をどれほど回ったとて上手くはならぬわ」

「伊勢や宮島を舐《な》めたらあきまへんで。我ながら、めちゃくちゃ上手《うも》うなりました」

「そうかそうか。よかったのう」

「ええから聞きに来なはれっ」

思わず畳を手のひらで叩いた。大きな音がして庭にいた鳥が飛び立った。

「大した自信じゃな」

近松はひるむことなく睨《にら》んできた。その眼光の鋭さはまるで刃のようで、五郎兵衛は内心震えた。近松は元武士だ。十五歳まで越前藩士の杉森《すぎもり》家次男として育てられ、その後父が浪人し、家族とともに京に移り住んだと聞いている。

近松が体をひねり、床の間に積まれた本の山からごそごそと一冊を取り出して広げた。

「では、ここはどう語る」

近松が指したのは旗揚げでやった『世継曾我』の三段目、十番斬のくだりだった。五郎と十郎に化けた遊女が二人の戦いっぷりを我が事のように語る、ある種の修羅場だ。女が男に扮装しているわけだが、それを語る太夫は男という、非常にややこしい演技が求められる。

「あー、ここだすかあ。うーん」

五郎兵衛は腕を組み、すぐに「よし」と手を叩いた。

「ここだけ聞かはっても伝わらへんやろうから、頭からやりますわ。座布団お借りしてええだすか。あと、角帯と漬物石か何か重たいもんありますか」

五郎兵衛は衣紋《えもんか》掛けに垂れていた近松の帯を勝手に取って腹下に締めた。それから土間へ降りて砥石《といし》やら漬物石やらを摑《つか》み、それらをすべて着物の腹に入れた。

「何をしておるのだ」

「こないしたら声がよう出ますねん」

半分に折った座布団を尻引の代わりにして座り、五郎兵衛は大きく息を吸った。

もちろん詞章《ししよう》は丸暗記している。


語り終えた頃には日が傾いていた。ぶっ続けで全段を一人語りしたのは数年ぶりだ。終わった途端、畳に突っ伏すように倒れた。

「五郎兵衛どのっ」

「べっちょないだす。水を」

近松に肩を抱かれて庭へ降り、井戸水をがぶ飲みし、さらに桶で水を頭からかぶった。着物がずぶ濡れになったが、それでも体が熱くてたまらない。

「ああ、そうや。近松つぁん、筆と紙をお借りしてもええだすか」

近松が走って部屋に上がり、紙と筆を摑んでまた庭へ降りて来た。

「これを使ってくれ」

「おおきに」

五郎兵衛は紙を受け取り、筆で「三段さわりスエテはるかん」と書いた。

「なんだそれは」

「いま語ってみて、三段目のクドキはもっと情を出して声を高くフシ付けしたほうがええかなと思いまして。忘れんうちに書いとこうと」

「すでに終わった興行ではないのか」

「まあそうだすけんど、終わってから気づくことってようけありましてな。そうやって気づいたことが後から役に立つこともあるんだす」

「なんと」

近松が目を細めた。五郎兵衛は紙と筆を縁側に置き、濡れた着物の肩をはだけた。空を見上げればすじ雲が橙《だいだい》に染まり、その下をカラスの群れが飛んでいる。近松が出し抜けに膝を折り曲げ、土に手をついた。

「何してはるんだすか」

突然の土下座に五郎兵衛は慌てふためいた。

「お見それしました、竹本義太夫どの。これまでの数々の無礼、どうかお許しくだされ」

近松が地面に額を擦る。

「やめてください先生。なんちゅうことしはるんだすか。それに呼び名は五郎兵衛でええだす」

力尽くで抱き起こし、近松を縁側に座らせる。近松は五郎兵衛の袖を掴んだ。その手が震えていた。

「拙者の本でよければ、是非語っていただきたい」

「ほんまだすか。『以呂波物語』やってええんだすか。おおきに」

五郎兵衛は嬉しくて思わず近松の手を握った。近松が息を荒らげる。

「さすが二人の巨匠に師事しただけはある。播磨節の剛健と加賀掾の優美が見事に融和していた。さらに能から市井の声まで駆使されて、甲乙メリハリ、あの手この手で飽きさせぬ語りであった」

「えらいおおきにだす」

「孫の祐若《すけわか》が十郎の母親に抱かれるところなど、思わず落涙した」

「書かれたご本人ですのに」

「観る者を泣かせるのは話のスジではない。役者だ。太夫だ」

「いえ、話のスジは大事だす」

まあそうなんだが、と呟いて近松は庭先に目をやり、口をつぐんだ。五郎兵衛の語りを思い出して浸っているのかもしれない。

しばらく無言の刻が流れた。日はすでに落ち、聞こえてくるのはさざ波のような竹林の葉擦れの音だけだった。柔らかい風が吹く。

「そこもと」

心地よい静寂を先に破ったのは近松だった。

「なぜ浄るりを始められた」

「なんででしょうなあ。色々理由はありますけんど」

「すぐに頭に浮かぶ理由はなんじゃ」

「ワテは武士になりたかったんだす」

「ほう。拙者とあべこべだな。拙者は武士を辞めたクチじゃ」

「存じてます」

「なぜ武士に」

「いつか掾号《じょうごう》を受領《ずりょう》して、刀を腰から下げたかったんだす」

「掾を受領しても武士にはなれんぞ」

「知っとります。ワテは何者かになりたかった。なんでもええから立派に身を立て
て、あのひとにふさわしい人物になりたかった」

「あのひととな。ははん、女か。惚れた相手が武家の娘だったな」

「なんで分かるんだすか。さすが近松つぁん。敵《かな》いませんわ」

「よほどいい女と見える」

「さいだすなあ」

「もう手に入らぬのか」

「入りまへん」

「それでも手に入れたいか」

「できることならば」

「なるほど。そなたの語りはそんな想いに下支えされておるのだな。拙者もいつか
そんな話を書いてみたい」

「手に入れたいのに手に入らへん女の話だすか」

「手に入らないのに手に入れようともがく男の話かもしれぬ」

「切ないだすなあ。けんど、それが人生というものかもしれまへんな。この世はままならんことばかり。せやからこそ、芝居を観て人は涙するんでしょうな」

いつの間にやら上弦の月が黄色く笑っていた。

「ワテは、心揺さぶる浄るりを語りたいだす。お客さんが涙して、なんやすっきりしたなあ、明日からまた精出そかって思えるような浄るりを」

「それは拙者も同じ。そのような浄るりをいつか二人で作ろうではないか」

その夜、二人は朝まで酒を飲んだ。


大晦日。寒空の下、竹本座では大勢が汗をかきながら小屋の中を走り回っていた。明日の元日から始まる正月興行の仕込みだ。やれ三味線の皮が破れただの、やれ着物がほつれた、人形が壊れた、からくりが上手くいかないだのと、上を下への大騒ぎをしている。

近松に借りた『以呂波物語』を好評のうちに終え、秋の旅巡業や新作の稽古をしていたところ、十月二十九日に突如、「来年より暦《こよみ》を変える」という幕府からのお達しがあった。

来年の貞享《じょうきょう》二（一六八五）年元日から暦が変わる。これまで八百年にも亘《わた》って使われてきた宣明暦《せんみょうれき》が実際の天行と二日も狂っているからだ。そこで天文暦学者の渋川春海《しぶかわはるみ》によって新たに日本独自の暦として大和暦、いわゆる貞享暦が作られた。これでようやく暦が全国で統一されることになる。

竹本座の皆が血相を変えて準備している理由は、ここにあった。暦の変更とともに、隣の小屋にとんでもない、一座が正月興行を打ちに乗り込んでくることが判明したのだ。このせいで竹本座は時間をかけて準備してきた新作興行を取りやめざるを得なくなり、暦を題材にした新作へ変更することを余儀なくされたのだ。

「義太夫はん、ちょっと」

仕込みの進み具合を見て回っていると、五郎兵衛に声がかかった。

「愛染明王《あいぜんみょうおう》のからくりがどうしても上手くいきまへん。ナシでもええやろか」

若きからくり師、竹田出雲《いずも》だ。絵馬から操《あやつ》り人形の馬が飛び出てくるというからくりなのだが、それに何度も失敗して半べそをかいている。

「そのからくりがないと四段の切場が締まりまへん。その馬に乗って瑠璃姫《るりひめ》が蝦夷《えぞ》へ飛んでいくんだす。お父上にでも手伝《てつど》うてもろて、明日の朝までになんとかしてもらえまへんやろか」

「そんな殺生な」

出雲が今にも泣き出しそうな顔になる。どうか頼んます、と五郎兵衛が肩を握ると、うんうんと出雲は頷いて作業に戻った。

「ちょいと五郎兵衛はん」

楽屋から大きな声でお松が呼ぶ。

「半素袍《はんすおう》の生地、繻子《しゅす》に替えたからちょっと見て」

お松は竹本座が旗揚げした時に、「道頓堀でやるのにウチみたいな素人がおったら足引っ張るだけや」と人形遣いの座を辰松らに譲り、裏方に引っ込んだ。今は井戸の水汲みから衣裳《いしょう》の直し、文遣いに飯炊きに煙草の買い出しにと、何でも雑用をこなしてくれている。

五郎兵衛が楽屋へ入ると、お松の他に辰松と吉田がいて、人形の稽古をしていた。

「さっき稽古が止まった道行やけどな、こういう動きはどうやろか」

人形遣いの二人は待ってましたとばかりに五郎兵衛を座らせ、人形の袴《はかま》の裾から両腕を突っ込んだ。

「さんはい」

辰松のかけ声とともに二体の人形が踊り出す。上方で名を鳴らした人形遣いだけあって二人が操るとまるで小さな人間が本当に道を歩いているかのように見える。彼らが作った人形のかしらは、顔の角度や首の動きで悲しそうに見えたり楽しそうに見えたりするから不思議だ。

人形が舞うのに合わせて五郎兵衛は小声で道行のフシを回した。人形の動きを確認しながら、お松が突き出してくる人形の着物や龍神巻にも目をやる。

「こっちのほうが綺麗に見えますなあ。おおきに」

お松に言ったつもりが、辰松と吉田が「よし」と返してきた。

「師匠。師匠どこでっか」

また誰かの呼ぶ声がした。小屋の中にいると誰かに捕まり続けて煩《わずら》わしい。明日からの興行に向けて一度頭を冷やしたい。五郎兵衛は裏木戸を抜けて小屋の外へ出た。

「はあ寒」

手を温めるために吐いた息が真っ白だ。夜も更けたのにまだそこら中で提灯《ちょうちん》が灯《とも》り、川向こうの屋台も夜市も人だかりができていることに大晦日を感じる。

表に回った。閉ざされた鼠木戸《ねずみきど》の前に、背丈の倍ほどもある門松が立っている。どの小屋よりも立派な門松を、と弟子に買ってこさせたものだ。その門松の先端を見上げると、竹本座のやぐら幕が闇に浮かんでいた。赤い幕に〈鞠挟《まりばさ》みに九枚笹〉の紋が白く染め抜かれている。竹田近江が「竹本座創設の祝いに」とこしらえてくれた、竹本義太夫の定紋《じょうもん》だ。

その下の看板には、

竹本義太夫

と大きく墨筆されている。百姓の頃は苗字《みょうじ》を公に言ってはいけなかったのに、今やこれ見よがしに堂々と掲げられ、家紋までいただいた。ここまで来た長い道のりを思い、五郎兵衛の胸に込み上げるものがあった。

「看板の字に間違いはないで」

通りを橋のほうから庄兵衛がやって来た。寒そうに懐手《ふところで》をしている。

「名前はオレが何回も見直した。座本はそんな細かいこと気にせんでええ」

「飯でも食うて来はったんだすか」

「飯なんか食う暇ないわ。ここらの水茶屋を全部回って、うちの桟敷札をようけ客に売ってくれってお願いに回ってきたんや」

「それはそれは。ご苦労はんだす」

五郎兵衛は頭を下げた。

「いやいや。これは五郎兵衛だけやのうて、オレの戦いでもあるからな」

「いえ、ワテが加賀掾のやらはった本ばかり興行したさかいに招いた災禍だす。まさかこんなことになるとは。皆に迷惑かけて申し訳ない」

竹本座の隣にやって来たとんでもない一座とは、加賀掾率いる宇治座であった。きっと加賀掾は五郎兵衛をこう見ているのだ。

――師匠の語りにケチをつけ、下っ端のワキ太夫のくせに好き勝手に語って破門にされたあほ弟子が、公許を得て道頓堀で旗揚げしたかと思えば、まるで当てつけのように師匠が最近語った浄るりばかりをやり続ける。しかも組んだ興行師は自分の所から出奔した憎き竹屋庄兵衛、相《あい》三味線も元は自分の相方だった権右衛門。かつて四条河原で芝居小屋を破壊されたことへの腹いせであろうが、あれはそもそも約束を破ったあほ弟子が悪い。となれば、竹本座の興行は宇治座への侮辱以外の何ものでもない。恥をかかされたるこの上は、断じて許すこと罷《まか》らぬ――

かくして、加賀掾は京から一座を引き連れて道頓堀に進出してきたのである。それも竹本座の並び、すぐ東側の小屋を借りてだ。その上さらに、

「この勝負、負けたほうが太夫を辞めること」

などと書かれた血判付きの書状まで寄越してきた。さすがに血判は大袈裟だと思い、五郎兵衛は返事をしなかった。とはいえこの勝負、今や大坂中が注目している。負ければ客足は遠のき、下手をすれば一座は解散となるやもしれぬ。

五郎兵衛は深い溜め息を吐《つ》き、東を向いた。庄兵衛の肩越しに、薄闇に浮かぶ宇治座の緑色のやぐら幕と看板が見えた。看板には『暦』と外題が大きく墨筆してあ

る。いま世間で新暦のことを話題にせぬ者はおらず、新しい時代の到来に皆大いに沸いている。そんな空気に乗じて、加賀掾は『暦』なる祝祭的な演目で勝負を挑んできたわけだ。

新暦を題材に興行を打ってくる相手に、普通の演目で挑んで勝てるわけがない。五郎兵衛は宇治座の外題を知るや、大急ぎで近松に本を頼んだ。そうして書いてもらったのがいま竹本座の看板に書いてある『賢女《けんじょ》の手習《てならい》幷《ならびに》新暦《しんごよみ》』だ。

だが近松は書く時間が足りなかった。暦の話は冒頭と最後に少しあるのみで、中身は井上播磨掾の『賢女手習鑑《かがみ》』を少しいじっただけのものである。

宇治座『暦』

対

竹本座『賢女の手習幷新暦』

隣り合う芝居小屋での暦競演など前代未聞。初日はどちらも明日の元日だ。

「これは戦《いくさ》や。血が騒ぐわ」

看板を見上げながら庄兵衛が舌なめずりした。

「ワテのせいで、こんなことになってしもうて」

「楽しいやないか。オレは喧嘩が大好きや」

「ワテは嫌いだす」

今も京で圧倒的な人気を誇るかつての師匠が、公許を得てまだ間もない元弟子を叩きに来るのだ。戦にはならない。捻《ひね》り潰されて終わるのは目に見えている。

加賀掾は浄るりの裾野を広げることに尽力し、今や上方で最も愛される太夫となった。かつては河原乞食の芸と蔑まれることも多かった浄るりの地位が、今や能などの伝統芸能と違わないほどにまで向上し、さらに歌舞伎の人気すら追い越したのは、ひとえに加賀掾が謡を意識した優雅な語り口を発明し、さらに、浄るり本を大量に刷って庶民に手の届く芸能にしたからだ。加賀掾はそれほどの大物なのである。

だが、勝たねばならぬ。負ければ一座は解散。ここまで積み上げてきた自分の浄るりを、語り口を、失うわけにはいかない。五郎兵衛は拳を握り、もう一度竹本座のやぐらを見上げた。体が震えたのは寒いからではない。

「武者震いか。気合い入ってるやないか、五郎兵衛」

庄兵衛が背中を叩いてきた。痛かったが、活を入れられた気がして有り難かった。

「やれることを、精一杯やりまひょ」

五郎兵衛は庄兵衛にではなくおのれに言った。そこへ、天秤棒《てんびん》を肩に掛けた若者がやって来た。

「竹本座にお持ちしたんだすけんど」

天秤棒の左右には地面に届きそうなほど縦に長い箱がぶら下がっていて、その箱から湯気が立ち、出汁《だし》のいい匂いが漂う。

「なんやワレ。うどん屋か」

庄兵衛がなぜか喧嘩腰だ。

「う、うどん屋ですけんど、中身はそばです」

うどん屋が腰を引く。

「ワテが頼んだんだす。こっち入ってくだされ、ささ」

五郎兵衛はうどん屋を小屋の中へ案内した。舞台では相変わらず五十人ほどが時間に追われててんやわんやしている。桟敷席に火鉢を抱えた近松が座っており、舞台作りで余った板きれを下敷きにして何か書いていた。きっと詞章を直しているのだろう。また憶え直しかと五郎兵衛は苦笑した。

「皆の衆」

五郎兵衛は飛び切りの大声を張った。

「ちょっとお手を休めていただいて、年越しそばでもどないだすか」

おお。皆がどよめく。

「ワテのせいでこないなことになって、ほんますんません。こうやって一所懸命やってくらはる皆さんへのお礼というにはささやかでございますが、おそばを召し上がってくだされ。明日は元日、そして初日だす。どうかお怪我などなきよう、何とぞ皆さまよろしうお願い申し上げます」

五郎兵衛が深々と頭を下げ、その頭が元の位置に戻るや否や、全員が手に持っていた道具を放り出してうどん屋に群がった。朝からずっと働きづめだ。さぞや腹が減っていたことだろう。

「この後は大工さんらに任せて、出役のもんは食べ終わったら一旦家に帰りなはれ。寝不足は喉に一番悪い」

大声で皆に告げた。ちょうどそこへ梵鐘《ぼんしょう》の音が鳴り響いた。音の大きさからすぐ裏の法善寺だと分かる。それを合図にしたかのように、遠くからも除夜の鐘がたくさん鳴り渡ってきた。

寺だらけの町だ。鐘の音で空が満たされる。気づけば、皆箸を止めて手を合わせていた。

静謐《せいひつ》な、新年への祈り。未来への祈り。どうか一座が守られますように。

五郎兵衛も手を合わせ、目を瞑った。父や母、兄弟たちは今どんな風に家で過ごしているだろう。風の便りに祖父が亡くなったと聞いた。晩秋、五郎兵衛が伊勢へ巡業している間だったらしい。二度目の家出をしてから天王寺村には一度も帰っていないので、葬儀に顔を出すどころか線香も上げられてない。

家族の誰も、道頓堀の竹本義太夫がよもや三男だとは夢にも思わないだろう。かつて父に殴られた頬がちりりと痛む。今ならもう父は許してくれるだろうか。もし許してもらえたならば、竹本座の浄るりを観てもらいたい。観たら父は何て言うだろうか。少しは笑ってくれるだろうか。

長屋の布団で目覚めた五郎兵衛は、案外よく眠れたなと感じた。布団の中で「んん。ああ」と声を出してみる。よし、喉は大丈夫だ。

起き上がってすぐに神棚に手を合わせ、冷たい桶の水で顔を叩き、寝間着から小袖に着替えて庭に出た。まだ夜明け前だというのにすでに多くの者が庭に出ていて驚いた。遅くに寝たはずなのに、わざわざ早起きして五郎兵衛が起きるのを待っていたのだろう。

「あけましておめでとうございます」

全員が一列に並び、一斉に白い息を吐いた。

「あけましておめでとうございます。本年も何とぞよろしう頼んます」

五郎兵衛は仲間たちに向かって深々とお辞儀した。

「さ、急ぎまひょ」

厠を済ませて長屋に戻り、火鉢の鉄瓶で白湯《さゆ》を作って飲むと、喉と体が温まった。紋の入った裃《かみしも》と床本《ゆかほん》を小行李に入れて再び外へ出た。庭にはべか車が用意されており、すでにみんなの行李が積まれている。そこへ五郎兵衛も自分の荷物を載せた。

「いよいよ出陣だすな」

五郎兵衛が歩き出すと、大将に従う兵のように全員が黙ってついて来た。まるで行軍だ。これから殺し合いをしに行く。

　島之内を南へ真っ直ぐ進み、突き当たりにある大和橋のたもとで、家から通うお松や権右衛門たち、宿から来た近松などと合流した。まだ空は暗く、通りには人っ子一人いない。橋を渡って道頓堀川を越え、立慶町《りゅうけいまち》へ。筋を右に折れると、川沿いに五つの芝居小屋が並んでいる。五郎兵衛らは吉左衛門町、そして竹本座のある九郎右衛門町へとぞろぞろ進んだ。

　突如、前方にある竹本座の方角から、どろろどろろ、と木の橋を大勢が渡る足音が轟いた。五郎兵衛たちはぎょっとして立ち止まった。そこはちょうど宇治座の真ん前だった。

　戎橋を渡ってきたのだろう。足音を響かせながら角から姿を現したのは宇治加賀掾とその一座だった。宇治座の連中もこちらの姿に気づくや、立ち止まった。向こうはちょうど竹本座の真ん前だ。互いの一座が、互いの小屋の前に立ち止まり、対《たい》峙《じ》する格好となった。

　小屋と小屋の間には細い道が一本横たわるのみ。道頓堀川を凍らせそうなほどの冷たい風が吹き抜ける中、誰も口を開かなかった。両陣が互いに相手を睨みつけ、一触即発の空気。庄兵衛が腰に手をやり、脇差がないことに舌打ちした。

敵軍を目の当たりにして五郎兵衛は内心震え上がった。だがここで座本がひるんだ姿を見せるわけにはいかない。逃げ出したい気持ちをなんとか抑え、かといって睨むのも違うと思い、表情を押し殺した。

ふいに、今日が元日であることを思い出し、「あ」と声が出た。その声に宇治座の一同がぎょっとして身構えた。

「あけましておめでとうございます、師匠、そして宇治座の皆の衆」

五郎兵衛は深々と頭を下げた。だが加賀掾は頭を下げない。こっちが目上なのだという意思表示だろう。

「あけましたな。めでたくはありゃしませんけどな」

会話はそこで終わり、また静寂が続いた。どちらも一寸も動かない。すると、

「おうおう。そういやよ」

宇治座の中から男の胴間声が発せられ、毛髪のない僧形の男が前に出てきた。体《たい》
躯《く》が大きく、大入道のようだ。

「近松門左衛門ってのはどいつだ」

大入道の声に五郎兵衛は思わず後ろを振り返った。近松が庄兵衛の陰に隠れて小さく手を挙げた。

「拙者でござる。そこもとはどなたか」

「井原西鶴《いはらさいかく》と申す」

「なんと」

竹本座の全員がどよめき、後ずさった。井原西鶴といえばつい三年ほど前に『好色一代男』という浮世草子を上梓して馬鹿売れした超人気作家だ。『好色一代男』は、世之介《よのすけ》なる町人が一生に亘って様々な恋を重ねる姿を奔放に描いた大河小説で、五郎兵衛のみならず一座の全員が、いや日本中が楽しんだ怪作である。

「まさか、『暦』は西鶴どのが書かれたのか」

近松の声が震えていた。浄るりは作家の名前が表に出ないので誰が書いたのか分からない。しかし西鶴が書いたとあればその風聞はすぐに町中に広がるだろう。

「いかにも」

西鶴が胸を張り、加賀掾がにやりと笑った。西鶴は俳人であり浮世草子の作家であって、芝居は書かないとの噂だった。それをどんな手を使ったのか、加賀掾は浄るりを書かせたのだ。超人気作家が初めて書き下ろした浄るり。観たいと思わぬ者がいようか。

背後から鼻水をすする音が聞こえて振り返ると、弟子の頼母が泣きべそをかいていた。他の弟子たちも青ざめている。これはまずいと五郎兵衛は、皆に聞こえるよう明るく言い放った。

「なんのなんの。べっちょないだす。この勝負、ワテらにこそ勝機がおま。あんな一座、打ち破って都に追い返しまひょ」

五郎兵衛は膝から崩れ落ちそうになるのを必死に堪《こら》え、笑顔で続けた。

「ほれ、周りにおる仲間を見てみなはれ。天才作家に天下一の三味線弾きに稀代の人形遣い。これで負けると思うほうがあほやで」

弟子たちに向かって五郎兵衛はにかっと口を開けて笑って見せた。

「せやせや。やったるで。かかってこんかい。えい、えい」

お松が拳を振り上げると、竹本座の皆が「おお」と鬨《とき》の声を上げた。

かくして、浄るり史上最大の事件といわれた〈道頓堀競演〉が始まった。

宇治座『暦』の初日を見物した近松とお松が、息せき切って竹本座の楽屋へ戻ってきた。こちらも丁度上演が終わったところで、五郎兵衛や庄兵衛たち一座全員が二人を取り囲んだ。

「どうやった。どんな浄るりや」

まず近松が口を開いた。

「時は大化」

「そんな千年も前の話を持って来たんか」

竹田出雲が叫ぶ。

「大化の時代、元嘉暦《げんかれき》を主張する忠頼と、儀鳳暦《ぎほうれき》がよいとする兼政とが争った。その様子に引っかけて、今の世を映した話であった。故事、古歌を用いた飾り文句も美しく、全体の構成も緊密で荘厳。あさがお姫の悲哀、兼政の背負った重責、そして陰謀。げに深く考えさせられる内容であった」

と近松が褒めれば、

「どこがですか先生。あんなんいっこもおもんないですわ。気取ってて、なんやよう分からん場面ばっかりや。だいたい観終わったら人はすっきりしたいもんでしょ。考えさせられてどないしますの」

とお松がけなす。

「西鶴先生の筆力は見事そのもの。題材をまさか日本書紀から持ってくるとは。それにひきかえ拙者の本は所詮間に合わせのつぎはぎで、段から段への繋《つな》がりも悪く穴だらけじゃ」

「いいえ。加賀掾はんの声が小そうてよう聞こえまへんでした。古臭いフシ回しやわ」

「繊細かつ雅《みやび》な語りではないか。以前にも増してフシの美しさに磨きがかかっておった」

二人の言い合いを皆がぽかんと聞いている。

「声は大きいほうがええに決まってます。フシも力強いんがええんです」

「しかしだな」

「とにかく。太夫も人形も三味線も本もからくりも全部ウチらが勝ってます」

唾を飛ばし合う二人を見て五郎兵衛は頭を抱えた。これではただの口喧嘩で、本当はどんな芝居だったのかさっぱり分からない。かといって本番中に抜け出して観に行くわけにもいくまい。結局、相手がどうであれ今やっている浄るりを磨き上げていくしかない、という結論に達した。


初日から二十日が過ぎた頃の朝であった。近頃は、嬉しいことに竹本座の前には連日長蛇の列ができ、逆に宇治座は、木戸札が余って表で呼び込みをしていた。

「宇治座裏にある水茶屋の女中らがな、竹本座の前の茶屋ばかり客が入って悔しいって嘆いとったわ」

楽屋でけらけらと庄兵衛が笑い、お松も胸に手を当てて安堵《あんど》の溜め息を吐いた、そんな日の、翌朝のことである。

五郎兵衛はいつものように長屋を出て芝居小屋へ向かった。そして宇治座の前を通り、やぐらを見上げた。

「ない」

五郎兵衛は仰天した。『暦』の看板がないのだ。どうやら昨夜のうちにひっそりと下ろしたらしい。

こうして、宇治座の正月公演は予定していた一か月に満たない日数で興行を終えた。この競演、竹本座が勝ったのだ。誰もがそう思った。

「お祝いや。今夜はみんなで飲みましょ」

お松が小屋に祝い酒を差し入れし、料亭徳屋から豪勢な食事が届けられた。最初の師匠である清水理兵衛《きよみずりへえ》はすでに徳屋の主人を引退し、このところは床に臥《ふ》してばかりだそうだ。破門した五郎兵衛のことは、今では応援してくれているという。

「いただきます。師匠にはどうかよろしうお伝えくだされ」

五郎兵衛はお松に頭を下げ、さっそく魚の煮物を摘んだ。

「うん、うまい」

一座はその夜、小屋の桟敷で大いに飲んだ。

「これで竹本座も安泰や。向かうところ敵なし」

「こっから一気に黒字にするで」

庄兵衛は興行師として、竹田出雲は芝居主代理として、心底嬉しそうに祝い酒を酌み交わした。権右衛門はといえば、いつものごとく女を買いに新町へ消えた。

しかし。どうも何かが引っかかる。五郎兵衛は顎に手をやった。

まだ十日ほど興行が残っている中での引き揚げは奇妙だ。追加で何か対抗策を打ってくるなら分かるが、前触れもなく途中で諦めるなんて、あまりに加賀掾らしくない。

「えらい辛気くさい顔して。もっと自分に自信持ち。ウチら勝ったんやで。あんたの語りが勝ったんや」

お松が酒を勧めてくるが、

「あんまり飲んだら明日の語りに障りが出るさかい」

と断った。どうやら近松も飲んでいないようで、五郎兵衛の隣にやって来て耳打ちした。

「拙者は腑に落ちぬ。あの加賀掾が早々に負けを認めるなどあり得ぬ。あまりにあっけない」

「近松つぁんもそう感じますか。なんや妙な胸騒ぎがするんだす」

「拙者はな、今回の勝ちはたまたまであると思うておる」

「ワテもだす。あ、近松つぁんの本が良うなかったとかそういう意味やのうて」

「こたびの競演は、古い人気太夫と若き新人太夫の戦いだ。まるで源平合戦のようなこの構図が、大坂人の判官贔屓《びいき》な心根を刺激してそなたを勝たせたのだろうと拙者は考える。上方の人々は加賀掾のように偉そうに振る舞う者を嫌うからな」

「一理ありますな」

「とにかく、気を緩めずにいるべし」

「へえ」


二人の予感は、的中した。

その翌朝、小屋に向かう五郎兵衛は宇治座の前に人だかりができているのに気がついた。皆宇治座のやぐらを見上げている。緑色のやぐら幕はまだ下ろされていないようだが、『暦』の看板は下げられているはずだ。いったい何があるのか。

五郎兵衛は走って近づいた。

「やられた」

思わず呻《うめ》いた。なんと、真新しい看板が掲げられているではないか。新作だ。外題は『凱陣八島《がいじんやしま》』とあり、紋下にある首席太夫は宇治加賀掾だった。一座は敗北を認めて京に帰ったのではなく、新たな勝負を仕掛けてきたのだ。

外題に〈八島〉とあるからには源義経ものであろう。義経ものは大阪では人気だ。〈凱陣〉とは戦いに勝った軍が自陣に帰るという意味で、明らかに竹本座に喧嘩を売っている。

竹本座は蜂の巣をつついたような大騒ぎとなった。

「まさかこの勝負、二の替わりまでやるっちゅうことですか」

お松が金切り声で袖を嚙む。

「汚い。実にあの人らしいやり方だ」

と近松が歯ぎしりし、

「向こうが新作で挑んできたとなると、ワタシらも新作をやらんとあきませんやん。そんなん間に合いまへんで」

と出雲が泣きそうな声で地面にしゃがむ。

「くそ。あのタヌキめ。汚いにもほどがある。いてこましたらっ」

庄兵衛が脇差を握りしめて木戸口に向かうのを「待ちなはれ」と五郎兵衛が羽交

い締めした。その五郎兵衛の額に汗が伝う。宇治座は今日から新作の稽古を始めるだろう。いや、もしかしたら道頓堀へ来る前にすでに稽古をしてきた可能性すらある。加賀掾ならそれくらいやりかねない。一方、竹本座の一座はいま打っている正月興行を終えない限り新作の稽古には取りかかれない。本すらもない。またもや準備が足りない状態で勝負を挑まねばならないのだ。

「いったいどうすりゃええんや」

五郎兵衛は力なく肩を落とした。小屋に静寂が流れ、皆が不安そうにこっちを見ていた。

「いや。悩んでいる暇はおまへんな」

五郎兵衛は皆を見回し、それから近松を見た。

「近松つぁん。お願いがあります」

「なんじゃ。何でも言え」

近松が目を吊り上げる。五郎兵衛は一つ頷いてから口を開いた。

「次の本、好きに書いてくだされ」

「なんじゃと。それはいったいどういう料簡《りようけん》じゃ」

近松は目を瞬《しばたた》かせた。一座がざわめき、全員が当惑した顔で五郎兵衛を見る。

「加賀掾の演目がどうとか、勝ち負けとか、そんなんを一切気にせんと、近松つぁんがいま書きたいものを書いてほしいんだす。そしてそれをワテが好き勝手に語らせてもらいます。ここは一つ、自分が一番ええと思うものをお互いにぶつけ合いまへんか。それで負けたら言い訳無用。ワテは金輪際、浄るりをやめます」

「えっ」

「なんやと」

お松と庄兵衛が悲鳴のような声を上げた。弟子たちも息を呑み、困惑した顔で互いを見合った。

「ワテは今そういう覚悟でおります。せやから近松つぁんも腹決めて、生涯最後の作品のつもりで書いてくだされ」

「あい分かった」

近松が叫んだ。その声が空に響く。弟子たちも腹を括《くく》った目つきになり、やる気が小屋にみなぎっていく。

「その代わり、拙者からも頼みがある」

近松が五郎兵衛の肩を強く摑んだ。

「次の竹本座の看板、外題の横に『作者　近松門左衛門』と書いてくれ」

「ええっ」

全員がどよめいた。裏方である作者の名を表に出すなど御法度も御法度。そんなことをしたら、恥さらしだの売名行為だのと大坂中から罵られるに決まっている。だがしかし。そんなことは近松だって分かっているはずだ。分かった上で、あえて誰が書いたかを世に知らしめたいのだ。それはつまり、作者として興行に責任を持つ、という決死の覚悟だ。

「おおきに、近松つぁん。その心意気、しかと受け取りました」

胸に熱いものが込み上げる。五郎兵衛は深々と頭を下げた。

「次の看板には、近松つぁんのお名前を大きう書かせてもらいます」

京に戻ると時間がもったいないが、宿で書くには他の旅人がうるさい。近松は書く場所に困った。そこでお松の父、理兵衛が懇意にしている谷町の宝泉寺《ほうせんじ》に頼み込み、境内にある茶室を間借りして執筆することになった。

待つことひと月。正月公演もとうに終わった如月《きさらぎ》下旬の朝。本が書き上がったと近松が五郎兵衛の長屋に駆け込んで来た。

「読んでくれ」

「待っとりました」

書き殴られた分厚い紙の束を近松から奪うように受け取り、火鉢に炭を足すのも忘れてむさぼり読んだ。

およそ一刻後、五郎兵衛は呆然となって顔を上げた。

「これは」

「いかがでござるか」

五郎兵衛が読み終わるのを身じろぎもせず待っていた近松は、いざ感想を聞くとなると怖いのか、半身を火鉢に隠して身構えた。

「なんだすか、これは」

五郎兵衛は読んでいるうちに溢れた涙を袖で拭った。読み終えた今も手の震えが止まらない。それくらい凄まじい物語であった。

「つまらぬか」

「まさか」

近松が選んだ題材は、藤原景清《ふじわらのかげきよ》であった。『景清』自体は能や幸若舞《こうわかまい》に曲がすでにあり、浄るりや歌舞伎でも改作が多数存在する。だが近松の書いた新作はこれまで読んだどんな〈景清もの〉とも違った。

初段からいきなり銘刀を使った修羅場だった。しかも面白いことに主人公の景清が負けて逃亡する。そして、さすがの近松。二段目がいきなり、

〽猛《たけ》き武士《もののふ》も　恋にやつるる　ならいあり

などと艶っぽく始まるのである。景清が落ち延びた京にはなんと、長年連れ添った愛人の遊女、阿古屋《あこや》がいる。その阿古屋が嫉妬に狂って景清の居場所を源氏に密告する。

一方で、景清の妻である小野の姫は「景清の居場所を吐け」と水責めや火責めに遭う。阿古屋は自害。景清も打ち首にされるが、観音様の力で生き返る。

とまあ、山場、山場の連続である。登場人物の情は大きく揺さぶられっぱなしだ。

「これほど語りがいのある本は読んだことありまへん。近松つぁん、これこそまさしくやってみたかった物語だす。こんなに情が動く話をワテはずっとやりたかった。ほんまにおおきに」

紙の束を胸に抱きしめ、五郎兵衛は何度も頭を下げた。この本を思う存分に語りきれたなら、太夫人生に悔いはない。

「で、先生」

「先生はよせ。そなたのほうが年長なのだし」

「二つしか変わりゃしまへん。外題はどないしましょ」

「『出世景清』でいこうと思うが、いかがか」

「出世。よろしいなあ。縁起がええ」

「拙者と五郎兵衛どのの出世を願ってな」

「え、そっちの出世だすか。ワテはてっきり煩悩から解脱する出世間《しゅっせけん》のことかと思いました」

そう五郎兵衛がからかうと、

「も、もちろんそれもある。寺で書いたのだしな」

近松が赤面し、こほんと咳払《せきばら》いした。五郎兵衛はぺろりと舌を出し、「せやせや」と箪笥から粟おこしを出して近松に渡した。

「これは御本執筆のお代だす。お納めくだされ」

「これはこれは。かたじけない」

二人は大いに笑った。


笑っている場合ではない。初日まであと数日しかなかった。

さっそく近松の原稿を弟子たちに写本させ、本番で使う床本を作る作業が始まった。同時に、新しい看板をすぐに作らせて小屋に揚げ、どの段をどの弟子と三味線弾きに語らせるかの割り振りを決める。さらには、人形のかしら、衣裳、からくりなども考えねばならない。

そしてなにより稽古だ。早朝からは権右衛門や藤四郎などの三味線弾きとワキ太夫、人形遣いも交ぜての合同稽古。夕方からはそれぞれが一人で本と向き合う。

驚いたのは、男だらけの長屋にお松が乗り込んできたことだ。

「何でもやるから言うてや。あんたらは稽古以外のことしたらあかんで」

掃除、洗濯、飯炊きだけでなく、草履《ぞうり》を揃《そろ》え、水を汲み、墨を磨《す》り、着物を直し、火鉢に炭をくべて布団を敷く。稽古中に白湯を入れてくれた礼をお松に言うと、

「いちいちこっち向いて礼言わんでええ。集中切らさんと稽古しい」

と叱られるような具合で、なんとも頼もしかった。

なんとか初日の前夜には床本すべてにフシが付いた。全員がフシ回しを憶え、三味線も人形の動きも決まった。ぎりぎりである。

噂によれば宇治座の『凱陣八島』も井原西鶴が書き下ろしたらしい。だがこっちには天才近松がいる。作家生命を懸けて書いてもらったこの本で負けるわけにいかない。稽古は正直足りていないが手応えはある。五郎兵衛は全身に力がみなぎるのを感じた。


初日の朝、両座のやぐらから同時に太鼓が鳴った。競演、二番勝負である。

宇治座からは大和橋の対岸まで、竹本座からは戎橋の対岸まで、木戸札を求める何千人もの行列ができた。

初めのうちは大勢が両方の浄るりを見物するだろう。そしてやがて、どちらが面

白いかの評判が立ち、片方にだけ長蛇の列ができ、もう片方には閑古鳥が鳴くことになる。

勝敗の結果が出るには前回と同じく二十日ほどかかるだろうと、皆が思っていた。

だが、最初の五日で勝敗が見え始めた。人が押し寄せたのは宇治座だった。『凱陣八島』が大当たりしたのである。一方、竹本座はみるみる札が余り始めた。平土間に隙間ができ、やがて桟敷にも客のいない座布団が目立つようになった。

「嘘やろ」

空いた平土間はかつて旅巡業で何度も目にした光景を思い出させる。五郎兵衛は床に上がるのが怖くなった。それでも懸命に語った。情を伝えた。

しかし、客は増えない。

「なんでや。なんでこの本で負けるんや」

一座が苛立《いらだ》つ中、ようやく手の空いたお松が宇治座へ偵察しに行った。

「いったい向こうはどんな話なんや」

庄兵衛が声を荒らげ、帰ってきたお松に詰め寄った。だがお松は「ぜんぜん面白うないです」としか言わなかった。どう面白くなかったのかを聞いてもうつむくばかりで具体的なことを言わない。ああ、これはきっと面白かったのだな、と五郎兵衛は天を仰いだ。

　その翌日には近松が見物に行き、青ざめた顔をして戻ってきた。

「前作を超える珠玉の出来映えでござる。詞章が流麗で、各段の繋がりもよい。なにより義経が好色で人間臭い。ああいう味付けは大坂の人々の好みだ」

「もっと詳しく」

　からくり師の竹田出雲が身を乗り出した。近松が続ける。

「清少納言、お伽《とぎ》草子、弁慶の勧進帳を使った、客がすでにスジを知っていて楽しめる段もあれば、笑い話などもあって皆腹を抱えて笑っていた。肝心な場面には能や謡曲をふんだんに取り入れ、加賀掾が得意とする美しいフシ回しを存分に味わえる」

「なんであの人ら、あんな急に面白くなったんですか」

　お松が近松に聞いた。やはり面白かったのだ。

「西鶴どのが天才だからだ。前回で浄るりのコツを摑んだのだろう。二作目にしてまさかあそこまで客を惹《ひ》きつける本を書けるなんて」

近松は悔しそうに拳を握った。

「せっかく看板に拙者の名を書いてもらったのに面目ない。ただの恥さらしになってしまった」

一座皆、沈痛な面持ちで項垂《うなだ》れた。ある弟子は目に涙を浮かべて自分の道具を片付け始め、ある三味線弾きは背中を丸めて荷物をまとめる。皆ぼそぼそと力なく話しながら、早く小屋から出たそうにしている。これはもうあかん。負けは確定やな。そんな誰かの声が聞こえた。あとはいつ看板を降ろすかを決めるだけや。終わり終わり。負け負け。やめやめ。負の言葉がさらに負の言葉を呼び、一座はどす黒い空気に包み込まれた。

「わっはっはっは」

その空気を破るように、五郎兵衛は豪快に笑った。腹まで抱えて笑ってやった。

「あっはっは。皆の衆、何をそんな辛気くさい顔してはるんだすか」

一同が驚いた顔で振り返る。五郎兵衛は飛び切りの笑顔で言い放った。

「ワテらはまだ負けてまへんで。井原西鶴は天才かも知らんけど、近松門左衛門は天下一や。それに、ここにいる皆が一流だす。三味線、人形、太夫、誰も彼もが本物だす」

楽屋に下がった者が平土間に出てくる。五郎兵衛は声を一段と明るくした。

「ほんに、あかんのはワテの語りだすわ。稽古が少なかったことを言い訳にして、中途半端な芸をお客さんに見せてしもうた。こんなええ本をしょうもない浄るりにしてもうた。これは全部ワテの責任だす」

悔しくて涙が出そうになる。だがここで座本が泣いてはならない。ぐっと堪えて笑顔を作り、皆を見回した。

「悪いんはワテやさかい、皆の衆は悪うない。せやから元気に気張って、明日からも、その、つまり、ワテが言いたいんは」

胸が詰まって言葉が出てこない。これ以上何か言えば泣いてしまいそうだ。

すると、そんな様子を見かねてか、「そんなわけないだす」「ワテが悪いんだす」「いや、ワテの語りがあかんからや」と弟子たちが口々に言い始めた。「師匠は悪うないだす。ワシらは師匠についていきます」

とうとう涙を堪えきれなくなり、五郎兵衛は頭を下げて顔を隠した。

「皆の衆。おおきに、おおきにな。こんなワテやけど、もう一度語らせてくださ い。

もう一回やらせてくれ」

悔し涙が平土間の乾いた土に落ちていく。

「いや、なにも明日小屋を閉めようとかいう話ちゃうし」

お松が優しく言い添えた。

「そうやそうや、まだ勝負は終わってへん。明日からまたがんばろ」

三味線や人形遣いが口々に言ってくれる。

「明日には間に合いまへん」

五郎兵衛は顔を上げた。泣き顔を見られてもいい。場が白けてもいい。思っていることをきちんと伝えなければならない。

「太夫の語りをまた一から練り直さなあきまへん。もちろんワテは寝る間も惜しんで稽古しますけんど、舞台やった後にしか稽古できまへんし、できたもんを皆さんに伝える手間も必要だす。せやから完成は、もしかすると千秋楽に間に合わへんかもしれへん。けんど少しずつでも前に進みたい。あがきたいんだす。せやからどうか、最後まで付き合《お》うてもらえまへんやろうか」

「最後までって。そんな」

お松が泣きそうな声で呟いた。五郎兵衛は深く頷いた。

「この演目が竹本座最後の興行になるやもしれまへん。せやからこそ、この竹本義太夫、こんな中途半端なことでこの演目を終わらせとうない。近松つぁんの書きはったこの浄るりは、本物だす。ワテはこれがやりたかった。やっとやりたかった本に出会えた。それを、ここ竹本座で仕上げたいんだす、皆さんと一緒に」

長い沈黙が流れた。駄目か、と五郎兵衛は唇を噛んだ。

ふと、庄兵衛が手を叩いた。続いてお松が拍手する。誰も上手く言葉が浮かばなかったのだろうか、拍手が一座に広まり、「師匠、ついていきます」「とことんやってください」と弟子たちが口々に叫んだ。

「おおきに。おおきに」

溢れる涙もそのままに、五郎兵衛は皆を見回した。

さっそくその夜から、やり直しの稽古が始まった。「いつでも詞章を直せるように」と近松が、「三味線がおったほうが早いやろ」と権右衛門が付きっきりで長屋の稽古場にいてくれるという。

お松が握ったおにぎりを頬張りながら、五郎兵衛はさっそく近松に注文した。

「道行の『藻づくし』だすけんど、もっと華やかに謡いたいんだす。ちょっとここの語呂を変えてもらえまへんやろか、上手いこと転がりまへんねん」

小野の姫の旅道中を描く道行の段。詞章には海藻の名前が洒落《しゃれ》や掛詞となってずらりと並んでいる。

「『歌に詠《よ》まれしヒジキ藻や、カダメ甘海苔、春もまた』などはいかがか」

「それでいかしてもらいます」

近松に直してもらった詞章をさっそく三味線と合わせてみる。

「三味線はもうちょい後ろからついて来てもらえまへんやろか。言葉と同時に出ると妙に軽く響くんだす」

権右衛門らにも細かい修正を頼み、何度も語ってみては近松に感想を聞く。

「轟坊《とどろきぼう》の段は、もっと派手にいくと拙者は思うておった」

「確かに言われてみれば。敵は五百人、対する東大寺は坊主がたった三十人。決死の戦いになりますわな。よし、ここは宮島大芝居で観た金平《きんぴら》の荒事《あらごと》を真似してみまひょ」

「すごろく投げも、語るだけではなくて実際に人形に投げさせてみてはどうか」

近松が乗ってくる。

「そら面白いだすな。辰松つぁんと道具師さんに相談してみます」

近松と五郎兵衛との熱い議論に当てられてか、権右衛門も口を開く。

「五郎兵衛、阿古屋の『うらめしや、腹立たしや、口惜しや、妬ましや』は、もっと嫉妬に狂って語ったらどうや。嫉妬で頭がおかしう狂うたこと、あるやろ」

五郎兵衛の頭におりんの顔が浮かんだ。おりんが嫁ぐと知ったあの時の、あの情。思い出すだけで息ができなくなる。

「やってみます」

そこへ人形遣いの辰松もやって来た。

「ワシな、六条河原の拷問の場面を床本にあるとおりやってみたいんや」

五郎兵衛は驚いて聞き返した。

「それはつまり、小野の姫を裸にして、梯子《はしご》に縛るってことだすか。人形をだすか」

「それだけやないで。火責めでほんまに火ぃ点《つ》けて、水責めで人形に水飲まして、木の枝に縄くくって首絞めもしたい」

「そら、えげつないですな。客が怖がりまへんか」

「生身の役者がやったら生々しいやろうけど、人形がやれば想見が広がって、むしろ客は喜ぶ気がするんや。どない思う、近松」

「今その情景を頭に思い浮かべてみもうしたが、これはなかなか背筋が凍るよき場面でござる。客はそういう恐ろしいものも観たいやもしれぬ。作者としては是非やっていただきたい」

近松が辰松の手を握った。

「いや、しかし」

五郎兵衛は腕を組み、唸った。客をそこまで怖がらせてよいものだろうか。皆逃げ出さないだろうか。五郎兵衛は言った。

「全部を舞台で見せんでも、ワテの語りでお客さんに想像させるっちゅうのではあきまへんのやろか」

「義太夫はん」

辰松が体の向きを変え、五郎兵衛と正対した。

「ワシはな、浄るりっちゅうもんは太夫と三味線と人形の三業が一つに合わさるからこそ、とてつもない世界を作れるんやと思てる。せやからあんたが一人で背負わんと、ワシらにもっとやらせてくれんか。もっと信用してくれへんか」

「信用、だすか」

その場にいた全員が五郎兵衛を見つめた。どの目も何かを求めている。どうやら皆、辰松と同じ気持ちらしい。

これまで興行に何か不安があっても、いつも一人でなんとか解決しようとしてきた。弱みを見せないことが座本の務めであり、それが一座のためだと思ってきた。だがどうだろう。いま仲間に少し意見を求めただけで、打てば響くように妙案が返ってくる。そのどれも、自分一人ではけして思いつかなかったことばかりだ。そうだ、着物と同じだ。たくさんの色で染めてこそ全体が華やかに仕上がる。どうしてこんな単純なことに気づかなかったのだろう。

「皆さん、これからは思う存分やってくだされ」

「よっしゃ。そうさせてもらうわ」

皆が嬉しそうに笑うのを見て、なんて頼もしい一座なのだろうと大きく息を吸った。

　こうして夜な夜な稽古しては、その改善したものを小屋で披露して客の反応を見る、という作業が繰り返された。少しずつではあるが、確実に芝居がよくなっていく。五郎兵衛だけでなく、一座全員が舞台を作る喜びに胸を躍らせ、確かな手応えを感じていた。これなら客は帰ってくる。皆がそう期待した。

　だが、客は戻ってこなかった。一度広まった悪評は、返しの付いた矢尻のように人々の心に深く刺さり、抜くことができなかった。後からいくらよい評判が聞こえてこようと、人は悪い評判のほうを信じて財布の紐を締める。

「もうあかん。どないもならん」

　庄兵衛は日に日に減っていく客を数え、悲痛な叫びを上げた。

「なんでやの」

　夕刻に客がはけた後、客席に捨てられたごみの少なさに、お松がはらりと悔し涙を落とした。

「頼むから観てくれ。帰ってきてくれ」

　そう五郎兵衛は町中の人々に叫びたかった。「申し訳ない。ワテのせいで竹本座は終わりだす」と一座の全員に土下座して回りたかった。しかし、そんなことをしても何も変わらない。誰も救われない。ならば座本として堂々としていよう。最後まで誰にも不安を覚えさせないように努めよう。

「今日も皆の衆のお陰で素晴らしい浄るりができました。竹本座は天下一。明日もよろしう頼んます」

帰り際、五郎兵衛は小屋中に聞こえるよう努めて明るく言った。あと数日で千秋楽。それは竹本座が終わる日かもしれない。

その日も後片付けやら何やらしてて、小屋を出たんは日が暮れてからでした。月もまだ出てない暗ぁい千日前を歩いて家に帰りました。あの辺り、刑場があるから不気味なんですけど、まあ慣れた道ではありますから提灯片手に早足で天王寺まで歩いて、やっと徳屋の明かりが見えてきて、はあ、やっと家着いたわ、て思てましたらね、背後の木陰から声をかけられました。

「おい、お松」

すわ追いはぎや。きゃあと悲鳴を上げて家のほうへ走って逃げました。

「お松。待て、お松つぁん」

男の声が追いかけてきます。もう怖ぁて怖ぁて。殺される、思いました。けんど、よう考えたら名前呼ばれてますやん。こら知り合いやわ、と思て立ち止まったんです。ちょうど料亭の裏口ら辺でしたかね。

「どちらさんで」

「オレや、竹屋庄兵衛や。なんちゅう足の速さや」

「庄兵衛はんやったんかいな。ウチはてっきり追いはぎか泥棒やと思て。どないしはったん。明日の差し入れ弁当のことやったらウチのもんで小屋まで運ばせますさかい、お気になさらず」

「そんな話ちゃう。そんなしょうもない話なわけないやろ」

庄兵衛はんがウチを人目につかへん木陰に誘って、声を潜めました。

「ええか。竹本座はもう終わりや」

とか言うて真剣な眼差しになるもんですから、

「そんなことないわいの。五郎兵衛の語りを一度でも聞いたら、誰でも感動します」

　て言い返しました。

「そうや。あの語りはほんまもんや。せやから今回の負けは全部オレが悪いと思うてる。札をよう売り切らんかったオレのせいや。客さえ入ればあいつのよさに誰もが気づくはずやのに、それをしてやれんかった」

　庄兵衛はんが歯がみしてるのを見て、心が痛みました。

「そんなことあらしまへん。庄兵衛はんはようやってくれてます。今回札が売れへんのは加賀掾が悪いんです。あんな卑怯《ひきょう》なやり方で喧嘩売ってきて。こっちは時間もない中で一所懸命に用意して、幕開けて、幕開けてからも毎日稽古して。そんな真面目な一座が他にありますか」

「ないいな。あんなに愚直な太夫見たことないわ」

「みんなに気遣《つこ》うて、怒ったり怒鳴ったりせえへんし、弱音吐かへんし」

「弱音はよう吐いてるやろ」

「そうやわ。よう泣いてるわ」

「ええやっちゃな、あいつ」

「そりゃあ、ウチら二人が惚れた人ですから」

ふふふ、ははは、と二人で照れ笑いしました。

「そういえばオレ、あいつと一回だけ喧嘩したことあったな」

「してた、してた。吉備津《きびつ》の宮内やったかいねえ」

「そうや、あのでかい神社の最後の夜や」

ウチと庄兵衛はんはあの夜を思い出してにんまり笑いました。

「あの頃はしんどかったなあ」

「楽しかったですよ、ウチは」

「嘘つけ」

わははは。あははは。あーあ。

笑い声が消えると、二人とも黙ってしもて、えらい静かになりましてね。まだ春先やし虫の音もありません。ほんまに静かでした。それでなんとなく、庄兵衛はんと会えるんはもしかしたら今夜が最後かもしれへんなあって、ふいにそんな気がしました。

「お松よ」

庄兵衛はんが口を開きました。寂しそうな声でした。

「後は任せてええか」

「任せるて、どういう意味ですか」

「そらまあ、看てええんやったら任せるや。あいつを、五郎兵衛を、ずっと面倒看てやってくれ」

「あんた、あいつと夫婦《めおと》にならんのか」

急にそんなん言いはるからびっくりしました。

「なんやの、藪《やぶ》から棒に」

「まだ好きなんやろ」

「そら、まあ」

「よし、あいつにちょっと言うてきたるわ」

「あほなことせんといてください。それだけは堪忍です」

行きかける庄兵衛はんの袖を引っ張りました。

「なんでや。あいつずっと独り身やないか。郭《くるわ》もあんまり行かへんし、ええ仲の女がおるような気配もない。かといって男色でもない」

「五郎兵衛には心に決めたひとがいるんです」

「え。誰や。それいつからや」

　本当に知らなかったのでしょう、庄兵衛はんは声を震わせました。

「どなたかは知りまへん。でも女は勘で分かるんです。あの人には心に決めたひとがおる。そのひととどうなったんかも知りまへんけど、あの人はウチと出会《でお》うた頃からずうっと同じひとを思てはります。たぶん、今も」

「せやったんか」

　庄兵衛はんは心底驚いた様子で、悲しそうな目をしました。その気持ちは痛いほど分かりますから思わず抱きしめたくなりました。もちろんそんなことはしませんけど、その代わりにこう言うたんです。

「でもね、庄兵衛はん。ずっと想い人がおったからこそ、あの人の浄るりはここまでになったんやと思う。あの人の語る声も、謡も、涙も、叫びも、吐く息も、吸う息も、ぜぇんぶ、あの人の秘めた想いが作ったもんや。ウチらはそれにまんまと心摑まれてここまでついて来た。そういうことやと思うんよ」

そこまで言うと、庄兵衛はんの目からきらりと光るものが落ちました。それ見たらウチも泣けてきましてね。

「せやから、たとえ頼まれても、ウチはあの人と夫婦になるつもりはないんです。あの人の恋があの人の芸を作ったんやったら、その泉を塞いだらあきません。まだ独り身やということは、あの人もきっと苦しんでるはずや。でも、せやから言うて、そこにウチが割り込んでその苦しみを拭い去ろうとしたら、あの人の心は鎮まって、鈍《にぶ》うなって、やがて動かんようなります。心が動かんようなったら芸は終わり。なんも語れんようなります。むごいようやけど、芸を続けるためにあの人はずっと苦しんでへんとあかんのです。ウチらにできることは、苦しんでる五郎兵衛を近くで見守っていくことだけ」

言いながら涙がどんどん出てくるもんやから、五郎兵衛を見習って泣くに任せました。不思議なもんで、こんな夜中に料亭の前で男と女が泣いてるやなんて、まるで新町の遊郭みたいやわ、て考えてる冷静な自分もいましてね。ちょっと可笑しうなって、気ぃついたら泣きながら笑ってました。うふふ。あはは。

「オレはな、お松」

庄兵衛はんも泣きながら少し笑っているように見えました。

「あいつに浄るりを続けてほしいんや。ずっと一生、あいつには浄るりをやっててほしい。それだけなんや。それだけがオレの望みなんや。せやから、お松」

庄兵衛はんがウチの肩を摑みました。

「あいつを頼んだで」

そう言うて庄兵衛はんは一歩下がり、また一歩下がり、急に背中を向けたかと思えば走り出して、夜の闇に消えていきました。

なんや嫌な予感はしたんですけど、ウチはもうくたくたで。そのまま勝手口から家に入って、寝間着にも着替えず帯を解《ほど》いただけで寝てしまいました。

目覚めたんは丑時《うしどき》頃やったと思います。なんでこんな夜更けに目ぇ覚めたんやろうと布団でぼんやりしてましたらね、遠くから鐘の音が聞こえるんです。打ち鳴らしが速いんでお寺の鐘やない。

「火事や」

飛び起きました。鐘の音がどんどん増えていきます。ウチは帯も締めずに二階へ上がり、料亭の雨戸を開けました。

北の空が真っ赤に染まっていました。あの方角は道頓堀です。

慌てふためいて家を飛び出し、帯を締めながら走りました。提灯なんて要りません。空が真っ赤で、そのせいで千日前の一本道も赤く染まっていました。

道頓堀へ近づくにつれて、燃えてるのが道頓堀川の手前やと分かってきます。あの辺にあるのは芝居小屋です。

――竹本座が燃えている。

そう思いました。

「五郎兵衛。五郎兵衛。五郎兵衛」

気づけば叫びながら走っていました。真夜中やから小屋には誰もおらんでしょうけど、それでも一座のみんなが気がかりでした。何より五郎兵衛のことが心配で、胸が張り裂けそうでした。

「五郎兵衛。五郎兵衛っ」

やっと日本橋《にっぽんばし》が見えてきました。火消しや町人らが川から水桶で水を汲んでは火にかけています。ウチは角を曲がりました。

燃えていたのは竹本座ではありませんでした。もう少し東です。あれは材木屋でしょうか。幸い、風はありませんでした。これなら案外早く鎮火するかもしれへん。少しだけ胸を撫《な》で下ろして、正確にどこが燃えてるのか知りたくて明るいほうへ歩いていきました。

　空へ炎が高く上って眩《まぶ》しかったんです。見てるだけで顔が火傷《やけど》しそうなほど熱くて、髪なんかほんまにちょっと縮れました。それでも引き寄せられるように火へ近づきました。

　材木屋が半分ほど燃えていました。火元はその隣でした。宇治座です。芝居小屋の全体が赤い炎に包まれていました。宇治座が、手の施しようのないほど焼けてるんです。囲いの竹矢来は火の滝みたいで、小屋の中が丸見えでした。藁葺きの桟敷から花火のように火の粉が空へ舞い上がり、舞台では炎が踊っていました。

「宇治座のからくりから火ぃ点いたらしいで」

「からくりかいな。えらい迷惑な話やな」

　そんな声が野次馬から聞こえました。火を使ったからくりなんかあったかいな、と思いましたが、新しいからくりを作ろうと小屋で作業してはったんかもしれません。ウチらもよく夜中にからくり稽古をやるもんですから。

「お松つぁん」

聞き慣れた大声に振り返ると、五郎兵衛が立っていました。その姿を見た瞬間、安堵して涙が溢れました。長屋から走って来たのでしょう、寝間着に雪駄で息を切らしています。

「お松つぁん、大事ないだすか。怪我ありまへんか」

「ウチもいま来たとこや」

「竹本座は」

宇治座とは隣とはいえ道を一本挟んでいます。炎は届きそうにありませんでしたが、火の粉が飛んできて竹矢来の筵《むしろ》やら桟敷の藁屋根にでも燃え移ったら大変やと、近所から桶を借りてそこらにいた人と一緒に川の水を屋根やら舞台やらにかけました。

火は宇治座を焼き尽くし、夜明け前にようやく消えました。

野次馬があくびをしながら散った後、空が明《あ》こなると西町奉行が与力たちを連れて検分に来ました。なぜか五郎兵衛とお奉行とが知り合いなようで、馬に乗ったお奉行は宇治座の連中だけでなく五郎兵衛にも話を聞いたりしてました。

その日は大坂中の芝居が中止となりました。城代の御触れです。五郎兵衛は竹本座に一座を集めて、言いました。

「すんまへんが、今後しばらくは火の気を禁じます。火鉢は堀端《ほりばた》で。煙草も小屋では吸わんでください。これから宇治座へ行って、何か手伝えることがないか聞いてきます。あと、どなたか飯を炊いてもらえませんか。おにぎりでも結んで宇治座の皆さんに配りまひょ」

五郎兵衛はひとまずウチだけを連れて、宇治座へと向かいました。

息が止まりました。宇治座が跡形もなく消えて真っ黒な野原になっています。色の付いたものがなんにもありません。あんなに立派な小屋やったのに、桟敷や舞台の柱が何本か短く燃え残ってるだけです。

宇治座の皆さんが焼け跡にしゃがんで何か使えるものは残ってないかと拾い物をしてはりました。表看板の木っ端を抱えてうずくまる人、三味線の糸巻きを握りしめて泣く人、焼けた人形の首を愛おしそうに撫でる人。涙が止まりませんでした。

「あんさん」

焼け跡の中から白い老人が立ち上がりました。加賀掾です。焦げた地面を物色していた他の連中も立ち上がり、五郎兵衛を睨みつけます。

「ワシらを笑いに来たんか」

ものすごい剣幕で加賀掾がこっちへ向かって来ました。五郎兵衛が一礼します。

「何かワテらにお手伝いできることはないかと思いまして。一座を小屋に控えさせてます」

「ええのう、小屋があって」

「いや、その、すんまへん」

「あんさんに頼みたいことは一つや。去《い》んでくれ。ワシの前から今すぐ去ね」

「邪魔だすか。ほな、またなんぞあったら遠慮のう言うてくだされ」

五郎兵衛が礼をして踵《きびす》を返すと、背後から加賀掾の声がしました。

「こうまでして勝ちたかったたか。やるんやったら芸で勝負しなはれ」

「なんのことだすか」

五郎兵衛が振り返ります。

「とぼけるな。あんさんやろ、火ぃ点けたんは」

「え。なんでワテがそんなことするんだすか」

五郎兵衛が目を見開きます。加賀掾が大きな声で怒鳴りました。

「じゃかましわ。四条河原での意趣返しやろ。これですっきりしたか」

「なんでですのん。この火はからくりから出たって聞きました」

「ワシらは、からくりに火なんぞ使《つこ》うてない」

ウチも五郎兵衛も思わず固まりました。

「それにあんな夜中や、小屋には誰もおらん。せやのに火が出た。誰かが火ぃ点けたんや。いったい誰が点けたんやろうな」

加賀掾が近づいてきて五郎兵衛の肩を小突きました。よろめいた五郎兵衛を見て、宇治座の男たちも寄ってきます。皆殺気立っていました。そこでウチは、はっと気がつきました。

いま一座の全員が竹本座に集まっているのに、一人だけ来てない人がおる。

全身から汗が噴き出ました。あの人はかつて加賀掾と大喧嘩して一座を飛び出したって、そう本人から聞いてます。

いや。いやいや。いくら勝負に勝ちたいからってそこまでする人がおるやろか。放火は死罪やし、下手したら大坂の町全体が火の海になります。竹屋庄兵衛はそんなあほな男ちゃいます。きっと今ごろ、茶屋で陰間と朝寝してるに違いない。

そう思いたかった。

でも、それなら、昨夜の話はいったいなんやったんでしょうか。あれは別れの挨拶ではなかったでしょうか。

――ずっと一生、あいつには浄るりをやっててほしい。あいつを頼んだで。

千秋楽まで残り数日。この競演、竹本座はどうあがいても負けます。負けたら五郎兵衛は浄るりをやめます。せやから、庄兵衛は宇治座に、火を。

「んなあほな」

思わず声を漏らしてしまいました。

「なんだすか」

耳ざとく五郎兵衛が聞いてきます。

「いや、なんでもおまへん。行きまひょ」

「せやかて、なんだすか」

「ええから行きまひょ」

ウチは五郎兵衛の腕を引っ張って宇治座から離れました。

「なんだすの。教えてくだされ」

竹本座の前まで来て、五郎兵衛がウチの腕を払いました。

「なんでもない。なんでもないから」

ウチがそこでうつむいてしもたんがあかんかったんです。五郎兵衛が勘づいた様子で、慌てて鼠木戸から竹本座の中へ入りました。

「庄兵衛はん。庄兵衛はん。庄兵衛」

小屋の中を捜し回る五郎兵衛の怒鳴り声が聞こえました。しばらくして、五郎兵衛が再び表に飛び出してきました。

「庄兵衛はんはどこにおるんだすか」

「知らん」

「どこやっ」

耳が痛いほどの大声でした。

「知らん。ウチはなんも知らん」

五郎兵衛が駆け出そうとしました。ウチはその背中にしがみついて五郎兵衛を止めました。

「どこ行くんや、五郎兵衛」

「捜すんや。あいつを捜して、そんで、そんで」

「おらへん。あの人はもう大坂にはおらん。昨日の夜、どっかに消えた」

五郎兵衛の動きが止まりました。ウチは怖くて五郎兵衛の顔を見ることができませんでした。

「お松つぁん、知ってたんだすか」

「んなわけないやろ。こんなことになるって知ってたら死んででも止めたわ」

ウチは五郎兵衛の背中に叫びました。

「なんで。なんでこんなこと」

五郎兵衛の背中が震えます。

「あんたのためや。みんな、あんたのために命懸けで生きとるんや」

そう叫んだ途端、たまらず嗚咽《おえつ》が込み上げました。泣き顔を見られたくなくて、五郎兵衛の背中に顔を押しつけて泣きました。背中にしがみついてないと心と体がばらばらになってしまいそうで、必死で抱きつきました。

五郎兵衛が呻きながら地面に崩れ落ちました。背中にしがみついてるウチも一緒に崩れます。二人して地面で泣きました。大きな声で泣き合いました。

大声で泣けば、それを聞きつけた庄兵衛はんが笑いながら帰ってきて、すっかり元の世界に戻れるような気がして、ウチはいつまでも泣いていました。

五段目

万が一にも天子さまの御尊容《ごそんよう》を目にせぬよう、内裏《だいり》の外へ出るまでけして後ろを振り返ってはならぬ。近習《きんじゅ》からそうきつく言い渡されていた。

拝受した物品を大切に両手で抱え、五郎兵衛《ごろべえ》は紫宸殿《ししんでん》の階段を早足で降りた。紫宸殿前に立つ左近桜が満開であったが、それを愛でる心の余裕などなく、真っ直ぐに建礼門《けんれいもん》を目指した。

広大な敷地に敷き詰められた白い砂利を踏みしめるたびに大きな足音が鳴った。まだ緊張が抜けず、歩き方がぎこちないのが自分でも分かる。

「お待ちくだされ、筑後掾《ちくごのじょう》どの」

背後から何人かが走ってくる気配がした。思わず後ろを振り返りそうになって、いかんいかんと慌てて前を向く。追いついて来たのは受領《ずりょう》の儀にいた公家《くげ》たちであった。

「そちはいつから浄るりを始めたのじゃ」

「上手く語るコツはなんぞ、教えてたもれ」

「角太夫《かくたゆう》が受領した日は雨でしたのう」

皆よほど芝居が好きなのであろう、白粉《おしろい》に天上眉が好き勝手に質問したり自慢話をしてくる。無礼があってはならないと、五郎兵衛はそれら一つ一つに丁寧に応えるのだが、内裏から出てもまだついてくる。だんだんと疲れてきた。

朱雀門跡でようやく見送りの公家たちが引き返し、五郎兵衛は大内裏の外に出た。

今度は門外で待っていたお松が駆け寄ってきて質問してくる。

「紫宸殿って広いん」

「そりゃ、広かった」

「天子さまのお顔、どんなやった」

「見えるわけないやろ。御簾《みす》の向こうにおられて、さらに縄暖簾《なわのれん》みたいな冠かぶってはるから顔見えへん。喋るんはお公家さんばっかりで、天子さまは口も利きはらへんから声も分からん。そんなことより、この裃《かみしも》を脱ぎたい」

五郎兵衛は歩きながら肩衣《かたぎぬ》の前を袴《はかま》から抜き取った。後ろからお松が帯を緩めてくれる。だらしない格好になったが、このほうが楽だ。近ごろは歩くだけで腰も足も痛い。体中にがたがきている。

「膝の具合はどない。駕籠《かご》でも呼ぼか」

お松が心配そうに聞いてきた。浄るりで毎日床に座していることが祟《たた》ったのか、このところ膝に水が溜まってぶよぶよだ。瘤《こぶ》が大きくなると針を刺して水を抜くのだが、それを怠るとひどく痛む。もう四十八歳。寄る年波には勝てない。髪はすっかりなくなった。お松も大病などせず元気に竹本座の面倒を看てくれているが、その苦労のせいか髪はほとんど白くなっている。

「今日は膝の調子ええわ。早足で歩こか」

駕籠で帰れば京の景色をこれ以上見ずに済む。本当はそうしたかった。だがさすがに京から大坂まで駕籠となると銭がいくらかかることやら。

五郎兵衛らは千本通を南へと歩き始めた。春のぬるい風が禿《は》げた頭を撫《な》でる。

「もうちょっとゆっくり歩いてんか」

お松の声が後ろから聞こえた。五郎兵衛は仕方なく歩を緩めた。だが、本音は京から早く離れたい。

「あそこにちょこんと見えてるん、東寺の五重塔やね。こんな所からでも見えるんやねえ」

お松が呑気《のんき》に物見しながら歩く。以前お松と京で会ったのはいつだったか。宇治《うじ》座《ざ》を破門されてすぐ後か。だとすればあれから二十年以上経つ。

「お松、もう少し早う歩かれへんか」

「なんでえ。まだ日は高いし、ゆっくり歩いたらよろしいがな」

「まあ、そうやけど」

京には近松門左衛門《ちかまつもんざえもん》と宇治加賀掾《かがのじょう》が住んでいる。その二人が、五郎兵衛の掾号《じょうごう》受領を嘲笑《あざわら》っているような気がして、洛中がどうにも居心地悪かった。受領でいただいた書状やら印やら御菓子は有り難く行李にしまって背負い、手には金襴《きんらん》の刀袋だけを持った。二尺五寸の刀はずしりと重い。しっかり握らないと落としてしまいそうだ。

「えらい派手な刀袋やね。きんきらきんや」

「天子さまから頂戴したものにケチをつけるな」

刀袋には飛翔する鶴が金糸で編んであった。縁起のよい刺繡《ししゅう》を見つめ、五郎兵衛は無理に喜ぼうとした。やっと掾号を受領することができた、ようやく刀をいただけたのだ。さあ、喜べ。

だが心は重く沈んだまま岩のように動かなかった。この受領、やっとではない。今さらである。今さらこんなものをもらって、どうしろというのだ。

隣を嬉しそうに歩くお松に悟られないよう、五郎兵衛は長い溜め息を吐《つ》いた。若い頃は、この刀を手に入れれば自分が何者かになれると思っていた。この刀を腰に差せば、おりんにふさわしい男になれると信じていた。

それがどうだ。こうして現に手にしても、今すぐ彼女のもとへ駆けて行きたい、などという衝動は湧いてこない。あれからあまりに月日が経ち過ぎた。おのれも、おりんも、今や人生の終わりに手が届く齢《よわい》である。

「その刀、竹本座《たけもとざ》のやぐらに飾りまひょ。町中の人に見せびらかしまひょ」

「あほなことを」

受領がよほど嬉しいのだろう、お松はさっきからずっと目尻に皺を寄せて笑っている。確かにこの受領、竹本座の皆には一刻も早く報告したい。一座のお陰で今の自分がある。皆の支えがなかったら掾号などいただけなかったろう。大いに感謝している。

「せっかく京まで来たのに、近松つぁんに会わんでええの」

お松がそう問うてくるのはこれで何度目か分からない。近松に会いたくて仕方がないのだろう。気持ちは分かる。だが、会う気はない。

「ワテも会《お》うてじかに礼を言いたいけんどな、きっと今は歌舞伎の執筆で大忙しやろ。遠慮しまひょ」

五郎兵衛は近松に会うのが怖かった。近松がこの刀を見たらなんと言うだろうか。

「そなたは真に、掾号を受領するに能《あた》う太夫なのか」

そんな風に蔑まれるような気がしてならない。

世間では、掾号は受領者の芸が完成し、極みに達したという証《あかし》だといわれている。だが五郎兵衛にその実感はない。おのれの芸が頂点に到達したことなどない。まだ磨き足りない。もっと上がある。そう思っている。なのに体力は落ちていくばかり。技巧が多少は身についたかもしれないが、声はしぼみ、息も長く続かなくなった。連続して語れる場数も減った。芸を極めるには人生はあまりに短い。

それに噂では、今上天皇は朝儀復興を進めていて、市井の人気者をたくさん受領させることで朝廷の力を誇示しようと企んでいるという。もしそうだとすればこの受領、芸の良し悪しとは無関係だ。

かたや、近松門左衛門は世の誰もが認める天下一の作家となった。都万太夫座《みやこまんだゆうざ》の座付き作家となり、坂田藤十郎《さかたとうじゅうろう》と組んで名作を生み続けている。号を受領すべきは近松だと五郎兵衛は本気で思う。

あの道頓堀競演の後も、近松は竹本座に何本か新作を書き下ろしてくれた。だがしばらくして、浄るりから距離を置くかのように大坂を去った。

近松は浄るりを見限った。いや、義太夫節《ぎだゆうぶし》を見限った。そう五郎兵衛は受け取った。いくら力作を書いても太夫が五郎兵衛では上手く語れない。かといって宇治加賀掾にももう書き下ろせない。山本《やまもと》角太夫も引退し、今や他にこれといって優れた浄るり太夫はいない。となれば歌舞伎を書くしかない。いま近松が歌舞伎に専念しているのはそんな理由からではなかろうか。

だが情けないことに、五郎兵衛のほうは近松に頼りきりであった。近松の人気は凄まじく、彼が書けば客が入る。なので年に一度ほどであるが近松に頭を下げて本を書いてもらっている。明日から竹本座で興行する掾号受領お披露目の演目『蟬丸』も、近松の作だ。

五郎兵衛が近松に頭を下げれば下げるほど、近松の心は離れ、二人の関係は歪《ゆが》んでいく。かつては互いに高め合った仲なのに、今では義理と銭だけが二人を結んでいる。五郎兵衛にはそんな風に思えてならなかった。それもこれも、自分の芸が未熟なせいだ。

京には、宇治加賀掾もいる。

加賀掾は齢六十四にもなるのにいまだ現役で、太夫になった息子ともども語り続け、毎回丸本が売り切れるほどの人気を保っている。あれから一度も大坂では興行を打っていないが、京で興行を打つたびにその評判が大坂にまで轟《とどろ》いてくる。そんな評判を聞くたびに、道頓堀競演は自分の負けだったと五郎兵衛は確信し、心が沈んだ。

加賀掾と近松。あの二人こそ正真正銘、芸を極めた人間である。それに比べ、自分がいかに未熟な小者であることか。

京街道を歩きながら五郎兵衛は天を仰いだ。さっきまで晴れていた空が曇り始め、五重塔が灰色を背負っている。振り返れば比叡山《ひえいざん》の山頂に白く霞《かすみ》の笠がかかっていた。

「雨になったら嫌やね。やっぱり急ぎまひょか」

お松が早足になった。

雨になる前に、二人は枚方《ひらかた》の宿に入った。竹本座に帰れば翌日から受領お披露目興行だ。久々に初日の桟敷札《さじきふだ》が売り切れたこともあり、今回こそ大入りになるかもしれないと一座は期待に胸を膨らませている。

実は今、竹本座は人気がない。この十数年、赤字続きである。

桟敷席の屋根や楽屋の畳など何年も張り替えておらず、弟子たちの着物も人形の着物もぼろぼろだ。霜月恒例の小屋修繕すらまともにできない。興行師の庄兵衛《しょうべえ》が消えたことが原因だと皆は言うが、五郎兵衛は分かっている、おのれの芸の未熟さこそが本当の理由だと。客は正直だ。どこがどう悪いのか言葉にできなくても、芸の未熟さを敏感に感じ取り、他へと移っていく。

竹本座にも一世を風靡《ふうび》した時期があるにはあった。あの道頓堀競演の直後だ。宇治座が火事で全焼して加賀掾の一座が京へ帰り、客はすべて竹本座に流れた。それしか観るものがなくなったのだから当然だ。

そうして『出世景清《しゅっせかげきよ》』は大当たりした。あんなにがらがらだった小屋は連日の大入りとなり、さらに通常より一か月以上も興行を延長し、慣習を破って約二か月もの長期興行となった。

一座は「宇治座に勝った」と皆喜んだが、相手がいない勝負に勝ったところで五郎兵衛は嬉しくもなんともなかった。きっとあのまま勝負を続けていれば負けたに決まっている。

それでも、五郎兵衛らが練り直した『出世景清』は客にうけ、竹本座の太夫たちが語る新しい浄るり〈義太夫節〉は大評判となった。

「類を見ぬ斬新な浄るり」

「甲乙揃《そろ》った新しい語り口」

「義太夫節、一流となりにけり」

世間は竹本義太夫をもてはやした。最新の浄るりをひと目見んと、大坂や京だけでなく伊勢や播磨《はりま》など畿内一円から客が竹本座に殺到し、連日桟敷席の後ろに立ち見が出るほどの盛況ぶりだった。

いつの世も人は新しいものが好きだ。義太夫節は大流行となり、大坂では誰も彼もが五郎兵衛の真似をしてフシを回し、その力強さに酔いしれた。そしていつしか世間は、『出世景清』より前の浄るりを〈古浄瑠璃〉と呼び、以降を〈新浄瑠璃〉と呼ぶようになった。

しかし、狂騒はすぐに去った。竹本座に飽きた客は歌舞伎とからくりに流れ、竹本座も浄るり自体の人気も下がっていった。

もし庄兵衛がいたら、その経営手腕を発揮して派手なからくりや軽業《かるわざ》などを交ぜた楽しみやすい興行を打って客を呼べたかもしれない。現に他の浄るり小屋では客に媚《こ》びた芸を披露して大入りの所もある。

だが五郎兵衛はそんな器用なことができるような人間ではなかった。愚直に、自分たちの芸だけで、純粋な操《あやつ》り浄るりだけで、客を呼び戻そうと努めた。芸さえ磨けば客は戻ってくる、そう信じた。もし安易に媚びた芸をして客が戻ってきたとしても、その場しのぎなだけで、長く愛される一座にはなれない。芝居の一座は、自分たちの芸一本で自立すべきだ。

そんな考えでやってきたから、竹本座では稽古が他より厳しかった。そのわりに渡せる手当は少なく、弟子たちの間に相当な不満が溜まっているのを五郎兵衛は知っていた。赤字を見かねた芝居主の竹田《たけだ》一家や豪商たちが金銭的に支援してくれてはいるが、それもいつまで続くか分からない。支援がなくなれば即、解散だ。もう竹本座はもたない。今や町中の人々がそう思っている。そんな矢先の掾号受領であった。


「ほら、お城見えてきたで。夕焼けが綺麗や」

宿を朝出てからずいぶんと無言で歩いていたようで、いつの間にやら街道の先で城壁が朱《あか》く染まっていた。

「ほんまや、綺麗やなあ」

とりあえずそう返したが、五郎兵衛は城壁を見て悲しい気持ちになった。天守閣のない城が、一日の終わりにほんの少しだけ輝きを取り戻そうとしている。まるで、人生の頂上を築けないまま最後に無駄な悪あがきをしているおのれのようだ。

「橋渡りまひょかいね」

道頓堀へ行くにはここで折れて片町の中州へ渡り、そこから京橋を渡ると近い。

「師匠。義太夫師匠」

中州への小さな橋を渡ろうとしたその時、声がかかった。見れば数人の男が少し先の辻に立っている。どうやら弟子たちが出迎えに来てくれたらしい。

「なんや、おまはんら。こんな遠くまで出迎えに来んでも」

「師匠、お松つぁん。こっちへ来てくだされ」

そう手招きしたのは竹本采女《うねめ》だ。二年前に竹本座で初めて語った十八歳の若手太夫で、見た目の涼やかさと透き通るような高い声が女子《おなご》に人気である。

「天満《てんま》の天神さんに行きましょ」

采女が顔を紅潮させて五郎兵衛の荷物を取った。

「なんで。遠回りやないか」

「ええから来てくだされ。お二人ともお着物直して。肩衣も着てくださいさい師匠」

背中を押され、五郎兵衛とお松は仕方なく采女らについていった。源八の渡し舟に乗せられ、川を西へと渡る。対岸の船着き場で舟を降りてさらに西へ行くと大坂天満宮、いわゆる天満の天神さんが現れた。

瓦葺《かわらぶ》きの表大門をくぐると、広い境内に大勢が押し寄せていた。

「何の祭や。今日は何ぞあったかいのう」

天神さんの行事ならだいたい日取りが決まっている。今日は何もないはずだと不思議に思い、人だかりをかき分けて本殿のほうへ進んだ。屋台が一つも出ていないところを見るとやはり行事ではないようだ。ではこの混みようは何だ。

「おお。義太夫や。義太夫が来たぞ」

人々が五郎兵衛に気づき、指をさした。

「来たで、来たで」

「義太夫や」

群衆の間に義太夫を呼ぶ声が波紋のごとく広がっていき、その波紋はやがて大きな拍手へと変わった。

「いよういよう、博教《ひろのり》さま」

「天下一品、筑後掾」

皆が口々に言うのは、五郎兵衛の新しい名前であった。どうやらこの群集は五郎兵衛を祝うために集まってくれているらしい。

「嘘やろ」

驚きのあまり五郎兵衛は腰を抜かしそうになった。

「よっ、筑後掾。天下一」

お松までも周りに調子を合わせて笑顔で叫ぶ。

竹本筑後掾　藤原博教。

これが天子さまから奉った新しい名前だ。位階は従七位上《じゅしちいのじょう》。天皇の臣下として三十ある位階のうち、上から二十一番目の位となる。

「師匠、こちらです」

采女が指すほうを見ると、本殿の前に神輿《みこし》が置いてあった。神輿というより床机《しょうぎ》に持ち手を付けただけの台座だが、旗が何本も固定してあり、それぞれの旗には鞠《まり》挟《ばさ》みに九枚笹、竹本の家紋が入っている。その神輿を弟子たちが囲んでいるのだが、それぞれがまた色違いの旗を持っていて、それらの旗にはこれから竹本座でかかる記念演目の『蟬丸』や『作者　近松門左衛門』などの文字が躍っていた。

「いや、ワテは神輿に乗るような大したもんやないで」

「そない言わんと、お弟子さんらが神輿こしらえてくれたんやし」

お松が袖を引っ張る。

「こんなん恥ずかしいわ。ワテは歩いて帰る」

「何を言うてんの。見てみ、みんなあんたの顔をひと目見ようと集まってくれたんやで。早よ乗り」

お松に背中を押され、渋々と台座に上がった。それを合図に太鼓が打ち鳴らされ、笛や拍子木が一斉に鳴り響いた。采女を先頭に六人がかりで担がれた神輿が動き出す。見物の群衆がわらわらとついてくる。さながら天神祭の神輿行列だ。

天満の町をゆっくりと練り、神輿と群衆はやがて天神橋にさしかかった。大きな河の上に架かる虹の如く反った天神橋。茜色に染まった空へ鳴り渡る笛太鼓、風に舞う色とりどりの紙吹雪。子供たちが竹細工の風車を回しながら走り抜けていき、すれ違う人々は皆笑顔で神輿に手を振ってくれる。極楽浄土があるならばきっとこんな景色だろうと、五郎兵衛は目頭が熱くなった。

「泣いとらんと、笑いなはれ」

隣をぴったり歩いてついてくるお松が言った。確かにそうだ。宣伝して多くの客を呼び、少しでも赤字を解消するのが座本の務め。五郎兵衛は扇子を開き、町行く人々に笑顔を振りまいた。

「竹本義太夫にございます。こたび、天子さまより筑後掾を受領いたしました」

「竹本座は天下一。竹本座をこれからもご贔屓《ひいき》にぃ」

弟子たちが宣伝文句を口々に叫びながら、神輿はあっちへ曲がり、こっちへ戻りと町中をくまなく練り回った。

やがて日が落ちきり、町は紺色となった。家々の提灯《ちょうちん》が黄色く映えて美しい。五郎兵衛の神輿と群衆はいつしか提灯行列となり、東横堀川沿いを進んでいた。うっすらと異臭が鼻をつく。銅製錬所の臭いだ。五郎兵衛は思わず「あっ」と声を出した。この先を曲がればおりんの嫁いだ島田屋のある筋。今の晴れ姿をおりんに見てほしい。せめてこの群衆の声だけでも聞かせたい。五郎兵衛の胸が年甲斐もなく高鳴った。

そうだ。と慌てて刀を刀袋から出し、腰に差した。生まれて初めて携える刀は重く、帯が締まって苦しかった。

おりんさま、どうかこの騒ぎに気づいてください。ワテの晴れ姿を見てください。やっとこんな風になれました。台座の上で背筋をぴんと伸ばし、堂々と胸を張った。

だが神輿はその角を曲がらず、真っ直ぐ船場のほうへ向かう。

「おい采女。今の角、曲がらんのか」

先頭を担ぐ采女より先に、隣を歩くお松が不思議そうにこちらを見上げてきたので、五郎兵衛は思わず言い訳じみたことを口走った。

「いや、あの、今の筋は人通りも多いさかいにな、回ったほうがええんちゃうかと思うて」

「今の筋、島田屋さんがおまっしゃろ」

采女の口から島田屋の名前が出てきて、五郎兵衛の心臓が跳ねた。

「なんや、島田屋がどないしたんや」

「島田屋さん、いま忌中なんですわ」

「えっ。誰や、誰が亡くなったんや」

大きな声で聞くも、ついてくる群衆がうるさくて采女にまで声が届かない。

「危ないっ」

五郎兵衛を触ろうと手を伸ばしてきた人々に押されて台座が斜めになり、落ちぬように咄嗟《とっさ》に木枠を摑《つか》んだ。采女らも師匠を落とさぬようにと慌てて神輿を高く掲げる。島田屋で誰が亡くなったのか気がかりでならないが、これ以上聞くと妙に思われる。再び笑顔を作り、神輿の上から愛嬌を振りまいた。

神輿は島之内へ渡って三筋の花街をこれ見よがしに通り、最後に道頓堀川を小屋のあるほうへと渡った。

「なんやこれ」

芝居小屋の筋に入った五郎兵衛たちは目を疑った。竹本座の前に押し合いへし合いの大群衆が待ち受けていたのだ。筋の隅々にまで人が溢《あふ》れ、まるで身動きが取れない。その大群衆が神輿に気づき、おおお、と鬨《とき》の声のようなどよめきを上げた。

「えらいこっちゃ」

群衆のあまりの大きな声にお松が耳を塞いだ。

「どいてくだされ」

「すんまへん、通ります」

竹本座の鼠木戸《ねずみきど》を目指して、神輿は鮓《すし》詰めの群衆へ割って入った。担ぎ手の誰かが転びそうになるたびに神輿は揺れ、群衆が五郎兵衛の裾や袖をあっちへこっちへと引っ張る。それを無下に払うこともできず、もみくちゃになりながら神輿は牛歩で進んだ。

なんとかやぐらの前まで辿《たど》り着き、采女が言った。

「師匠、降りてください」

五郎兵衛は神輿を降りようと弟子たちの肩に摑まった。大勢が五郎兵衛を見よう、触ろうと一気に押し寄せる。

その時。

視界の隅に知っている白い顔がちらりと映った。驚いてそっちを正視する。色鮮やかな薄紅藤の小袖に見覚えがある。細い体、白い頬、黒い髪、真っ直ぐな瞳。息が止まった。

「おりんさま」

咄嗟《とっさ》に声を漏らした。お松がちらりと五郎兵衛を見て、それからその視線の先にいるおりんを見た。

おりんは五郎兵衛と目が合うや頰を赤らめ、照れたように笑みを浮かべた。その笑顔の懐かしさに目眩《めまい》がした。背後にいる男どもがこっちへ来ようとしておりんを押しのけた。五郎兵衛は慌てておりんへ手を差し伸べた。おりんは足が悪い。転んでは大変だ。

だが、おりんは何の支障もなく両足を動かして、転ばないように数歩歩いた。その様子に病の影はない。もしや治ったのか。神仏の冥利があったのだろうか。

いや、待て。五郎兵衛は伸ばした手を引っ込めた。おりんがあんなに若いわけがない。会わなくなって二十年の月日が経つのに、いまだ奉行所に通っていた頃の姿のままではないか。

「師匠、早よう」

采女の叫ぶ声に振り返った。先に小屋に入ったお松が鼠木戸の奥から手で招く。五郎兵衛は弟子たちに囲まれながら鼠木戸の中へ押し込まれた。

「すごい人でおまんな。これでお客さんがわんさと来てくれるで」

戸を塞いだ采女が嬉しそうに声を上げ、皆も満足そうに頷《うなず》いた。

「お帰りなさい、筑後掾はん」

権右衛門《ごんえもん》や辰松《たつまつ》たち一座の年寄りらが桟敷席に並び、拍手で五郎兵衛を迎えた。

見れば酒や飯の載った膳が並んでいる。

「おお、こりゃ豪勢だすなあ。今日は稽古を休みにして饗宴《きょうえん》といきまひょか」

一座がわっと桟敷に座り、五郎兵衛を囲んで酒を注《つ》ぎ始めた。そんなみんなの嬉しそうな顔を眺めながら、五郎兵衛は理解した。

おりんは死んだのだ。

きっと、最後に会いに来てくれたのだ、幽霊となって。島田屋はおりんの忌中だったのだろう。五郎兵衛は暗くなった空の星々を見上げた。涙は出なかった。

当然だ。過ぎ去った二十年は取り戻せない。人生はこうして、本当に欲しいものを何も手に入れられないまま終わっていくのだ。

こんなもの。今さら。

五郎兵衛は帯から刀を外し、座布団に置いた。

不思議なことに、あれからおりんを何度も見かけた。おりんは丑《うし》三つ時の柳の下でもなく、川辺の暗がりでもなく、決まって朝、芝居小屋に現れた。それも必ず札賃が安い平土間に座っている。秋の地方巡業には現れない。姿を見せるのは道頓堀での本興行だけで、それも初日から数日以内のわりと早い頃合いが多い。

おりんは他のどの客よりも肌が白くてよく目立った。どんなに後ろに座っていても太夫床からすぐに見つけてしまい、そんな時は集中を保つのに苦労する。おりんはいつも楽しそうに操り人形に見入っていた。

それが二年も続いた。まるで五郎兵衛の芸が完成するのを今か今かと待つように。

近ごろのおりんは時々、離れた所に座っている若い男をちらりと見たり、その男と目を合わせて頬を赤らめたりしている。男とは秘めた恋仲なのであろう。

そして、元禄十六年五月七日、新作興行の初日にも、おりんは現れた。

この新作は『日本王代記』という演目の切《きり》浄るり、つまりおまけとして急遽《きゆうきよ》上演されることになった一段しかない短編だ。切浄るりにもかかわらず、外題《げだい》を看板に掲げただけで町中に噂が広まり、初日なのに夜明け前から橋の向こう岸まで長蛇の列ができた。

一座は慌てて桟敷席を取っ払ってすべて平土間とし、鮓詰めで二千五百人ほどを小屋に入れた。竹本座始まって以来、初の総立ち見である。それでも中で観られるだけましで、多くの者は小屋に入れず、通りは漏れてくる声を聞こうとする人々でごった返した。

その外題、『曾根崎心中』。

開演を知らせるやぐら太鼓が鳴る。人形遣いの辰松八郎兵衛《はちろべえ》が屛風手摺《びょうぶてすり》から上半身を出して口上を述べた。

「とかくご贔屓の筑後掾義でござりまする間、何事もよしなに、ご見物くだされましょう」

口上が終わると辰松は人形に手を突っ込み、権右衛門が三味線の糸にバチを振り下ろした。客が前のめりに五郎兵衛を見つめる。その視線をすべて吸い込むように息を吸った。

〽げにや　安楽世界より
いまこの娑婆《しゃば》に　示現《じげん》して

謡《うたい》『田村』から取った小謡《こうたい》を語りだすと、二千五百人が水を打ったように静かになった。五郎兵衛の隣では弟子の竹本頼母《たのも》が連吟する。観音廻《かんのんめぐ》りの道行だ。

手摺に目をやると、人夫二人が担ぐ駕籠から、細帯に打ち掛け姿の遊女、お初が降りてきた。駕籠を使った人形の動きは非常に複雑で、少なくとも大坂では辰松にしかできない技であった。

お初が茶屋に入り、艶やかに煙草を吸えば、からくりで煙が口から出る。辰松が操るその粋《すい》な仕草に、客席から陶然とした溜め息が漏れた。辰松の気合いの入った人形捌《さば》きに煽られて、五郎兵衛の語りはさらに熱を帯び、権右衛門のバチも鋭くなった。

熱いのは五郎兵衛だけではない。この新作の興行に竹本座の全員が心を燃やしている。

――今回の演目はこれまでの浄るりとは違う。きっと新境地を開いてくれる。

そんな期待を皆が抱いていた。人形遣いも三味線弾きも大工も、もちろん太夫たちも、この切浄るりに一座の命運を懸けているといっても過言ではなかった。それほどの力がこの短い新作には秘められていた。

書き下ろされた床本《ゆかほん》に触発され、辰松はまず遠くからでも動きが見えやすいように人形の手を長くし、目や口を大きく描いた。

さらに、新しい動きも編み出した。遊女お初が、遊女屋の縁の下に隠れている恋人の徳兵衛に対し、一緒に自害する覚悟があるかと尋ねる場面。遊女屋には他にも客がいるので、徳兵衛は声に出して返事ができない。そこで徳兵衛は縁の下からお初の足を摑み、その足を自分の喉笛に擦《こす》って首を切る仕草をする。近ごろ歌舞伎でよく使われる手法を作者が平然と浄るりに書いてきたわけだが、それを辰松は人形でもやろうとした。通常、人形に足はないが、辰松はこの場面のためだけに足を作った。

辰松の操る人形の仕草があまりに人間らしいので、五郎兵衛と大工はあることを思いついた。人形が生々しいなら、舞台飾りも本物の景色にしてはどうか、と。これまでの芝居小屋は派手で無意味な柄物の幕が背景に飾られているだけだった。それらをすべて取り払い、神社の場面なら神社の、遊女屋なら遊女屋の絵を描いた書き割りを背景に立てることにしたのだ。これがとても上手くいっているようで、場面が変わるたびに客から驚きと感嘆の声が上がる。

天満屋からお初と徳兵衛が脱出し、いよいよ二人が曾根崎の森へ向かう道行となった。権右衛門はここで、これまで一度も聞いたことのないような柔らかい音を出した。驚いてちらりと見ればなんとバチではなく指の腹で弾いている。丸く悲しい三絃《さんげん》の音色が小屋を包み込む。

五郎兵衛は死にゆくお初その人になりきり、涙を堪《こら》えて謡《うた》った。

〽この世の名残《なごり》　夜《よ》も名残
死にゆく身を　譬《たと》うれば
あだしが原の　道の霜《しも》
ひと足ずつに　消えてゆく
夢の夢こそ　あわれなれ

謡いながら、詞章《ししよう》の切なさに胸が締めつけられる。恋人との最後の夜。どうして二人は現世で結ばれないのか。少なからぬ客がお初と徳兵衛の姿に涙し、手拭いで嗚咽《おえつ》を堪えたりして聞いていた。物語の結末を先に知っているからこそ、この道行はより悲しく映ることだろう。なにせこれは先月、実際に起きた事件なのだから。

先月は四月七日。大坂中がひっくり返る事件が起きた。曾根崎村の露天神《つゆのてん》社で、醤油屋の手代と堂島新地の遊女が互いに刺し合って情死したのだ。現世では叶わぬ恋を来世で結ぼうとした、悲しい相対死《あいたいじに》であった。

情死事件のあらましを聞いた五郎兵衛はその恋の悲しさに心を震わせた。そしてなぜかは分からない。分からないが、これを浄るりにして語らねばならない、そう感じた。

すぐに京へ走り、近松門左衛門に頭を下げた。

「書いてくだされ、曾根崎の情死を」

「かように世俗的な話を舞台にのせると言うのか。芝居というものは戦国の英雄や歴史伝承を物語にするものであろう」

「そんな慣習、近松つぁんなら打ち破れます」

近松の庵《いおり》の座敷で、五郎兵衛は必死に訴えた。

「ワテはこの二人の相対死こそ、浄るりで語られるべき物語やと思います。戦国武将の戦《いくさ》もええですけんど、こういう、町人の抱えるいきどおりとか、やり場のない悲しみとか、誰しもの手が届くような話をワテは語りたいんだす。この物語なら聞く者全員が心の底から理解できます。そしたらそこに、本物の情が生まれるんやないかと思うんだす」

「本物の情が、生まれる」

「近松つぁん、昔言うてはりましたよね。手に入らへんのに手に入れようともがく男の話をいつか書きたいって。今がその時だす」

近松は沈思黙考し、やおら口を開いた。

「いつまでだ」

五郎兵衛は思わず近松の手を取った。

「短《みじこ》うて構いまへん。五月公演に間に合わせてください」

「五月だと。今日は四月九日ではないか」

近松はのけぞった。

「無理じゃ。書けぬ。来月の歌舞伎もまだ書き終わっておらぬのだ。それが終わってからでもよいであろう」

「いいえ近松つぁん。すべての仕事をなげうって、真っ先にこれを書いてくだされ」

五郎兵衛は平伏せず、近松を睨《にら》みつけた。

「この演目は、近松つぁんにとっても一大事《いちだいじ》になります。そんな気がしてならんのだす。これは近松つぁんが今すぐ書かなあかん」

五郎兵衛の気迫に気圧《けお》されたのか、あるいは筆が乗ったのか、近松はなんと十日余りで本を書き上げた。

上がってきた本を読み、五郎兵衛ら一座全員が驚愕《きようがく》した。話のおおまかな設定は実際の事件をそのまま踏襲しているが、相対死の実際の動機となった徳兵衛の縁談はさらりと流され、その分、物語のうねりが強化されていた。徳兵衛は知り合いに騙《だま》されて大金の返済に困り、お初も身請《みう》け話を持ちかけられるのだ。近松は虚と実を織り交ぜ、真実と創作の境界を曖昧にすることで、二人が追い込まれていく様をより強調した。こんな凄まじい悲恋物語、これまであったろうか。

さらに刮目《かつもく》すべきはその外題である。

『曾根崎心中』の曾根崎は相対死の起きた村の名だ。それはいい。見事なのは心中という言葉のほうだ。心中とは本来、見えない心の中をさらけ出して互いに何かを誓い合う、といった意味だ。近ごろは男と女が愛を確かめ合うのに小指を切ったりするのも心中というらしいが、近松はそれを、秘めた恋をした男女の情死、という意味で使ったのである。

〽望みの通り
一所《いっしょ》で死ぬる　この嬉しさ

未明の暗い森でお初の人形がすすり泣く。もちろん、実際に泣いているのは五郎兵衛だ。愛した相手とどうにも結ばれないお初の気持ちは痛いほど分かる。奉行所で最後に見たおりんの涙を、一生忘れることはないだろう。

〽この二本《ふたもと》の連理の木に
体をきっと結び付け
潔う死ぬまいか

死んだ後にお初と体が離れないよう、徳兵衛が二人の体を帯で縛った。歌舞伎で俳優がやるならいざ知らず、これを人形でやるのだから人形遣い吉田《よしだ》三郎《さぶろ》兵衛《べえ》の技巧も辰松に劣らず超人的だ。

〽帯は裂けても
主様《ぬしさま》とワシが間は　よも裂けじ
よう締まったか
ヲヲ締めました

二人の会話。共に泣き崩れ、こうなってしまったおのれの情けなさを恨んだり、両親への申し訳なさを語ったりと、なかなか死ぬことができない。別れがたいのだ。

すると突然、客席から男の叫び声が飛んで来た。

「やめろ。早まんな」

その声に触発されてか、他の客たちも叫びだした。

「お初。徳兵衛。やめなはれ」

「待て待て、やめろ」

「死んだらあかん」

二人の自害を止めようとする怒号が渦を巻いた。客席は、すわ興行中止かと思われるほどの大騒ぎとなり、ついに権右衛門の三味線が止まった。人形も動きを止め、辰松が困り果てた顔で五郎兵衛を見た。

五郎兵衛はゆっくりと床本から顔を上げて口を一文字に結び、大騒ぎの客席を見つめた。すると、それに合わせて辰松も人形を動かしてお初の顔を客席に向けた。吉田三郎兵衛も追随して人形に客席を見させた。

お初と徳兵衛の二人に見つめられ、二千五百人の客はぴたりと静まった。そして、二人の視線に戸惑った客たちは、今度は救いを求めるように五郎兵衛を見た。

大勢の視線を一身に受けた五郎兵衛は、思った。

――そない言わんでください。どうかこのまま死なせてください。死なんとワテらは結ばれません。これ以上生きて、何かよいことがありますか。この世はままならぬことばかり。ならばせめて、あの世か来世で結ばれたいと願うしかありゃしまへんやろ。

五郎兵衛の目から涙がはらはらと落ちた。それを見た客席が息を呑む。

感じる。いま自分は一人一人の客と心が繋《つな》がっている。おのれの情がお初と徳兵衛の情となり、その炎が客席へと届いた。客はその炎に心を焼かれ、激しい情を抱いた。そして、客が抱いた情が今度は五郎兵衛へと戻ってくる。

一人一人の客が感じていることが手に取るように分かる。一番前のあの男は、自分のせいで二人が死ぬのだと思って拝んでいる。奥にいるあの女子はお初に心を乗せて涙する。その隣の年寄りは徳兵衛に心を重ねて唇を噛《か》んでいる。

――もうよろしおすか。許してくらはりますか。

目でそう客席に訴え、五郎兵衛は続きを語り始めた。

〽いつまで言うても　詮もなし
　はやはや　殺して　殺して

合わせて三味線が再び鳴り、二体の人形が見つめ合う。客一人一人の表情が変わる。ああと呻《うめ》いて涙が溢れる者、息を詰まらせる者、逝くなと目を閉じる者、見届けてやると睨む者、祈るように手を合わせる者。五郎兵衛はそんな一人一人と心が繫がるように語った。

　徳兵衛が脇差を取り出し、とうとうお初を突き刺す。その手が震えている。愛する者を刃で刺すなんて、これ以上の苦しみがこの世にあるだろうか。五郎兵衛の心が刃を突き立てられたかのように痛み、その痛みが客へと届き、客の感じた痛みが五郎兵衛へと返ってくる。まるで客と五郎兵衛とが一つの体になったかのように。

　徳兵衛はお初を刺すには刺したが、愛した女の柔肌である。切っ先がなかなか上手く急所を突けず、お初の肌を何か所も傷つけてしまう。ここまで苦しく描くなんて近松も残酷である。だが、その残酷さが悲しみを増大させる。刺すたびに、刺されるたびに、五郎兵衛の心からも客席からも悲しみの血が噴き出す。

〽あっとばかりに　喉笛に
　ぐっと通るが　南無阿弥陀仏

ついに刃が喉を突き刺し、お初は事切れる。

〽我とても　遅れふか
　息は一度に　引き取らん

徳兵衛もすぐに後を追う。人形が目をくるくると回し、五郎兵衛が徳兵衛の最期の息を吐く。二体の人形が折り重なって倒れるよう辰松にお願いしたのは五郎兵衛であった。まるで二人が抱き合ったままあの世へ行ったように見える。これを幸せと受け取る者、不幸と受け取る者、十人十色の情が客席で逆巻き、それらすべてが五郎兵衛へと届けられる。皆が異なることを感じる中で、誰もが同じく一つのことを願う。

どうか、結ばれますように。

〽恋の手本と　なりにけり

最後の詞章を語り終えた瞬間、五郎兵衛の視界が真っ暗になった。暗闇の中、誰かが着物の裾を引っ張る。はっと目を覚ますと、まだ太夫床の上にいて、見台に突っ伏していた。どうやら気絶したらしい。裾を引っ張っていたのは人形遣いの辰松で、「早う、早う」と囁《ささや》く。

見れば三味線もとっくに弾き終わり、客が皆呆然とこちらを見上げていた。気絶のせいで途切れたのか、五郎兵衛はもう客席と繋がっていないと感じた。慌てて床本を宙に掲げて頭を下げる。それでもまだ客席は静かなままだった。

お辞儀を終えて立ち上がり、平土間に背中を向けた瞬間、一人が拍手をし始めた。それはすぐ客席中に伝播《でんぱ》し、やがて割れんばかりの大喝采となった。いよう、いよう、と声が飛んで来る。音で分かる。これは本物の拍手だ。

五郎兵衛は客席に背を向けたままその場から動けなくなった。お松が楽屋から顔を出し、こちらを見て涙ぐんでいる。全身が熱い。二千五百人の割れんばかりの拍手喝采を浴びながら、辰松や権右衛門、弟子たちの顔を見回した。皆嬉しそうに泣き笑いしていた。

情を語り、人と心で繋がる。

これだ。これこそがずっと追い求めていた語りだ。五郎兵衛は全身の震えが止まらなかった。

いま五十三歳。だから何だと言うのだ。生きているうちに答えを見つけられたではないか。まだ声は出る。いつまでやれるか分からないが、声が出る限り語り、人々と繋がりたい。

「この分なら今までの借金、すぐに返せそうやな」

権右衛門が手探りで楽屋へはけながらにんまり囁いた。

「そうだとええだすな」

五郎兵衛が再度客席を振り返り、礼をしたその時、客席におりんの姿を認めた。いつものごとく後ろのほうにいて、大柄な男の後ろでさぞや舞台が見えにくかったことだろう。

大勢が小屋から出ようと鼠木戸へ殺到した。だが、おりんはその場から動かず、ぼんやりと立ちつくしたままだった。目はうつろで、涙も流していない。退屈だったか、まあそんな客もおろう、などと思いながら五郎兵衛は舞台から下がった。

楽屋に入ると一座全員が待ち構えていて、用意のいいお松が酒の入った盃《さかずき》を突き出してきた。

「初日祝いのご挨拶頼んます。短くやで」

お松が言い、皆が笑った。どの顔も喜びに溢れ、早く飲みたそうだ。

「ほな短く。皆さんほんまにおおきに。それだけだす」

楽屋はすぐに大騒ぎとなり、五郎兵衛は一人一人と盃を交わした後、若者の中に老人がいては楽しくなかろうと気を遣って小屋を後にした。

道頓堀に梅雨入り前の南風が吹き、焼けた喉を冷やした。真横から差す西日が眩《まぶ》しい。つい今しがた森の中で心中したばかりの心持ちなので、町を行く人々を見てもなかなか現実世界へと戻れない。さっき心を繋げた人々も、心に情の燃え残りを抱いたまま、少しずつそれぞれの生活に戻っていくことだろう。五郎兵衛は大きく息を吸い、雑踏へ身を溶け込ませようと歩き出した。

長屋へ帰る前に風呂でも寄ろうと戎橋《えびすばし》のほうへ向かうと、橋のたもとを行ったり来たりしている女に気がついた。おりんだ。なにやら思いつめた顔をしている。誰かと待ち合わせだろうか。こんな遅い刻《とき》からどこへ行こうというのか。

五郎兵衛は近づき、勇気を出して話しかけた。

「あの。もし」

おりんはぎょっとした顔で振り返り、声をかけてきたのが五郎兵衛だと分かってさらに驚いたようだった。

「え。義太夫はん」

その表情は、五郎兵衛のことを直接は知らない風に見えた。単に、さっきまで観ていた太夫が目の前に現れたことに対して驚いているようだ。

「つかぬこと伺いますけんど、島田屋の方ではござりまへんか」

「へえ、そうですけど」

声が全く同じだ。

「お名前はなんと」

「そよ。島田そよと申します」

「ちなみに、お母様のお名前は」

この儚《はかな》げな少女は、おりんの娘だった。一度だけ泣き顔を見たあの赤子が、いつの間にかこんなに大きくなったのだ。

確かに、近くで見ればおりんとは違う顔かたちをしている。だが、そよは髪の艶、目の形、頬の白さ、線の細さなどたくさんの部分をおりんから引き継いでいた。着ている物も母親のお下がりだ。

「今日も後ろのほうで観てはりましたな。浄るり、お好きだすか」

「めっぽう好きです」

そよはそわそわと辺りを見回しながら答えた。やはり誰かを待っているらしい。いつも客席で目を合わせている男だろうか。

「他にご家族のどなたかが浄るりをお好きやったりとか」

「母も好きです。竹本座の浄るりを観た後はいつも、家に帰ると母が話を聞きたいってせがんでくるんです。せやからウチは一部始終を語って聞かせます。母は寝たきりなもので」

「へえ、そうだすか」

ああ、おりんが生きている。寝たきりだろうがなんだろうが、とにかく生きている。となると、あの時島田屋が忌中だったのは、他の誰かの葬儀をしていたということか。それにしても、おりんが竹本座の話を聞きたがるとは。五郎兵衛は嬉しさを隠しきれずに妙な顔になってしまい、そよに悟られないよう横を向いた。

「お母上はおそよさんの話を聞いて、何か言いはるんだすか」

「いつも嬉しそうです。いちいち驚いたり笑ったりしながら聞いてくれるから、つい、ウチもようけ喋ってしまいます」

「お母上、よほど浄るりがお好きなんだすな」

「いえ。母は観たことがないって言うてました。せやから毎回説明が難しうて」

五郎兵衛は肩を落とした。それほど体が悪いということか。きっとこれからも観てもらえることはないだろう。

「おい、おそよ」

若い男が背後から声をかけてきた。丁稚か何かだろうか、けして綺麗とはいえない小袖を着ていた。

「すんません、ほな」

やはり待ち合わせをしていたらしく、そよは男とどこかへ消えた。

五郎兵衛は、ああ、と声を漏らした。おりんには一度でいいからじかに浄るりを観てもらいたかった。操り人形、三味線、太夫の三業が織りなす醍醐味を味わってもらいたかった。

「おりんさま」

空を仰ぎ、小さくその名を呼んだ。胸の奥がつんと締めつけられる。この歳になってまだ胸が高鳴る自分に驚き、そして、あほかと呆《あき》れた。

「風呂入って寝よ」

その夜は奇妙な夢を見た。おりんとお松が喧嘩している夢だった。


竹本座に激震が走った。

このままいけばすぐにでも長年の借金を返し切ってしまえそうなほど『曾根崎心中』は大当たりし、これで一座は安泰、しばらくは存続できそうだと皆で喜び合っていた、そんな興行五日目のことだった。

明け方、お上から小屋に書状が届けられた。その中身を読んだ五郎兵衛は怒りで即座に書状を丸め、平土間に投げつけた。

「なんでや。誰がこんなん決めたんや」

地面に転がった書状をお松が拾い、その場にいた何人かが覗《のぞ》き込んだ。

「なんやこれ」

読んだ途端、お松の顔から血の気が引いた。大坂城代の名で届けられた書状には、こうあった。

今後一切興行罷成《まかりなら》ぬ候事

竹本座 操《あやつり》 曾根崎心中

つまり興行を中止せよとのお達しだった。

「あり得へん。こんなんお上の横暴や」

弟子の竹本頼母がやり場のない怒りをぶつけるように草を踏んだ。書状が一同に回され、「急になんやねん」「どういうことや」などと皆口々に怒りを吐き出した。桟敷の柱を拳で殴る者までいる。

「いったいどういう寸法や」

五郎兵衛は理解に苦しんだ。城代からの書状には中止の理由が一切書かれていない。ただやめろとだけある。

「きっとこういうことや」

芝居主の竹田外記《げき》が頭を抱え、唸《うな》るように呟《つぶや》いた。

「曾根崎心中は相対死の話や。人が自ら命を絶つっちゅうことは、この世の中が気に食わへんいうことや。そんな気に食わんこの世を治めとるのは将軍様。つまり心中は将軍様への不満の表れに見えるっちゅうことや」

「それで禁じたんか。そんなしょうもない理由で」

五郎兵衛は足の力が抜けて地面にへたり込んだ。

「んなあほな。めちゃくちゃやないか」

弟子たちも座り込む。

「お客さんもう並んではるけど、どないします」

お松が鼠木戸から外を覗いた。

「どないするて言われても」

五郎兵衛はへたり込んだまま目の前の草をむしった。お上の命令には逆らえまい。興行は取りやめだ。

「帰っていただくしかないやろな」

ええっ。そんな。師匠待ってください。弟子たちが口々に叫ぶ。そこへ竹田外記の甥《おい》、二代目出雲《いずも》が息せき切って鼠木戸から平土間に入ってきた。どこかへ行っていたらしい。

「ちょいと聞いてくだされ。このお達し、島田屋はんからの訴えにお奉行が応えたもんらしいですわ」

「島田屋はんが。なんでや。何を訴えたんや」

五郎兵衛は思わず立ち上がった。島田屋はおりんが嫁いだ家。かつては歌舞伎好きだった旦那もいつしか浄るりにはまったらしく、この数年、竹本座を贔屓にして資金を援助してくれている。島田屋は竹本座の味方のはずだ。それが興行中止を訴え出たということは、よほどの事情があるに違いない。

「いかなる次第か分かりまっか」

五郎兵衛が問うた。出雲が首を横に振る。ならば行って確かめるしかない。

くしゃくしゃにしてしまった書状を伸ばして懐《ふところ》にしまい、五郎兵衛は裏木戸をくぐった。後からお松、外記、辰松、弟子らがぞろぞろとついてこようとした。

「こんな大勢で行ったら喧嘩売りに来たて思われまっせ。ワテ一人で十分だす。皆さんは帰っていただくお客さんのお世話を頼みます」

そう言い残し、一人、竹本座を後にした。

道頓堀から東横堀川に沿って、臭いが鼻をつく銅の町へ。驚いたことに、島田屋はまたもや忌中になっていた。筋に面した表玄関に〈忌〉と墨筆された紙が貼られている。

葬儀で人の出入りが多いのだろう、表の大戸が開け放たれていたので、五郎兵衛は少し離れた路上に立って中を覗いた。暗い店の中では喪服を着た番頭や女衆が沈痛な面持ちで膳を運んだり弔問客を案内したりと忙しそうにしている。風に乗って線香の匂いが道まで漂ってきた。

五郎兵衛はそこでようやく、浄るり用の裃を着たまま来てしまったことに気がついた。よりによって一番めでたい松竹梅柄の肩衣に、腰には天子さまからいただいた刀まで差している。こんな格好で葬儀中の家を訪れるわけにいかない。

どうしたものかと道端でうろうろ逡巡しているうちに、店から僧侶と旦那が出てきた。続いて棺《ひつぎ》を抱えた男衆《おとこし》と、女衆らも出てくる。皆真っ白な喪服姿だ。よほど大切な人が亡くなったのだろう、棺桶は丸い座棺でなく細長い寝棺だった。

五郎兵衛は思わず隠れる所はないかと辺りを見回したが、隠れるのもおかしなことだとすぐに思い直し、道の端に寄って、店の大戸から出てくる人々を眺めた。

最後に、ひどく痩せた老女が女衆二人に支えられながらよろよろと表に出てきた。着ている喪服は白無垢だ。婚礼の時にでも着たものだろうか。老女が女衆に支えられているのは悲しみに暮れて歩けないからだけでなく、どうやら足がひどく悪いからしい。手には杖を持っている。

その老女が、ふいにこちらを見た。老女と目が合い、五郎兵衛ははっと息を呑んだ。

おりんではないか。

痩せ細り、髪は白く顔は皺《しわ》だらけになっているが、間違いなくおりんだ。おりんの表情も見る見る驚きに満ちていく。だがすぐに五郎兵衛に背を向け、葬儀の列についていこうとした。

「おりんさま」

慌てて声をかけた。おりんが立ち止まり、彼女を支えていた女衆も立ち止まった。だがこっちを振り向かない。耳が遠くなったのだろうかと五郎兵衛は大声で言った。

「おりんさま。たいへんお久しうございます。申し訳ありまへん。こんな格好で」

五郎兵衛の声に、おりんではなく葬列の一番前にいた旦那が振り返った。おりんの夫だ。白髪の髷《まげ》を結った旦那は五郎兵衛を見るなり目尻を吊り上げた。

「あんた、竹本義太夫やないか」

「へえ、そうだす」

葬列の全員がぎょっとした様子で五郎兵衛を振り返った。

「この野郎、よくも」

旦那が拳を握って足を踏み鳴らしながら五郎兵衛へ向かってきた。

「ようここに来れたな。どの面《つら》下げて来やがったんじゃ」

旦那は五郎兵衛の襟《えり》を摑み、捻《ひね》りあげた。

「ちょっと。息が苦しいだす。旦那さん、やめとくなはれ」

「あんたのせいや。あんたのせいで」

旦那は歯を食いしばり、五郎兵衛を突き飛ばすようにして襟を放した。五郎兵衛がよろめいて地面に尻餅をつく。

「なんだすか、急に」

「あんたのせいで、そよは死んだ。あんたがそよを殺したんや」

「え。おそよはんが」

寝棺に目をやった。あの中にいるのが、そよだと言うのか。

「そよはな、ワシの娘はな、あんたの浄るりを観て、そんで」

旦那が言葉を詰まらせた。真っ赤に腫《は》れた目から涙が落ちる。

「そよは島田屋の大事な一人娘やった。あいつにはワシら夫婦が決めた許嫁《いいなずけ》がおった。せやのにうちの丁稚と恋仲になりおって、そんで、そんで」

「まさか」

五郎兵衛は旦那が言わんとすることを理解し、血の気が引いた。

「神社の境内でな、その丁稚と二人で刺し合《お》うて死におった。あんたが相対死を心中やとか言うて、情死がさも美しいことであるかのように語ったせいや。そよはあんたのせいで相対死を選んだ。ワシとおりんの間に生まれた、たった一人の大事な娘を、あんたが殺したんや」

「そんな。嘘や」

体中から汗が噴き出す。うまく息ができなかった。

「何が恋の手本や。浄るりさえなかったらあの子は死なへんかった。竹本義太夫は人殺しや」

葬列の皆が冷たく見下ろしてくる。おりんはまだこちらに背中を向けたまま動こうとしない。五郎兵衛は体にうまく力が入らず、立ち上がれなかった。

『曾根崎心中』の初日、平土間で一人ぼんやり立ち尽くしていたそよの顔が瞼《まぶた》に浮かぶ。そよが涙を流していなかったのは、退屈だったからではなく、おのれの未来をお初に重ねて放心していたからではないのか。ああしてこの世を去ることでしか愛する男と結ばれる方法はないのだと知り、そよは絶望していたのだ。

ワテがおりんさまの娘を殺した。浄るりで人が死んだ。

自分が曾根崎の事件を浄るりにしようなどと言い出したせいだ。あんな物語を語ったせいで、そよは死んだ。いや、そもそも自分が浄るり太夫になどならずにずっと百姓でいればよかったのだ。五条大橋で川に飛び込んでおけばよかったのだ。おりんに出会わなければよかった。いっそ生まれなければよかった。

「行こか、そよ」

旦那が優しく棺に語りかけ、葬列が歩き出した。おりんの背中も去って行く。一人娘を亡くした母親の背中は、あまりに細い。

五郎兵衛は地面に手をつき、土下座をした。

「どうか、どうかお許しください、おりんさま」

泣くな。人殺しに泣く資格などない。胸の底から込み上げてくるものを力尽くで飲み込み、五郎兵衛は叫んだ。

「お許しくだされ。ああ、堪忍だす。どうか堪忍しとくんなはれ」

おりんが遠ざかっていく。あまりの苦しみに、全身が締めつけられた。唾が、汗が、堪えても溢れてくる涙が、土を濡らす。五郎兵衛は土下座した格好のまま、去りゆく棺に手を合わせた。

「南無阿弥陀仏」

念仏を唱える自分の声がとても穢《けが》れたものに聞こえ、すぐに手で口を塞いだ。この声さえなければよかった。この声さえなければ太夫になんぞならずに済んだ。声よ消えろ。五郎兵衛は両手で喉を引っ掻いた。そして心の中で何度も叫んだ。堪忍だす。どうか許してくだされ。

おりんさま。どうか、どうか——。

結局あの後すぐに、興行中止のお達しは沙汰止みとなりました。島田屋が奉行所に取り下げを願い出たからやと聞きました。

あれから心中が流行《はや》りました。『曾根崎心中』をやった元禄十六年からの一年半、上方だけで九十人もの男女が相対死しはったそうです。

曾根崎事件を真っ先に扱《あつこ》うたんは歌舞伎でしたし、ちょうどあの頃は赤穂《あこう》浪士の討ち入り事件なんかもありましたから、なんていうか、自害ものが流行ったっていうのもあるかもしれません。せやから、心中が増えたんはなにも浄るりだけのせいやないって本人に何べんも言うたんですけど、「もう無理や、浄るりはやめる」て言い張って。もったいないとは思いましたけど、まあ本人が決めたことですから。

五郎兵衛は座本も降りまして、新しく竹田出雲さんが座本にならはったんです。からくりの竹田近江《おうみ》さんが亡くなったからでしょうかね。

で、この出雲さんがまあ始末、才覚、算用と三法揃った人で、近松つぁんを口説いて歌舞伎から引き剥がし、竹本座専属の座付き作家に据えて、あっという間に竹本座を立て直しはりました。それで、五郎兵衛も一回だけ、首席太夫に返り咲いたんですけんど、すぐに体を壊しましてね。思うように声が出んようになりました。それからはちょこちょこと客寄せで語りながら、「義太夫節を後世に伝えていきたい」て言うて、お弟子さんを百人ほど抱えて熱心に教えたり、浄るりの手引き本を書いたりしてはりました。

元師匠の宇治加賀掾が亡くなりはった頃ですかね、本格的に体調を崩して。近松つぁんの書かはった『娥哥《かおうた》かるた』かなあ、五郎兵衛が最後に語ったんは。そっからはほとんど寝たきりでした。

それでもあの人、いつでも弟子からの質問に答えられるようにって、長屋には帰らんと竹本座の隣に借りた稽古場に布団敷いて、そこでずっと臥《ふ》せってました。声を酷使した人生でしたから肺が痛いんでしょうね。ぜえぜえ言うて、咳《せ》き込んで、見てるだけで辛かったです。

長月のある夜でした。

稽古場に敷いた布団の上で、ウチが作ったお粥《かゆ》を一口だけ食べたあの人が、

「白湯《さゆ》が飲みたい」

て言うから、持って行ったんです。そしたら、

「お松の白湯が一番うまい」

とか言うんです。泣いてまうやないですか、そんなん言われたら。

「ぬるくも熱くもないこの塩梅《あんばい》。初めて語った清水座《きよみずざ》でも、旅の最中でも、本番前はいっつもこの白湯を出してくれたなあ」

か細くてしわがれた声でした。あんなに大きくて通る声やったのに。

「太夫の喉を守るんが、ウチの仕事やさかい」

「おおきに。ほんま、おおきにやったな」

「やめて。そんなん」

やめて言いながら、ウチは五郎兵衛の手を取ってました。向こうも力なく握り返してきます。お互い皺くちゃの手ですわ。

「ワテは、加賀掾師匠が羨ましかった」

横になった五郎兵衛が言います。

「なんでですの」

「お師匠はんはあんな人やったけど、あの癇癪《かんしやく》はずっと浄るりのことしか考えてへんからやったと思う。師匠の人生は全部浄るりやった。その点、ワテはよこしまや。よこしまな気持ちで浄るりを始めて、よこしまな想いを叶えるために人気を取って、そのせいで大勢の人を巻き込んで、挙げ句、取り返しのつかんほど人を傷つけてしもうた。よこしまな人間がなんぼ語っても意味なんかあらへん。ワテはずっと偽物の語りをしてきた。義太夫節は偽物や。そう思わんか」

「あの、色の白い娘はんか」

ウチがそう言うと、五郎兵衛は驚いた目でウチを見ました。その澄んだ瞳を見て、ウチは思わず笑いました。

「ウチが気づいてへんと思うたんかいな。天神さんから神輿に乗って練り歩いた日に、竹本座の前におった娘さんやろ」

あの娘さんをひと目見た時に、悪い子やないって思いました。えらい真っ直ぐな目をした娘さんやなって。これはただの勘なんで分かりませんけど、きっと五郎兵衛はあの娘さんに似た誰かに惚れてたんでしょう。ウチはそのひとに嫉妬もしますけど、感謝もしてるんです。そのひとがおったから五郎兵衛はここまで来られたんやし、ウチも普通なら見られへんような景色を見させてもらいました。

「人はな、そんなあほやないで」

ウチは言ってやりました。

「あんたの芸が偽物やったら、こんなに人はついて来うへん。客も入りまへん。義太夫節は本物や」

五郎兵衛の湯飲みでウチも白湯を一口いただいてから、握る手に力を込めました。

「少なくともウチは、あんたについて来てよかったと思うてる」

返事はなく、五郎兵衛は優しく手を握り返してくれました。

それから、ゆっくりと、目を閉じはりました。

その穏やかな寝顔を見て、ふいに怖くなりました。

ウチはこの人をちゃんと支えてこられたんやろうか。この人の人生にとって邪魔やなかったやろうか、って。

「なあ、五郎兵衛。今ここにおるんがウチでよかったんか。ウチがそばにおったせいで、あんたはしんどかったんやないか」

そう尋ねてみましたが、返事はありませんでした。

「ごめんやで。ほんで、おおきにや。ウチのほうこそおおきにやで。ウチは幸せやった」

ぽろぽろと涙が出てきまして、私の頰から伝って五郎兵衛の頰に落ちました。

「そばに置いてくれておおきに。あんたの人生をこんな近くで見させてもろて、これほど幸せなことはありません。おおきにな、五郎兵衛」

五郎兵衛の頰に落ちた涙を、あえて拭きませんでした。ウチの涙をほっぺたに染み込ませて、そのまま持っていってちょうだい。それぐらいはええやろ。なんて思いながら、落ちた涙が乾くのをいつまでも眺めてました。


風が涼しいですね。

あ、ほら。空にトンビが回ってます。

正徳四年、九月十日。

皆さまにご愛顧いただきました浄るり太夫、竹本義太夫は、ここ道頓堀にて永眠いたしました。

これまでの皆さまのご贔屓、誠にありがとうございました。

そして、これからも竹本座を末永くよろしう頼み申します。
最後に、近松つぁんが亡き五郎兵衛のことを想って詠まれた歌を残しておきます。

一《ひと》ふしを　かたり残して　うつし絵に
今も声ある　竹のおもかげ

参考文献

◆書籍

『人形浄瑠璃史研究　人形浄瑠璃三百年史』若月保治（櫻井書店）
『浄瑠璃史論考』祐田善雄（中央公論社）
『人形浄瑠璃舞台史』人形舞台史研究会・編（八木書店）
『能・文楽・歌舞伎』ドナルド・キーン・著、吉田健一・訳、松宮史朗・訳（講談社）
『文楽　声と音と響き』茂手木潔子（音楽之友社）
『日本芸能史　全七巻』藝能史研究會・編（法政大学出版局）
『（岩波講座）歌舞伎・文楽　全十巻』鳥越文蔵他・編集責任（岩波書店）
『声曲類纂』斎藤月岑・著、藤田徳太郎・校訂（岩波書店）
『文楽今昔譚』木谷蓬吟（松竹土地建物興業「道頓堀」編輯部）
『義太夫大鑑　上・下』秋山木芳（秋山清）
『人形浄瑠璃三百年史』若月保治（新月社）
『戯場楽屋図会』松好斎半兵衛・著、服部幸雄・編（国立劇場調査養成部・芸能調査室）
『人倫訓蒙図彙』朝倉治彦・校注（平凡社）
『カラー版　大阪古地図むかし案内　江戸時代をあるく』本渡章（創元社）
『図典「摂津名所図会」を読む　大阪名所むかし案内』本渡章（創元社）

『京都　京の1000年』千賀四郎・編（小学館）
『原色日本服飾史』井筒雅風（光琳社出版）
『日本服飾史　男性編』井筒雅風（光村推古書院）
『日本の髪型　伝統の美　櫛まつり作品集』京都美容文化クラブ・編（京都美容文化クラブ）
『お江戸ファッション図鑑』撫子凛・著、丸山伸彦・監修（マール社）
『日本の女性風俗史』切畑健・編（紫紅社）
『大阪ことば事典』牧村史陽・編（講談社）
『上方ことば語源辞典』堀井令以知・編（東京堂出版）
『日本の古典芸能における演出』小山弘志・編（岩波書店）
『上方庶民の朝から晩まで　江戸の時代のオモロい〃関西〃』歴史の謎を探る会・編（河出書房新社）
『徹底比較　江戸と上方（雑学3分間ビジュアル図解シリーズ）』竹内誠・監修、PHP研究所・編（PHP研究所）
『江戸と大阪』幸田成友（冨山房）
『町人の都　大坂物語　商都の風俗と歴史』渡邊忠司（中央公論社）
『武士の町大坂「天下の台所」の侍たち』藪田貫（中央公論新社）
『元禄文化　遊芸・悪所・芝居』守屋毅（弘文堂）
『河原者ノススメ　死穢と修羅の記憶』篠田正浩（幻戯書房）
『にほん全国芝居小屋巡り』沢美也子・著、田中まこと・写真（阪急コミュニケーションズ）
『虚実の慰み　近松門左衛門』鳥越文蔵（新典社）
『元禄文化　西鶴の世界』谷脇理史（教育社）
『京都・大坂で花開いた　元禄文化（ビジュアル入門　江戸時代の文化）』深光富士男（河出書房新社）

『遊廓と日本人』田中優子（講談社）
『三大遊郭　江戸吉原・京都島原・大坂新町』堀江宏樹（幻冬舎）
「時空旅人　2022年3月号　Vol.66」（三栄書房）
『難波鉦異本　上・中・下』もりもと崇（エンターブレイン）
『文楽の衣裳』国立文楽劇場事業推進課・編（日本芸術文化振興会）
『大阪歴史博物館　館蔵資料集4　文楽人形かしら』大阪歴史博物館・編（大阪歴史博物館）
『城下町大坂　絵図・地図からみた武士の姿』大阪大学総合学術博物館・監修、大阪歴史博物館・監修（大阪大学出版会）
『浄瑠璃と謡文化　宇治加賀掾から近松・義太夫へ』田草川みずき（早稲田大学出版部）
『竹田からくりの研究』山田和人（おうふう）
『説経節を読む』水上勉（新潮社）
『文楽ナビ』渡辺保（マガジンハウス）
『七世竹本住大夫　私が歩んだ90年』竹本住大夫・著、高遠弘美・聞き手、福田逸・聞き手（講談社）

◆詞章・正本ほか

『古浄瑠璃　説経集』信多純一・校注、阪口弘之・校注（岩波書店）
『古浄瑠璃集　加賀掾正本　一』横山重・編、信多純一・編（古典文庫）
『古浄瑠璃集　加賀掾正本　二』横山重・編、信多純一・編（古典文庫）
『古浄瑠璃集　播磨掾正本』横山重・校訂（古典文庫）
『古浄瑠璃正本集　第九』横山重・校訂（角川書店）

『松浦五郎景近について』信多純一（国書刊行会）
『曾根崎心中・冥途の飛脚　他五篇』近松門左衛門・作、祐田善雄・校注（岩波書店）
『女殺油地獄・出世景清』近松門左衛門・作、藤村作・校訂（岩波書店）
「素浄瑠璃通し公演『出世景清』パンフレット」日本の伝統芸能・主催制作
『近松門左衛門集』近松門左衛門・著、信多純一・校注（新潮社）
『西行物語』桑原博史（講談社）

◆小論集
「牛若の強盗退治　附りその遺跡」沼波守（相愛女子短期大学研究論集）
「竹本義太夫の人と芸　上・下」吉川英史（義太夫協会会報第32・33号）
「貞享五年の竹本義太夫」宮本圭造（演劇研究会会報第35号）
「宮島大芝居劇場考」角田一郎（近世文芸18巻）
『未刊浄瑠璃芸論集』演劇研究会・編（演劇研究会）
「芸能の科学15号　義太夫節におけるマクラの音楽語法」山田智恵子（東京国立文化財研究所）
『大坂道頓堀川南岸地区の町開発に関する研究』吉田高子、島袋裕季子（近畿大学・理工学部研究報告第39号）
『からくりと竹本義太夫―人形浄瑠璃史の転換点―』諏訪春雄（第11回国際日本文学研究集会研究発表）
『義太夫節の音楽構造と文字テクスト』山田智恵子（日本の語り物26）

◆DVD・ビデオ
「闘う三味線　人間国宝に挑む　鶴澤清治」（NHKエンタープライズ）

「NHKスペシャル人間国宝ふたり　吉田玉男・竹本住大夫」（NHKエンタープライズ）
「曾根崎心中」栗崎碧・監督（栗崎事務所）

◆ホームページ

「日本食文化の醤油を知る」江戸外食文化の定着（3）
http://www.eonet.ne.jp/~shoyu/mametisiki/reference-16d.html
江戸時代のDIY賃貸住宅？　大阪独特の借家システム「裸貸」とは
https://suumo.jp/journal/2016/02/02/105137/
今週の今昔館（192）浮瀬（うかむせ）
http://konkon2001.blogspot.com/2019/12/blog-post.html

謝辞
本書の執筆にあたっては豊竹呂勢太夫さん、児玉竜一教授（早稲田大学）、（公益財団法人文楽協会、担当編集の茅原秀行さん他、多くの方々にご協力いただきました。
この場を借りて厚くお礼申し上げます。

解説

豊竹呂勢太夫

竹本義太夫は、江戸中期に義太夫節という浄瑠璃の一派を始めた人である。

残念なことに現在ではあまり知られていないが、江戸末期から明治、大正、昭和の戦前にかけて、義太夫節は全国的に大流行していた。日本中はもとより、海外にまで義太夫節の師匠がいて、素人義太夫（略して「素義《そぎ》」と呼ばれた）というアマチュアもまた大量に存在した。素義たちは、仕事の合間に師匠について稽古をし、落語の「寝床」よろしく、人前で語り、聞かせ、楽しむといった時代があったのだ。現代のカラオケのように、みんなで義太夫節に興じていたのである。

なぜこのように流行したかを考えてみると、普通このような声を使った音楽（声楽）は、「声が良い＝声が綺麗」であることが大前提となる。しかし、義太夫節においては一番重要なのは、「情を語る」こと、登場人物の心情を聞き手に伝えることだ。必ずしも声が良い必要はない。つまり「誰でもやれる！」、そういう音曲なのである。

その上、単に歌うばかりではなく演劇的要素が強い。わかりやすくいうと「歌が歌えて、芝居もできる！」ので、思い思いに表現を凝らすことができ、非常に贅沢な芸能なのである。大人気であったのも頷ける。

その義太夫節の創始者の一代記が、この『竹本義太夫伝　浄るり心中』である。今回、文庫化にあたって改題されたが、単行本発売時のタイトルは『竹本義太夫伝　ハル、色』であった。「ハル　色」とは何を指す言葉であったのか――。

義太夫節を語る際には「黒朱《くろしゅ》」という譜が使われる。黒い朱とはいささか奇妙な命名であるが、三味線の譜は朱色の墨で記入したことから「朱」と呼ばれ、かたや浄瑠璃語り（太夫）が語るための浄瑠璃の譜は墨で黒く書かれ「墨譜（はかせ）」といった。この朱と黒で、見た目そのままに「黒朱」である。

この黒朱に書かれた、語りに関する浄瑠璃譜の「ハル」が意味するところは「声を張る」。また「色」は、「詞＝セリフ」と「地」の中間の発声を表す譜の用語である。しかし、この小説と照らし合わせてみると、「ハル」には主人公の張りつめた高い志のようなものを、そして「色」は主人公に寄り添う女性とのまさしく「色」を象徴的に暗示していて、作者の本当の意図はわからないが、浄瑠璃の専門用語を上手く使った良いタイトルだと勝手に感心したものだった。

この作品には、主人公の芸術観を表した箇所も多い。作者の岡本貴也氏が、小説家というだけでなく、脚本家・演出家としても活動する演劇畑の人でもあることから、独自の演劇観が反映されているのだろう。

今回『浄るり心中』と改題されたが、主人公はどのように「浄瑠璃」と「心中」するのだろうか。新しい視点から読み返すと、また更に新しい発見があるかも知れない。

この本を手に取る人は、多少なりとも「人形浄瑠璃」や「義太夫節」に興味があるか、それなりの知識のある方だと思うが、その方面の知識が全くない人でも楽しめる。

江戸時代に農夫から身を起こし、なおかつ現在にまで伝わる一流を創始した芸術家……いや人間の一代記を扱った歴史小説として大いに楽しめる作品だと思う。

○

竹本義太夫といえば、「人形浄瑠璃文楽」や「歌舞伎」で演奏される、義太夫節の創始者として、教科書などにも近松門左衛門とともに取り上げられる人物である。そして、我々のように義太夫節を語ることを仕事としている人間には、「神」のような存在である。実際、大阪にある「生國魂神社《いくたまさん》」の境内には「浄瑠璃神社」という社《やしろ》があり、そこに「華細佐玖羅井神《はなくわしさくらゐのかみ》」という神号で祀《まつ》られている。

この社には、竹本義太夫をはじめ、人形浄瑠璃（今日の文楽）の成立に功績のあった「浄瑠璃八功神」といわれる人々などが「音律和調霊神《おんりつわちようれいじん》」という総称で祀られているが、生國魂神社が作成した神前に掲げられている由緒書には「近松門左衛門を始めとした文楽の先賢を祀る」とあり、義太夫の「義」の字もない……。知名度の上で、近松門左衛門とは大きく差をつけられているのが現状だ。非常に悲しい限りである。

思えば、近松を主人公にした演劇や文芸作品は数多くあれど、義太夫さんが主人公の作品は寡聞にして知らない（「義太夫」とだけ書くと、「義太夫節のこと」と「竹本義太夫という人間のこと」との区別がややこしいので、これからのこの文中では「竹本義太夫という人間」については親しみを込めて「義太夫さん」と呼ばせていただく）。

それをこのたび岡本貴也氏が、義太夫さんの生涯を題材として取り上げ、我々にとって「神」である竹本義太夫を、「人間」五郎兵衛（義太夫さんの通称＝現代の本名にあたるもの）として描き出した大変嬉しい作品が本作である。

○

大阪の国立文楽劇場で公演中だった2021年のある日、「竹本義太夫と義太夫節について、演者の立場からの話を聞きたいという方がいるので時間を作ってもらえないか」と、私の所属する文楽協会の事務局の人から声をかけられたのがきっかけで岡本氏と面会し、お話をさせていただいた。

　私は学者でもない浅学の一芸人であるが、竹本義太夫の300回忌（2013年）の折に、墓石の修復や法要、記念冊子の執筆などに世話人として関わった過去があるので白羽の矢が立ったようだ。

　当時、「竹本義太夫生誕の地」の石碑（大阪市天王寺区茶臼山町）は大破しており、石をつなぎ合わせて辛うじて建っているような哀れな状態であった。気になってはいたが、到底個人の手に負えるようなことでないため放置していたのである。そんななか、300回忌記念事業のひとつとして、超願寺（大阪市天王寺区大道）にある墓石を再建することになった。これに便乗する形で、私が元手となる資金を寄付し、他の皆さんからも頂いたご寄付を加えて、生誕の地の石碑も再建することができたので、ひとしお思い入れがあった。

　それから数年後、今度は義太夫さんの一代記を小説化とのお話である。願ってもないこと！　と奇縁を感じ、二つ返事でお引き受けをした。これが私と作者の出会いである。

その義太夫さんの生誕の地の石碑が建つのは、現在の堀越神社付近、江戸時代には天王寺村南堀越と呼ばれた場所で、藁屋葺きの生家が明治末まで残っていたそうである。

○

大阪の地理に詳しい方なら想像できるだろうが、この辺りは上町台地の端にあたり坂や崖の多い地形となっている。農民であった義太夫さんの耕作地は、真田幸村戦没の地として名高い安居天神の背後の天神山の下、逢坂の辺りにあったという。

義太夫さんには、昔から語り伝えられるいくつかの逸話がある。そのひとつが「農夫であった五郎兵衛が、自分の畑の東にあたる崖の上にある徳屋という有名料亭（そこの主人は、そのころの代表的な浄瑠璃語り井上播磨掾の門弟で、今播磨とも呼ばれた清水理兵衛）から聞こえてくる語りを聞き覚え語っていたところ、その天賦の才と大きな声を理兵衛に認められスカウトされた」というものである。

作者はその逸話を核にしながらも創作で上手く物語を膨らませて、読み応えのある導入部を書いている。また、この作品の重要な登場人物として、清水理兵衛の娘「お松」という人物を創作し、この人物の口を借りる「語り」の形で作品のもうひとつの世界を構築している。

この「お松」は、義太夫さんの妻なのだろうか……それとも、義太夫さんを支えるパートナーなのだろうかなど、色々な受け取り方ができる人物である。

この時代の芸人の常として、家庭のことや妻子のことは不明な場合が多いが、いくつか義太夫さんの私生活でわかっていることもある。

まずは住まいの住所である。これはずっと後年、道頓堀に竹本座を創設した以後であるが、その道頓堀に間近い、「千日前法善寺東門の東突き当りの辺」だったという。そしてその隣が、のちに竹本座の座本となる浄瑠璃作者「竹田出雲」の家だったというのも面白い。

また近年の研究により、『熊野年代記』という書物に「悴《せがれ》義太夫」という記述があり、義太夫さんに息子がいたことがわかっている。息子がいるということは妻もいるはずだが……。

他の有名な逸話としては、「宮島の厳島《いつくしま》神社で芸道の奥義を感得する」というものである。

〇

当時、清水理太夫と名乗っていた義太夫さんは、常に信仰する厳島弁財天の神殿に参籠《さんろう》して、一流創始の祈願を込め、瞑想考究の結果、新浄瑠璃（義太夫節を指す）のヒントを摑んだという事績だが、昔の草紙や絵画に描かれる名場面として知られる。それによると「紅衣《こうい》天冠《てんかん》の神童が降下して、芸道秘密の一巻を授けた」というものであるが、このような神霊的伝説を作者はわざと避け、同じ宮島を舞台とした「人間五郎兵衛」らしい場面を創作しているのも興味深い。

本作の山場はなんといっても、かつての師匠であった宇治加賀掾との、道頓堀対決競演の場面であると思う。

これは、史実に基づいてはいるが、作者の大胆な解釈を加えた場面となっている。

史実では「加賀掾の座で火災が起き撤退をやむなくされ、義太夫方が勝利した」

とあるのみだが、この場面を作者がどう描いたか、読むのが最も楽しみな箇所である。

○

さて最後に、この本を読む方々は、義太夫さんをどんな風貌の人物として頭に描きながら、作品を読み進めていくのであろうか？

世間一般に知られている義太夫さんの肖像画は、出家して「釈道喜」と名乗って以後の、坊主あたまの法体のものであろう。これは義太夫さんの生誕350年の際に発行された記念切手のデザインにも使用されているが、五世竹本弥太夫《やだゆう》旧蔵の品(東京大学駒場図書館木谷文庫所蔵)である。弥太夫の師であり、幕末の名人であった三代目竹本長門太夫《ながとだゆう》より伝わったもので、義太夫さんの代表的な肖像である。

これを見ると、「色黒く眉太く長く、眼は団栗《どんぐり》を二つ並べた如く、鼻は著しく突き出て尖り、口は非常に大きく、歯は石畳の如く頑丈によく調《ととの》っている」と古書に書かれているように、いかにも健やかで逞しく、決して優男でもなければ好男子でもない。

とはいえ、この作品で描出《びょうしゅつ》された義太夫さんの人物像から、読者のそれぞれが想像する義太夫さんの姿を頭に描きながらこの作品を読み、それぞれの「人間」義太夫さん像を作り上げて、近松門左衛門とならぶ大阪を代表する江戸時代の文化人・竹本義太夫さんに親しみを持っていただき、ひいては人形浄瑠璃文楽や義太夫節に興味を抱いていただけたらと切に願う。

2024年4月

——人形浄瑠璃文楽座　太夫

この作品は二〇二二年七月小社より刊行された
『竹本義太夫伝　ハル、色』を改題したものです。
この作品は史実を基にしたフィクションです。

竹本義太夫伝《たけもとぎだゆうでん》

浄《じょう》るり心中《しんじゅう》

岡本貴也《おかもとたかや》

令和6年6月10日　初版発行

発行人――石原正康
編集人――高部真人
発行所――株式会社幻冬舎
〒151-0051東京都渋谷区千駄ヶ谷4-9-7
電話　03(5411)6222(営業)
　　　03(5411)6211(編集)
公式HP　https://www.gentosha.co.jp/
印刷・製本―図書印刷株式会社
装丁者――高橋雅之

幻冬舎時代小説文庫

ISBN978-4-344-43387-8　C0193　お-62-1

この本に関するご意見・ご感想は、下記アンケートフォームからお寄せください。
https://www.gentosha.co.jp/e/